辽宁省作家协会第十二届

签约作家2020年度作品集

滕贞甫 主编

北方联合出版传媒(集团)股份有限公司
春风文艺出版社
·沈阳·

图书在版编目（CIP）数据

辽宁省作家协会第十二届签约作家2020年度作品集 /
滕贞甫主编 . — 沈阳：春风文艺出版社，2020.10
ISBN 978 - 7 - 5313 - 5855 - 8

Ⅰ . ①辽⋯ Ⅱ. ①滕⋯ Ⅲ . ①短篇小说 — 小说集 — 中
国 — 当代 ②小小说 — 小说集 — 中国 — 当代 Ⅳ.
①I247.7 ②I247.82

中国版本图书馆CIP数据核字（2020）第180574号

北方联合出版传媒（集团）股份有限公司
春风文艺出版社出版发行
http://www.chunfengwenyi.com
沈阳市和平区十一纬路25号 邮编：110003
辽宁新华印务有限公司印刷

责任编辑：韩 喆	责任校对：于文慧
装帧设计：黄 宇	幅面尺寸：142mm × 210mm
字 数：230千字	印 张：9.5
版 次：2020年10月第1版	印 次：2020年10月第1次
书 号：ISBN 978-7-5313-5855-8	
定 价：48.00元	

目 录

contents ----------------------------

001 · 汉娜小姐 ——————— 安 勇

023 · 夜莺湖 ——————— 班 宇

046 · 搓 澡 ——————— 陈萨日娜

082 · 他年如晤 ——————— 李 皓

094 · 翠兰的爱情（外一篇）——— 李伶伶

100 · 旧地重游 ——————— 鬼 金

147 · 52号讲的故事（外一篇）——— 庞 滟

153 · 摘 钩 ——————— 万 胜

174 · 过 霜 ——————— 辛 酉

225 · 那不勒斯的国王 ————— 姚宏越

234 · 整个世界都在下雪 ———— 曾 剑

276 · 吉 日 ——————— 张鲁镭

汉娜小姐

安 勇

　　华生大厦三楼建了座室内溜冰场，还不到开放时间，巨大的椭圆形冰面上空空荡荡，如同平静的湖面，冰刀划出的印痕像凝固的波浪，折射出弧形的寒光。裴先生辨认着美食店招牌，一路向前走，寒气翻过漆成淡绿色的水泥边沿，一波波撞在他左侧脸颊和肩膀上，让他恍惚地以为自己正走在殡仪馆竖立的冷冻柜之间。

　　这一年多来，裴先生心里始终空荡荡的。父亲的去世没能让他感到自由，反而失去了某种依靠和屏障。虽然从童年起他就想要摆脱管束，甚至暗自盼望父亲在某天夜里长眠不醒，但那一天真的到来时，他才发觉自己原来更加痛苦。他时常想起父亲。童年时，父亲给他定下的那些规矩，也总是浮现在脑海里——不许打开办公桌左侧抽屉，不许踩踏椅子横掌，不许在屋子里吹口哨，不许把水杯放在炕沿上，不许用左手使筷子，不许站在水坑边，不许在睡觉前吃东西，不许把一句话重复两遍以上……这时候，沉甸甸的恐慌感便像阴云一般罩上心头，父亲临终交代的事，也会像烧红的烙铁烫他一下。

裴先生四十六岁，就职于某地级市一家事业单位。已经觉得自己老了。配合着他的想法，眼睛开始发花，背变驼，头上谢顶，在心里认可了父亲曾经的感叹："老子英雄，儿子往往都不是好汉。"他把人生的希望寄托在女儿身上。父女俩的冲突日渐增多，交流越来越困难。最近，因为女儿要出国以及新处的男朋友，父女关系变得越发紧张，常常说不上两句话就会吵起来。裴先生总是不自觉地想起女儿小时候乖巧的模样。他从乡下老家回来，特意拐了个弯，打算和女儿谈一谈。女儿定好了时间和地点，刚刚却用微信告诉他，要先去见一个人，晚一点到。如果是过去，他会立刻问见谁，要多长时间，话到嘴边又咽了回去。女儿已经抗议过多次，不需要他过多干涉自己的事情。

香芒山在最里侧，再向前，就是通往写字楼的电梯间。裴先生想象着女儿乘电梯不断上升，最后站在26层领事馆办公室窗前，鸟瞰这座省会城市的情景，心里不由得涌起一阵自豪感。月薪万元的收入，舒适的办公环境，都是他无法企及的事情。但女儿却不以为然，扬言要过一种自由自在的生活。裴先生搞不清楚那是一种怎样的生活。他让女儿说具体一点。女儿答，游遍世界后宅在家里。他因此得出结论，自由自在只是借口，女儿还是不够成熟惧怕竞争罢了。所谓的佛系青春，说穿了，就是消极的逃避。

"裴小姐订的座位，3号台鸟巢。"

一个和女儿年龄相仿的服务生躬下身示意裴先生向左转。虽然嘴上早就承认女儿已经长大成人，但"裴小姐"这个称呼还是让他愣了一下。如果在别处听到，他不会把它和女儿画上等号。

3号台在左手边角落里，抽屉形状的卡座外面罩着一根根圆弧形的黑色铁条，看上去不像鸟巢，更像一只鸟笼。让裴先生诧异的是座位上已经有人了。对方穿一件浅棕色夹克衫，鹰钩鼻子，秃顶，眼窝深陷，额头上三道横纹一道竖纹，酷似隶书体的"王"字，下巴上一圈白胡子，是个外国人。

"你好!"

裴先生正踌躇不前，对方主动打招呼，发音蹩脚，勉强能分辨出来。老外和裴先生的父亲年龄相仿，如果是中国人，该喊叔叔或者大爷。"安扣"像气泡似的在裴先生脑袋里冒了一下，但并没有说出口。他的英语储备大多来源于二十几岁时看过的港台电影，"达令""泰西""梭哈"，都是只知发音，不会拼写（他一度以为"乐色"也是英语，后来才知道是香港话）。裴先生有些不知所措，他从未和外国人打过交道。他怀疑老外坐错了位置，要不然就是服务生搞错了。

一串尖锐的汪汪声突然从老外那边传过来。裴先生吃了一惊。他看见一只小狗从老外夹克衫拉链的缝隙间探出头，白色的长毛，两只圆溜溜的黑眼睛，一只同样圆溜溜的黑鼻子。裴先生不知道这是什么品种。他害怕狗，不管什么品种的狗都害怕，从小到大不止一次拒绝过女儿养狗的请求。

"没有错，这就是裴小姐订的座位。"那个服务生到电脑上查了一下，很肯定地说。

老外拍拍狗脑袋，把两缕长毛撩到后面去，先是说了一串外国话，然后又说"对不起"。裴先生看到狗的两耳之间扎着一个粉红色的蝴蝶结。他觉得那些外国话应该是对狗说的，不像英语，而

"对不起"可能是对他说的，但老外没有抬头看他，更像是在教狗说话，就像有些家长教孩子向别人道歉一样。

"没关系。"

裴先生迟疑片刻回应，仿佛勉强抓住了从眼前跑过的什么东西。他在左侧靠边的位置坐下来，心里猜测对方是哪国人，为什么会坐在这里。那只狗没有再叫，从衣服里钻出来，站在老外大腿上，用舌头舔他毛烘烘的手背。裴先生似乎听到了狗舌头上的味蕾和汗毛摩擦发出的沙沙声。他犹豫着要不要用英语打声招呼，"哈喽"或者"好肚油肚"，但最终还是放弃了打算，如果对方因此和他说起英语，会更加难堪。

老外大概只会说"你好"和"对不起"。他们都无法用语言把眼前的情况搞清楚。为了缓解尴尬的气氛，裴先生不时冲狗眨眼睛，舌头卷起来，发出嗒的一声响。狗从老外腿上跳下来，冲裴先生摇尾巴，用两排尖利的白牙扯老外衣袖。老外也冲它眨眼睛，舌头发出嗒声。狗兴奋起来，踩着座位跑出半个"口"字，来到裴先生身边，又掉头跑向老外，随后，再次跑向裴先生。它就像一个使者，在两人之间折返跑。

裴小姐到来时，裴先生和老外都松了口气。

裴小姐二十二岁，从北方一所大学德语系毕业后，在德国领事馆找到了一份十个月的短期工作。德方负责人刚和她谈过话，因为业务量比较大，只要她肯留下来，就可以获得一份长期合同。裴先生非常高兴，但裴小姐却并不积极，她已经向德国的几所大学发出申请，几个月后，这段工作结束时，就要到国外读研究生。裴先生认为读研后还是要回国，同样面临就业问题，到时候未必能找到一份更好的工作。如果真的是去留学，裴先生或许也能接受，问题在于裴小姐还计划先休学一年去新西兰旅游。如今这个时代瞬息万变，浪费一年，就要错过好多机会，而某一个机会抓不住，就可能影响整个人生。几次争吵后，裴先生使出撒手锏，警告女儿不会提供经济援助。女儿丝毫不让步，说根本没打算花他的钱，在新西兰会边打工边旅游，去德国读研就用爷爷给她的遗产。

裴小姐穿了一件藕荷的长袖连衣裙，多褶的裙边撑起来，就像一只莲蓬头。裴先生没见女儿穿过这条裙子，自从到领事馆上班后，女儿买东西就不再商量请示，都是自作主张。裴夫人觉得这和经济独立无关，要怪女儿新处的男朋友，是那个学韩语的矮个子小杜把女儿带坏了。

裴小姐先和老外来了个大大的拥抱，笑着说了句外语。在裴先生印象里，女儿还从来没和他这样抱过。女儿是爷爷奶奶带大的，和他们夫妻俩一直不太亲。他听不懂女儿说了什么，不知道她会不会顺势也和他抱一下。女儿只是喊了声"老爸"，就在老外旁边坐下来。裴先生感觉自己像个局外人。裴小姐身上有一股潮湿的凉气。外面可能下雨了。但裴先生想不起走进大厦之前是什么天气。刚才老外喊了女儿的名字，不过，应该是她的外国名字。

"这就是爷爷。"裴小姐给他们做介绍。

老外伸过来的正是那只被狗舔过的手。裴先生勉强握了握，想起女儿说起过这个人——德国领事馆副总领事，当初应聘时就是他做主录取的女儿。每次女儿说起这个"爷爷"时，裴先生都会愣一下，以为说的是自己的父亲。此刻也不例外。裴先生想起来，女儿曾经说过有机会要让他们见一面。他不知道自己是否也该喊老外"爷爷"。

裴小姐看到了餐桌后面的狗，兴奋地叫着，绕过裴先生，把狗抱在怀里，一只手摩挲着狗毛，用下巴蹭狗脑袋。狗显然认识裴小姐，热烈地回应，用舌头舔她的脸，假意咬她手指头。裴先生皱了皱眉头。他发觉自己有些嫉妒那只狗。

"她是汉娜小姐。"裴小姐把狗举到裴先生眼皮底下，很郑重地介绍，"汉娜，这是爸爸。"

狗呼出的气流喷在裴先生脸上，让他不自觉地向后躲了躲。他以为狗真会喊"爸爸"，狗发出的却只是一串"汪汪"声。"汉娜"这个名字有些耳熟，但一时想不起出处了。

一个年长的服务生走过来，问他们要不要点单。裴小姐把菜单推给"爷爷"。老外很认真地看了一会儿，说出自己想要的东西。服务生听不懂德语，裴小姐当起翻译，告诉他是一杯珍珠奶茶和两块不加奶油的蛋糕。裴先生不知点什么，菜单上只有饮品和甜品，价位高得出奇。他想来一碗米饭，一盘尖椒炒干豆腐，要不然就是一碗炸酱面。

"一杯招牌枇杞汁，一块提拉米苏。"

裴小姐见他迟迟做不出决定，替他点了两样。她自己要了两杯卡布奇诺，一块枇杞牛奶布丁。裴先生想不通女儿为什么要点两杯饮品，不过没有问。裴先生的性格有些沉闷，没有幽默感，不会拉家常，用女儿的话说"只会讲大道理"。和女儿通电话时，问过天气和吃饭没有，就再也不知道该说什么。

"我请客。"

裴先生正暗自为这一餐的花费心疼，估量着自己钱包里的现金，打算抽空去结账时，裴小姐已经打开手包，若无其事地把一张卡递了过去。看她云淡风轻的样子，就好像包里还有好多张这样的卡，可以源源不断地掏出来。

店堂里响起舒缓的音乐声，东西陆续端上来。食物和音乐一样没有国界。汉娜小姐在三个人之间跑来跑去，把脸躲在一个人身后，和另外两个人捉迷藏。裴小姐一直和"爷爷"用德语交谈，不时发出一串笑声。裴先生插不上嘴，准备好要和女儿说的话也没有机会说出来，只得故技重施，冲汉娜眨眼睛，舌头发出"嗒"的声响。汉娜感受到了他的友好，欢快地摇尾巴，用牙齿扯裴小姐和"爷爷"衣袖，就像是在提醒他们不要冷落了裴先生。它的努力收到了成效，德国"爷爷"对裴先生说起话。

"'爷爷'说，你可以叫他汉斯。"裴小姐翻译。

裴先生望向那只狗，汉斯、汉娜，听上去像兄妹俩。

"我正向'爷爷'请教在德国的注意事项，'爷爷'说坐地铁要当心出州界，不要随意和陌生人搭讪，在公共场合，不要把钱包拿在手上。"裴小姐用塑料勺挖了一块布丁，举在眼前看着，漫不经心地说。黄白相间的布丁抖动着，让裴先生担心下一秒钟就会掉下来。

裴先生想，女儿一定已经向汉斯征求过意见，或许正是因为得到支持，才下决心去留学的。他再次感到自己成了局外人，对汉斯也有一丝隐隐的怨恨。他脑海里浮现有人当街抢劫的情景。这段时间，他一直在关注新闻，知道大批难民涌入欧洲后，欧盟国家的治安状况就开始变差，一些地方相继发生了恐袭事件。

"'爷爷'想听你说说我爷爷的故事。"

裴小姐绕口令式的表述让裴先生有些发蒙。他恍惚觉得两个爷爷是一个人，都曾经下过乡，也都想听听他如何讲述自己当年的故事，就好像裴先生是位权威人士，可以盖棺论定似的。裴先生抬起头，目光撞上汉斯先生期待的目光，才从恍惚中走出来。目光也同样没有国界。

"他是下乡知青，在农村当了二十几年大队书记，后来到镇动检站任站长。一年多前，已经去世了。"

裴先生低下头凑近杯口，但没有喝，杜果汁浓浓的味道就像一堵厚实的墙壁，把他遮挡起来。对父亲的人生，他不知道该如何评价。他曾经非常崇拜父亲。一个冬天的晚上，父亲允许他戴上自己新买的羊剪绒帽子去西房山拿尿盆，每迈出一步，他都兴奋得两腿发抖，忘记了天黑从不敢独自出门这茬儿。人到中年以后他才渐渐意识到，父亲还可以有另一种人生，而他和哥哥的人生也会随之改写。好几次他都想和父亲说说自己的想法，但从小对父亲的惧怕，让他始终不敢开口。有一次他和母亲说了。母亲愣愣地看了他好一会儿说："那样的话，我就不会和你爸结婚，不能给你哥儿俩当妈了。"母亲一辈子没自己拿过主意，一切听从父亲安排。父亲去世后，他和哥哥一度担心母亲无法一个人生活下去。没想到母亲却活得很好，白天和邻居打小麻将，晚上到广场上扭大秧歌。无法适应的是裴先生自己，一年多来，他心里一直空落落的，悲伤无助的情绪始终纠缠着他。

裴小姐不知道"知青"该如何翻译。裴先生解释了半天，她灵机一动告诉汉斯先生，自己的爷爷是个类似于五四时期的进步青年。

"他为什么要去农村呢？"汉斯先生还是疑惑不解。

"为了传播知识和文化，'德先生'和'赛先生'。"裴小姐说。

"在城里不能传播吗？"

"农村更需要他。"

裴先生听不懂他们在说什么，暗自想象自己如果出生在城里，人生就会是另一番样子——住楼房，走马路，吃自来水，读城里的小学、初中、高中甚至是大学，然后找一份城里的工作……但也有可能，他压根儿就不会出生，所谓的人生，也就不会存在。

裴小姐忽然站起身，把一个中等身材、理着平头的年轻人拉进卡座里。先把他和汉斯先生做介绍，随后转向裴先生："我爸爸。这就是小杜。"

裴先生已经猜出对方是谁，他和妻子看过小杜照片，认为模样一般，身材偏矮。他知道小杜高考是二本，念了一年，家里花钱送进首尔一所不知名的大学，回国后应聘到三星做韩方助理。裴先生夫妻认为他根本配不上女儿。但裴小姐却认准了这个人。为了寻找共同点，还花大价钱报了韩语班。一年的新西兰之旅，也打算和他同行。

小杜身上也有一股雨水的凉意。裴先生想他们刚才大概商量好了如何让小杜出场。裴小姐一直在为男友争名分，几次提出让他们见面，但都被裴先生拒绝了。这个见面方式更像逼宫，强迫裴先生承认小杜这个人。

小杜和汉斯先生握了手。裴先生正犹豫要不要把手伸过去时，小杜却把汉娜抱进了怀里，像裴小姐刚才那样，用手摩挲狗毛，下巴蹭狗脑袋，隔着餐桌冲裴先生点头，喊了声"叔叔"。

"这就是韩国小马吧？实在太漂亮了。我们全家都喜欢狗，家里养了四只边牧。"小杜用中文对汉斯先生说，随后望向裴小姐。这让裴先生觉得，小杜说的"全家"也包括女儿在内。女儿扭过头去不看小杜，小杜有些尴尬地笑了两声。裴先生怀疑两个人闹了别扭。他纳闷儿，明明是狗，为什么要叫小马。女儿解答了他的疑问，小马就是玛尔济斯犬的简称。

裴小姐不知道"边牧"怎么翻译，和小杜商量一下，两人一起用英语向汉斯先生做了解释。随后，裴小姐又问小杜"边牧"用韩语怎么说。小杜也是第一次碰到这个问题，想了想说出一个词。汉斯先生用英语问他们在说什么，于是，小杜用英语，裴小姐用德语，不约而同做出回答。三个人发出一阵笑声，似乎找到了一种最佳的交流方式。

裴小姐指着小杜，用德语和汉斯先生说了句什么。汉斯先生笑着冲小杜挑起大拇指说"Very good"。三个人再次发出一阵笑声。裴先生猜出女儿是在询问汉斯对小杜的看法。他觉得女儿是在表演给他看，向他示威。

接下来的交谈，让裴先生备受煎熬。裴小姐和汉斯先生说德语，和小杜说韩语，他们三个人共同说英语，聊得热火朝天。裴先生插不上嘴，只得和汉娜交流。汉娜有些烦躁地在四个人之间跑来跑去，从一个人腿上跳下，爬到另一个人腿上，就像在不断地穿越国界线，在德国、英国、韩国、中国之间往返，进行沟通和斡旋。它的努力毫无效果，别人都顾不上理它，每次汉娜跑过来时，裴先生就拍它一下，心里有一种同病相怜的感觉。裴先生想，动物和食物、音乐一样，都没有国界，德国狗遇上一只中国狗，只要互相嗅一嗅，就会明白对方在说什么。偶尔，汉斯先生会顾及裴先生，裴小姐就不太情愿地停下谈话，给老爸当翻译。裴先生了解到，他们三个人刚刚交流了养狗的心得，什么时候带狗散步，买什么牌子狗粮，什么品种的狗智商高。裴小姐翻译得应付潦草，只是一个大概意思，就很快回到三个人交谈里。裴先生觉得，女儿还是在向他示威，对她从小到大不能拥有一只属于自己的狗进行报复。

这时候，汉娜突然做出了一个出人意料的举动，猛地一跃，踩着小杜的大腿跳上了餐桌。桌面和座位相差很高，即便有小杜大腿当踏板，也很难想象矮小的汉娜能够跳上去。除了裴先生，另外三个人不约而同发出一阵惊呼。

"噢，买尬!"裴小姐说。

"额的神啊!"小杜说。

"NO！NO！"汉斯先生说。

汉娜感受到了大家对它的重视，越发兴奋起来，躲开伸过来的手，像走梅花桩似的在饮品、甜品和两束塑料花之间穿行。在绕到裴先生面前时，光滑的桌面让它摔了跟头，被撞翻的经典杧果汁一部分浇到了提拉米苏上，另一部分沿着桌面流到裴先生穿着牛仔裤的腿上。

汉斯先生终于捉到了汉娜小姐。

"对不起，对不起。"

这次，汉斯先生是对裴先生说的。他满脸愧疚地把汉娜抱在怀里，不断地用另一只手把餐巾纸递过来。裴先生说了几次"没关系"，又示意女儿做翻译，汉斯先生这才靠近裴先生坐下来，但脸上还是一副自责的模样，不停地耸肩摊手说"对不起"。汉娜为成功吸引到大家关注而得意，欢快地摇着尾巴，伸出粉红色的小舌头舔餐桌边聚集的杧果汁。

这场风波终于平息下来后，汉斯先生喝了口奶茶，把一小块蛋糕放在手心里喂给汉娜吃，脸上的表情渐渐凝重起来，抚摸着汉娜白色的长毛，眼睛望着裴先生，用德语说起来。裴先生意识到对方是在谈论一个严肃的话题。裴小姐及时当翻译。这次不再是大意，而是逐字逐句都译了出来。遇到不懂的词，就向汉斯先生求证，实在搞不懂时，就请求汉斯先生说英语，她和小杜再商量着翻译成汉语。很显然，她和小杜也是第一次听到这段故事，都被深深吸引住了。汉娜也变得很专注，安静地待在汉斯先生怀里，不时昂起头看一眼主人。

"好多人都以为汉娜是个黏人的小东西。吃饭时和我在一起，工作时和我在一起，走路睡觉也要和我在一起。其实，不是它离不开我这个主人，而是我离不开它。这里面的缘由，要从好多年前说起。在我还没出生时，我父亲和母亲生活在德国东部一个叫齐陶的地方。那里位于尼斯河左岸，在德国、波兰、捷克交界处，原本是个美丽安静的小城。父亲和母亲都是老师，在两所不同的学校教书。哥哥、姐姐已经出生了，一家四口每天过得非常快乐。二战爆发后，齐陶率先成为战场，一切就都变了。父亲和母亲为了躲避战乱，举家迁移到慕尼黑南部一个叫罗腾堡的小镇上。那也是个景色优美的地方，但因为逃难过来，即使景色再美，也无法给人快乐的享受。他们租下了罗德先生家破旧的阁楼。阁楼的屋顶已经开裂，夜里透过缝隙能看到天上的星星。父亲、母亲不能再当教师，用仅有的一点积蓄在一楼开了间杂货店。每天的收入只能勉强够买全家人的食物。小镇上不断有难民涌入，有德国人，也有奥地利人。大家都忧心忡忡，不知道什么时候才能回到自己的家乡。我就出生在那间阁楼上。我从出生的那一刻起，就成了一个没有故乡的人。那是1943年春天，战火已经蔓延到苏联，还看不到战争要结束的迹象……"

"爷爷，你为什么说自己是个没有故乡的人呢？"

裴小姐打断汉斯先生，疑惑地问。小杜也满脸不解。裴先生却理解了汉斯先生的意思。来这里之前，他刚刚回了一次出生的地方。高速公路和新开发的楼盘，已经让那个名叫白庙子的小村完全变了模样。他没有寻找到一丝记忆中的影子，父亲当年带人修建的那座梯田山，也因为开办采石场被挖成了一口池塘。所谓的故乡，没有给他半点归属感，父亲去世后那种空落落的感觉反而更加强烈了。话又说回来了，白庙子只是他的出生地，是他童年生长的地方。即便它还和从前一样，也和他没有什么实质关系。他的根并不在那里。父亲当年的选择，早已经注定了他和汉斯先生一样，从出生之日起就是个没有故乡的人。

听了汉斯先生的解释，裴小姐和小杜仍然一脸茫然。他们不太理解故乡的含义，他们觉得人生中自由更重要，所谓的归属感，只是狭隘的限制和束缚罢了。但他们没有再纠缠下去，对视一眼，就像是对长辈的迂腐给予谅解和宽容。请汉斯先生接着讲下去。

"两年后，1945年5月，陆海空三军元帅才在投降书上签字。

不过，因为各种各样的原因，直到我读小学时，我们全家人才得以返回曾经的家乡齐陶。战火已经让那座曾经美丽的小城变得面目全非，就连哥哥姐姐也无法找到儿时的记忆，更不用说出生在异地他乡的我了。我的父亲母亲又开始教书了。我就在母亲的班级上。我父母的关系变得紧张起来。也许很早之前就已经如此了，只是到那时我才察觉到。他们整天争吵，用各种不堪的语言刺激对方，对我也没有好脸色。我和他们的关系也越来越紧张。不管是在学校，还是回到家里，我的心总是不能安稳。那是一种无法言说的感觉，就好像虽然活着，却没有真正地存在。好多年后读到米兰·昆德拉的书，我才知道那是一种类似于生活在别处的感觉。我知道自己的人生不在那里，但又说不清该在哪里。我的心始终无处安放。"

汉斯先生轻轻叹息一声，把杯子端起来，出神地凝视着。这让裴先生觉得，汉斯先生讲述的往事正从杯底慢慢升起来，渐渐涨满杯口，沿着杯子边沿溢到桌面上。汉娜小姐嘴里发出呜咽声，摇着尾巴，往汉斯先生怀里拱，安慰主人。

"直到高中毕业前夕，我们家旁边搬来了一户新邻居，我才第一次懂得故乡的含义。你们大概猜到了，我爱上了一个姑娘，每天只要看到她心里就感觉踏实安稳，她给了我从未有过的宁静。她也爱上了我，我们同时陷入了美好的初恋之中。有一天傍晚，我和她坐在河边长椅上，余晖染红了尼斯河面。她把头靠在我肩膀上，在我耳边轻声说：'自从搬到齐陶后，我就失去了故乡。'我告诉她，我曾经是一个没有故乡的人，但现在终于找到了。她问我的故乡在哪里。我说就在身边，就是她，但愿有一天，我也会让她有一种找到故乡的感觉。她想了想说：'但愿如此吧。'那个时候，我就已经知道，她对我的爱和我对她的爱不一样。对我来讲，拥有故乡的感觉这一生中也只有过那么一次。我们相恋了半年，准确地说是六个月零十三天，那之后，我考上了科隆的一所大学读外交专业，她去柏林学习建筑。我们俩一东一西，相隔五百公里，但只要想到她，想起我们俩在一起的那些甜蜜细节，我就会有一种回到故乡的感觉。我热切地盼望着假期，我们就可以回到齐陶，回到相恋的地方。但假期来临，我如期回到家里时，看到的却并不是她一个人，走在她旁边的还有一个高大英俊的男生。那是她男朋友海因里希。我失去了深爱的姑娘，同时也失去了故乡。大学毕业后，我主动要求到国外工作。我是在寻找。我以为这个世界上总会有一个地方，有那么一个人，能让我再次找到故乡。四十多年里，我在世界上几十个国家工作过，结过三次婚，有两个儿子两个女儿，但不管在哪里，无论和谁在一起，我再没有找到故乡，我的心始终无依无靠。"

汉斯先生讲到这里停下来，长长呼出一口气。大家一时都沉默不语。餐厅里响起萨克斯管的声音，悠扬清亮，缥缈缠绵，正是那首著名的《回家》。裴先生觉得，汉斯先生无依无靠的感觉，就和现在的自己一样。他们都是没有家，也永远回不去家的人。

"但是爷爷，这些事和狗狗有什么关系呢？"裴小姐眨眨眼睛问，有意调节气氛。

"十几年前，我在日本东京当副总领事时，即将回国的丽莎女士留下了一只白色博美犬。那是我养的第一只狗。我惊奇地发现，每当我把狗抱在怀里时，就会有一种安稳感，就仿佛找到了家一样。从那时起，我就开始养狗。狗成了我的故乡。这些年里，我养过八只狗，品种不同，颜色也不一样，但它们都有同一个名字——汉娜。你们一定猜到了，那是我初恋女友的名字。我父母最终离了婚，安葬在不同的墓园里，我和他们的关系都不算好。将来，我不知道自己该安葬在什么地方。或许，我会和最后一只汉娜安葬在一起，至于在哪个国家，哪座墓园，都无所谓。"

汉斯先生结束了讲述，目光从两根铁条之间望出去，似乎已经越过溜冰场，穿透大厦墙壁，穿越时空，抵达了某个未知的地方。裴先生的心一阵刺痛，父亲临终的嘱托再次回荡在耳边："把我葬在老家的梯田山上。"父亲无论如何都不会想到，当年的梯田山已经不复存在，这个遗愿永远无法完成了。他同样不知道该把父亲安葬在什么地方。

四个人一时都没再说话，低头吃东西。有一种黏稠凝重的气氛流动在餐桌上，仿佛一条看不见的纽带把他们连接在一起，彼此之间的关系似乎发生了某种变化。裴先生忽然意识到一件事，他的故乡其实是父亲。父亲去世后，故乡就不存在了。所以，他心里才会始终空落落的。那父亲的故乡又在哪里呢？是当年离开的城市，还是他曾经奋斗过的那个地方？裴先生无法回答这个问题。

汉斯先生用勺子搅着杯底黑色的糯米珍珠，轻轻叹息了一声，转头对裴先生说话。

"爷爷问你，有没有养过狗？"裴小姐翻译。

裴先生想起了自己养的第一只狗，在他七岁那年夏天，被父亲吊死在家西边的一棵柳树上。它死的时候，两只黑色的眼睛瞪得溜圆，吐出的紫红色舌头一直垂到脖子上。据说村子里要过军队，狗叫声会暴露行动目标，而他父亲是大队书记，理应带头打狗。那是一只黑色四眼狗，已经养了两年，只要把手举过头顶，它就会竖起身子用两条后腿走过来，一跳一跳地够你手里的东西。那也是裴先生养的最后一只狗。从那以后，裴先生开始害怕狗，看到狗就会头皮发麻，浑身不舒服。也是从那时起，裴先生开始在心里盼望某天夜里父亲突然死在睡梦中。但他永远不会把这些事说出来。裴先生不置可否地摇摇头，把汉斯先生的问题应付过去。

小杜和裴小姐用韩语说了几句话。裴小姐做了个让他闭嘴的手势，随后，用德语和汉斯先生交谈起来。裴先生再次感觉女儿和小杜正在闹别扭，大概小杜急于向女儿解释什么，而女儿却不想听。汉娜在小杜和裴先生之间跑来跑去，似乎知道他们都成了局外人。

"叔叔平时工作忙吗？"小杜抱起汉娜，把蝴蝶结摘下来，又重新扎好。

"还好，不算忙。"

"听说，您喜欢体育？"

"偶尔看看。"

"我在国外时打过篮球，是组织后卫，一次比赛韧带受伤，就退出了球队。"

"嗯，挺好。"

裴先生话说得干巴巴的，没有去想"挺好"的是小杜打球还是受伤。对眼前这个年轻人，他连敷衍一下都觉得多余。他怀疑女儿和小杜相处，只是为了让他更加痛苦，就像当年他和妻子恋爱是为了让父亲痛苦一样。裴先生和小杜有一句没一句地交谈，他们都想知道另外两个人在聊什么。裴小姐也在关注他们的谈话内容，似乎生怕两个男人发生冲突，或者背着她达成某种协议。她不时转头警告似的看他们一眼。

"爷爷想知道，你们对我出国留学有什么看法?"

裴小姐脸上一副精灵古怪的神情，主动把他们拉了进来。裴先生怀疑汉斯未必真说了这样的话。女儿是想利用汉斯说服他们。小杜应该也不愿让她出国，很可能这就是他们争执的原因。裴先生眼睛看着汉斯先生，话说给女儿听：以后回国找工作的困境，还有恋爱结婚生孩子等许多现实问题。裴小姐脸上的得意慢慢消失，直直地望向小杜，目光里满是威胁和愠怒。

"我同意叔叔的看法。"小杜躲开她的目光低声说。这一刻，裴先生对他竟然产生了一丝好感。裴小姐嘟起嘴，用德语向汉斯先生说了句话。

"你对他说什么?"裴先生怀疑女儿歪曲了自己的意思。

"还能说什么? 你绕来绕去想说的不就是一句话吗，不同意我出国?"裴小姐针锋相对。

"你的想法不切实际，所以我才反对。"

"但这是我自己的人生，不需要别人干涉。"

"我是你爸爸，不是别人，我说的话都是为你好。"

"为我好首先就该尊重我。我已经是成年人了，有权决定自己的事情。"

汉娜看出父女俩在争吵，先是往裴小姐怀里拱，又跑过来，往裴先生怀里拱，就像要在他们之间打开一条通道。汉斯先生耸耸肩，脑门上的"王"字也跟着挑起来，和裴小姐说起德语。裴先生看到，在交谈的过程中汉斯不时摊开双手，脸上露出惊讶的神情。

"你们说了什么？"他们的谈话结束时，裴先生问女儿。

"爷爷说，你的话应该考虑。"裴小姐不情愿地说，"我告诉他，将来可能留在国外，那样就不存在回国找工作的事。爷爷无法理解我的想法。他在世界各地跑，是为了寻找故乡，而我的故乡就在这里，用不着再寻找。他一定是给你面子才这么说的。"

汉斯先生又说了句什么。裴小姐拒绝翻译，把脸转向卡座外面。旁边座位上一对母子正在点餐，母亲看着菜单若有所思，三四岁大的小男孩把桌面拍得啪啪响，尖叫着要吃冰淇淋。女人一巴掌拍在孩子手背上。店堂里响起刺耳的哭声。

裴先生望向小杜。小杜用英语和汉斯先生交谈了几句，随后说："爷爷刚才说：'世界上的事情真的很奇怪，我到你这里来寻找故乡，你却扔下故乡，到我来的地方去寻找自由。'"

裴先生、汉斯先生、小杜，相视一笑。裴小姐依旧黑着脸，似乎和他们都成了敌人。

溜冰场上传来一阵喧闹声，两支冰球队开始了比赛。裴先生的业余时间都在观看各种体育比赛，不是有多喜欢，只是因为中间不会插播广告。父亲在世时不止一次批评他玩物丧志，生活态度不积极。他觉得这是自己反抗父亲统治的最佳方式。他了解很多体育项目的比赛规则，但冰球却一直看不懂，球太小，速度太快，很难分辨出有没有打进。

四个人一齐望向溜冰场，脸上都露出会心的笑容，就好像为终于找到一件共同感兴趣的事情而欣喜。体育同样没有国界。汉娜小姐个子矮，看不到发生了什么，烦躁地在四个人之间来回奔跑，过来时半个"口"字，过去时又是半个"口"字。再次跑到左半边的一笔竖时，她突然跳起来，在裴先生手背上咬了一口。这个动作出人意料，以至于四个人——包括被咬的裴先生，都没有明白发生了什么。直到血从两个牙印里流出来，大家才终于确认，裴先生已经被汉娜小姐咬伤了。汉娜小姐也吓坏了，蜷缩成一团往裴小姐腿上靠，转脸又扮出一副无辜的样子，茫然地望向众人，似乎自己只是个旁观者，一切都和她无关。汉斯先生满脸愧疚地向裴先生解释，这还是汉娜第一次攻击人，他要带裴先生去打疫苗，并进行经济赔偿。听到裴小姐翻译的这些话时，裴先生忽然找到了一种平衡感和满足感，就好像对他道歉的是女儿本人一样。他用纸巾把血迹擦掉，微笑着告诉汉斯先生，这只是个小小的意外，用不着放在心上。

这座省会城市裴先生并不熟悉，防疫针是裴小姐带他去打的。小杜想要同去，被裴小姐拒绝了。按裴先生的想法，随便找家社区卫生所就可以了，裴小姐却执意要去大医院。裴先生稍微争辩两句，女儿就发了脾气，责怪他无知者无畏，把生命当成儿戏。

坐在开往医院的出租车里时，裴先生忽然想起来，他看过的一部美国电影《朗读者》，里面的女主人公名字就叫汉娜。电影里汉娜的扮演者名叫温斯莱特，也是《泰坦尼克号》的女主角。裴先生和妻子讨论剧情时，总是把她的名字喊成莱温斯基。裴夫人因此质疑他对拉链门事件格外感兴趣。那个汉娜是纳粹集中营的一名看守，和一个比她小二十一岁的男孩发生了恋情，每天痴迷于躺在他怀里，听他读书。汉娜为了掩藏自己既不会读也不会写的事实，竟然不惜被判处终身监禁。裴夫人认为这个故事不太可能发生，怎么会有人好面子到这种程度呢？裴先生却觉得很真实，面子就是尊严，能够支撑人活下去。

手背上的伤口已经不再流血，渐渐肿胀起来，像里面有颗心脏似的，一跳一跳地疼。两个圆形齿痕开始发黑，在手背两侧遥相呼应，就像一双瞪圆的眼睛。裴先生想起了小狗汉娜的眼睛，还有那只被勒死的四眼狗的眼睛，都是这样又黑又圆。

"汉娜不是真的想咬你。"坐在前面的裴小姐没有回头，冲着挡风玻璃说，"它只是想引起大家的注意罢了，就像小孩子哭闹一样。"

"我知道。"

"你不知道。小时候我只要一哭，你就会训斥我，责怪我调皮捣蛋无理取闹。你从来就不知道我心里在想什么，我需要什么。在你眼里，我总是这也不行，那也不行。从小到大，我特别渴望听到你的夸奖，但一次也没有过。在你面前，我总觉得自己很差，差得一无是处。知道我为什么要养狗吗？因为我孤独，心里有话没处去说。"

女儿的声音低下去。裴先生想说什么，最后只是咽了口唾沫。喉咙里干涩灼热，就像燃烧着的一小片沙漠。他感觉自己正碎裂成一粒粒沙子，无法阻止地向下流淌，渐渐把自己淹没起来。一只金黄色的蜻蜓不知什么时候飞进了车里，用脑袋撞向车窗，试图飞出去。落下来，再次飞起，用力去撞。裴先生搞不清这个时节是否还应该有蜻蜓，或许蜻蜓本来就不存在，一切只是他的幻觉而已。

　　出租车停在了医院门口。一辆救护车从旁边疾驶过去，车顶上红色的灯不断闪烁，刺耳的笛声从门口一直响到门诊楼的台阶下，就像拖着一条沉重的尾巴。

夜 莺 湖

班　宇

　　吴小艺想约我见面，但不直说，发了两天信息，第一天问我，最近过得怎么样。我说，一般化。她半天没回，估计是想等我问，你过得如何，但我就是不说。分手一年半，少扯犊子为妙。第二天晚上，发过来一段视频，熊猫给饲养员开门，四肢蜷在把手上，缩作一团，轻松后仰，铁门顺势而转，我看了好几遍，想回点什么，但也不知说啥。后来半宿没睡着，始终在分析这段视频，琢磨出来两层意思：第一，你的心门，我来打开。并非自我感觉良好，主要是从某个角度看去，吴小艺长得的确有点像熊猫，上下一般粗，加上最近的种种反常举动，让人不得不产生这样的想法。第二，运用潜意识，向我推销。吴小艺在防盗门公司上班，干销售，其企业形象就是一只熊猫，1990年亚运会的吉祥物，名叫盼盼，手持金牌，眼神飘忽，向前冲刺，仿佛即将跌倒，很令人担忧。所以我觉得，她发这个视频，也有可能想让我买一樘门，这么长时间过去，我仍记得她曾无数次纠正，卖门论"樘"，而不是"扇"，一樘门可以有两扇，三扇，四扇。量词使用要严谨。针对这两种可能，我也想了一下相应策略，若是前者，那就算了，好马不吃回头草，好男不跟前任搞，不是不行，而是没有必要。但若是想卖门，那我就支持一下，这个条件还是有的，盼盼到家，安居乐业，口号喊了多少年了，也信得过。想清楚这两点，我心里就比较有底，睡到中午十二点，冲了个澡，把车开到卫工街，沿着路边停好，后挡风玻璃贴上"收车"二字，便去旁边饭店喝羊汤，一碗见底，又填满，直至后背湿透，冒一身汗。买卖二手车这生意，我干了好几年，数今年行情最差，价格透明，普通轿车每台能赚一千五就不错，SUV也就两千来块，而且一个月出不了两台，好几辆破车都压在手里，小半年了，来摸的人都少，说不急那是瞎话。

我吃完饭，回到车里，给我妈打了个电话，说晚上准备过去看她。结果她没在家，出门旅游了，报的夕阳红团，华东五市，加上扬州、镇江、宁波、绍兴、普陀山、乌镇双卧十日游，一路高歌猛进，全程自助早餐。不用问，肯定跟相好的一起去的。事先也没通知，可见我在她心里的位置。我妈这人，性情比较活泛，擅长分析事儿，注重细节，总爱乱出主意，但有人就愿意信。一来二去，跟活动室认识的杨师傅走得比较近。杨师傅以前是工程师，长得挺有派，常年披着风衣，退休金丰厚，一个人也花不完，我妈就帮着一起想办法。我挺支持他们的，明里暗里，提过好几次，但两人也没在一起过日子，就是游山玩水，畅享自然风光，然后各回各家，不知道图啥。

其实我也不是想去看望我妈，主要是我家有个传统，每逢周五，必包饺子，夏天吃黄瓜馅儿的，冬天是羊肉，春天的韭菜嫩，就包三鲜的，里面还有虾仁，雷打不动。当年跟吴小艺在一起时，我都怀疑她是奔着这个跟我好的。吴小艺特别爱吃我家的饺子，吃过一次，就上了瘾，个个礼拜都要来，不用筷子，煮好拎起来就往嘴里送，塞满三只，同时咀嚼。即便是我们吵架期间，赶上周五，她也一声不响地提着肚子来吃饭，饺子进了肚儿，关系就缓和一些。所以我俩处对象时，没大矛盾。我妈挺得意她，觉得会来事儿，说话好听。吴小艺有这个本领，跟谁都能唠到一起去，上天入地，无所不知。我后来就有点烦她这一点，觉得里外不分，没个亲疏远近，说过几次，她也没太当回事儿，依旧我行我素，大大咧咧。分手之后，经人介绍，我又处一个对象，叫苏丽，小我几岁，在超市的调味品区负责理货，跟吴小艺的性格正好相反，内向，不爱说话，问啥答啥，多余的一句不讲。苏丽又瘦又矮，眼睛大，往外鼓着，像条小金鱼，性格温驯，一点脾气也没有。我俩头一次见面，约在超市里，她的头发焗成黄色，扎在后面，一摆一摆的，戴着永远洗不干净的棉线手套，拉一辆平板车，也不抬脑袋，跟谁怄气似的，车上摞着好几箱油盐酱醋，花里胡哨。我跟她打过招呼，不知说点啥好，就陪着整理货品，苏丽走路带风，干活细致，不仅讲究品牌摆位，还会注意不同的区域配色，方方面面，都照顾得到，是门学问。下班之后，我问苏丽，工作几年了。苏丽说，三年多。我说，累不。苏丽说，还行。我说，头发颜色挺时髦。苏丽说，白的多，挡一挡。我说，下班去哪儿。苏丽说，回家呀。我说，吃点饭去不，麻辣排骨串。苏丽说，也行。我们之间的交往差不多就是这样，任何要求她都没有拒绝过。有时好像也想说点什么，话到嘴边，又想了想，也没说出口。我性子急，遇到这种情况，就愿意多问几句，但这样一来，她反而更不讲了。

电台里播着情感栏目，一位女性在讲述自己的婚姻经历，语调悲切凄惨，一言蔽之，再婚家庭矛盾多，想方设法来耍我，好心当作驴肝肺，前妻招手就去睡。我听了都跟着上火，但还是没扛住困意，在车里眯了一觉，没几分钟，便被铃声吵醒，吴小艺的号码。我揉揉眼睛，接起电话，假装不知道对面是谁，客气地说，喂，您好。吴小艺说，像个人似的。我继续说，请问您是哪位。吴小艺说，猜。我说，抱歉，猜不到。吴小艺说，你爹。我说，我是你爹。然后就把电话挂了，来气。过了一会儿，她又打一次，我也没接，把收车的牌子取下来，掉了个头，速度七十迈，开车去了浑河西峡谷。这半年来，不忙的时候，我经常去那边，一坐一下午，比较肃静，景儿也好，放眼望开，一片浩荡，河水平缓漫延，消失在远处的荒草里。岸边总有人放风筝，各式各样，有燕子、老鹰，还有长虫、恐龙和猪，被地上的人们遥相牵引，风将其吹得鼓胀，烈日穿过，更显苍白，近乎透明，整片天空像是一个巨大的墓园，各守其位。还有民间乐团演奏，成员都是老年人，满脸斑点，表情僵硬，肢体动作丰富，摇头尾巴晃，压着嗓子唱苏联歌曲，三句一停，气力不足，但歌儿还是好，冰雪覆盖着伏尔加河，冰河上跑着三套车。我坐在台阶上，点了支烟，想象着走在结冰的浑河上，浓云蔽日，老马只剩一把骨头，鬃毛覆雪，确有几分忧愁。中场休息时，乐团成员也坐过来抽烟，捧着保温杯，自说自话，边喝茶边吐碎末。有一次，其中一位跟我借了个火，对我说，家近吧，见你常来。我说，也不近，愿意过来歇会儿。他说，好听吗？我说，好听。他说，老了，年轻时可比这强。我说，专业搞音乐的。他说，不算，厂里文艺队的，我们这批总共九位，走了一位，还有两个在海南，一个在北京，带孙子呢，剩我们四个。我说，难得，还能聚在一起，但数目不对，差一位。他说，心思挺细。我说，做过点儿买卖，对数字敏感。他说，确实还有一个，女的，以前主要负责演唱，没联系了，她那嗓子是一绝，长得也好，1994年，单位解散，我们跟工会恳求许久，在文化宫办了最后一场，十首歌，都带着家属过来听，她唱的压轴曲，俄语一遍，汉语一遍，麦克风不好使，基本是清唱，全场鸦雀无声，不敢喘大气，生怕错过一个音，演出结束了，还缓不过来，没人敢拍巴掌，我往下一看，底下无数个发亮的脑门儿，往外渗着汗水，什么原理。我说，不知道，人多，热。他说，兴许是。当天唱的是苏丽珂，格鲁吉亚民歌，第一句，为了寻找爱人的坟墓，天涯海角我都走遍；第二句，但我只有伤心地哭泣，我亲爱的你在哪里，问谁呢呀，没答案。电视上演过的，半导体里放过的，古今中外全算，没有一个唱得比她好，了不得，就为这个，把自己名儿都改了，就叫苏丽珂。我说，本来叫啥。他说，苏丽，加了一个字儿。我说，我对象也叫这名儿。他说，不加还行，加上之后，越活越坎坷。我说，这我相信。他说，出了点意外，昏迷半个月，去北京做的手术，好几个月没说过话，再一出声，动静完全不一样了，精神有点受不住，就与世隔绝了。我敷衍着回了一句。过了半晌，他站起身来，我抬头向上望去，一只黑色的蝴蝶风筝飞过，正好将太阳挡住，光在减弱，周围泛起一层虚影。他继续说，但现在过得也行，安度晚年，不唱苏联的了，改唱耶稣。我前阵子见过一次，就在十三路教堂，请我去拉琴，一天五十块钱，台上人唱一句，她学一句，都唱完了，她也不走，搐着轮椅过去，拦住领唱，问人家，我该往哪儿走。可笑不，大门朝西，你说往哪儿走，不回家还能干啥，耶稣也不供饭，但人家不这么回答。他说，你本来四十天就能走出去，由于常有怨言、不断犯错，神就罚你在旷野，来回逛荡，一直走了四十年。她点了点头，我听不下去，净扯犊子，没打招呼，收拾东西走了。出门后我就琢磨，四十年哪，神咋不整死我呢。我没回话。过了一会儿，他又说，你知不知道谁最爱听这首歌？我说，不知道。他说，斯大林，他有四句话，说得比神还好，人生最宝贵的是生命，人生最需要的是学习，人生最愉快的是工作，人生最重要的是友谊，慢慢品去吧。

吴小艺在小区里堵我，一袭花衣，十分显眼，像要登台唱大戏。她蹲坐在花坛上，旁边摆着一个布包，用手给自己来回扇风，腰间的肉直往下坠，看着心惊，好悬没掉地上。我想去麻将社避一会儿，还没来得及转身，就被她发现了，以前我俩处对象时，她就有这特征，眼睛尖，凡是干点啥坏事儿，当场就能发现，瞒不过去。吴小艺扯着嗓子喊我，像是准备要我命，接着又一路狂奔，周围空气化作一股热浪，扑袭而至，我吓得退后几步，稳一下精神，方才站定。她跑至近前，双脚急速并拢，摆出立正姿势，身体挺直，气喘吁吁，我误以为她要跟我敬礼，条件反射，提前先敬了一个回去，权当问候。她一脸不解，咽了口唾沫，跟我说，我打电话，你骂我干啥。我说，以为是黑社会要账。吴小艺皱紧眉头，稍加思索，问道，最近得罪人了？我说，是，正躲呢。吴小艺说，事儿大不？我说，说大就大，说小就小。吴小艺说，到底啥事儿，我看看我有朋友没。我说，宰了一只大熊猫，正逃案呢。吴小艺说，这牛让你吹的。

我买了两罐汽水，站在超市门口，一边喝一边听吴小艺讲，最近过得不易，遇到一些麻烦，具体说来，具体就不说了，反正现在差十来万。我说，要不你还是说说？吴小艺没吱声。我说，借高利贷了？她摇摇头。我说，我姨生病了？她继续摇头。我说，又摇头去了？吴小艺说，多少年不去了都。我说，那到底因为啥呢？吴小艺说，离了，我想要房子，得给前夫找点平衡。我顿了一下，说道，吴小艺，你上这儿来给前夫找平衡？吴小艺说，江湖告急，想来想去，就认识你一个做买卖的，很神秘，有实力。我说，给个车行不，水淹捷达，刚泡好没几天，开着跟喷泉似的。吴小艺说，能别闹不，哥，实在没办法了。我说，你是真敢张嘴。吴小艺说，跟你提怎么也比别人强，毕竟有感情在。我原地自转一圈，问她，哪呢呀，我咋没看见。吴小艺说，一句话，帮不帮吧。我说，对不起，真帮不上，我有对象了，她管钱。吴小艺说，在超市上班那个呀？我听说了，你妈可老看不上她了，方方面面都不行，拿不出手。我一下子有点火大，叨咕半天，就为了说这个，纯他妈闲的。我捏扁易拉罐，抛到空中，飞起一脚，但没踢多远，落在路边的井盖上，发出一声空响。之后迈步离开。

我没走正路，钻进绿化丛里，绕着往家里走，柳树垂在面前，我薅了一枝叶片，团在手掌里，感受着它一点一点展开。吴小艺跐着脚，紧跟身后，不离不弃，游魂似的，行动飘忽，我总想往后偷瞄一眼，担心她要捅我，人一急了啥事儿都能干出来，防人之心不可无，况且也有过教训。到了门口，我迅速掏出钥匙，本来想给她拦在外面，但没掰扯过，还是让她审进来了。进屋之后，她也不脱鞋，假扮巡视员，背着手挨个屋视察，厕所也开灯看一遍。平白无故冲了一下马桶，水声阵阵，然后跟我说，没住一起呀你们。我没理她。她又说，关系还是不到位。我说，不是不帮你忙，实在无能为力，生意不好，要钱真没有。吴小艺说，你妈手里，是不是多少应该存了点。我说，你想啥呢，咋好意思的呀。吴小艺坐在沙发上，嘟着脸，一脸刚受完欺负的熊样，我懒得欣赏，躺回卧室里，脸朝着窗外，一只灰鸟飞到窗台上，蹦了几下后停下来，与我对视。过了一会儿，忽然听见一声尖细的悲鸣，立体声环绕，像是要钻入所有缝隙之中，开始以为是防空警报，怕发生什么战争，内心有点慌，起床一看，原来是吴小艺在哭泣，声音从鼻腔里出来，还带着节奏，四四拍的，但就是不见眼泪，纯属干号，五官错位，满脑袋虚汗。我看着闹心，跟她说，打个借条，我给你拿。吴小艺立刻止住哭声，眨了眨眼睛，说道，还得是你，有情有义，对我够意思。我说，卡号发我，这几天有空给你转，赶紧滚蛋。

送走吴小艺后，我盯着看那张借条。从桌上的新笔记本里撕下来的一页纸，字写得横平竖直：本人吴小艺，女，1983年生，沈阳市铁西区人，籍贯辽宁鞍山，现从事销售工作，因婚姻惨遭不幸，前夫纠缠不休，特借款十万元整，处理未尽事宜。将来必定努力工作，争取早日归还，口说无凭，立此为据。底下是签名，还龙飞凤舞一下，跟个领导似的。我将这张借条的边缘裁齐，折成一架纸飞机，打开窗户，使劲向外掷去。

夜里我做了一个梦，吴小艺过来找我，穿着工作服，胸前画着一只口歪眼斜的熊猫，面目狰狞，满脸是血和泥，黑红交错，像是刚摔过几跤，双臂抡着门板，虎虎生风，非要跟我拼命。我尽量保持镇定，跟她说，冤有头债有主，你来找我干啥。吴小艺说，不是你我能离婚？我说，跟我有啥关系，不该你不欠你的。吴小艺说，不跟你分手，我能遇到我前夫？我说，能不能讲点理，谁介绍的找谁去。吴小艺说，你妈介绍的，她有个相好，姓杨，我前夫就是他儿子。我说，我妈把我对象介绍给相好的儿子？吴小艺说，对。我说，你冷静一下，咱两一起找她去，我问问到底咋回事，母子关系处到尽头了。吴小艺放下门板，坐在地上，两腿一伸，连哭带闹，这时，我才发现，我俩在一座桥上，底下是深河，绿水涌动。天空下起雨来，我有点魂不守舍，因为忽然想起，同一时刻，苏丽正在等我，我们之前有过约定，目前这个情况，我又脱不开身，心里很急。无计可施之时，水面上跃出一条金色怪鱼，体型极大，如四五个成年人叠加，长相奇特，头部是圆形，像小孩儿玩的布老虎，身躯和尾巴逐渐收缩，眼睛占据半张脸，龇着牙大笑，有点不怀好意。这条鱼跃起之后，在半空中翻腾数次，最后跳落在岸上，掀起几块砖瓦，尘雾弥漫，有人过去将其扑倒，死死压住，使其动弹不得。我看着非常惊讶，上前询问，那人说，这是龙舟开始的信号，大鱼既出，再无水鬼兴风作浪。话音刚落，河上有数只龙舟经过，头尾相接，次序井然，与平日所见略有不同，所有划桨者均十分懈怠，没有口令，动作疲惫，没精打采。吴小艺也不哭了，起身探出桥栏，目光呆滞，观赏龙舟。我趁其不备，转身溜走，一路小跑，来到与苏丽相约的地点，但她却不在。我有些失魂落魄，掏出手机想要联系，说明一下情况，却收到一段她发来的视频，不知拍摄者是谁，时间应该是下午，苏丽的头发好像刚染过，身穿一条松松垮垮的金色旗袍，对着镜头笑，斜阳散射，衣服上的亮片看起来近似鱼鳞，不断反光。她赤脚站在岸边的草丛里，又扎一遍头发，比了个手势，然后舒展身体，向前冲刺几步，跃入水中，消失不见，只荡开一圈波浪。一只灰鸟从远处飞来，速度极快，如弦上射出的箭矢，驶过湖水，最终栖于岸边。

醒来之后，我又将这个梦回味了一遍，心头发紧。饭也没吃，开车去银行取了个定期，把钱给吴小艺汇过去，又发信息告诉她，钱已转过去了，记得早点还，有用。我坐在大厅里等了半天，也没回复。出来之后，发现车又被贴了条。没办法，点子就是这么背。这十万块钱也不是我的，我妈前阵子刚给的存折，说留着以后结婚当彩礼用。我说，我跟苏丽还没到那步呢。我妈说，或早或晚，你俩有点缘分。我说，那是幻觉，我跟小沈阳还有缘分呢，走哪儿都能看见广告牌子，打开电视也都是他演的小品。我妈说，苏丽比吴小艺合适，你俩能过长远，我看人很准。我说，苏丽有个妈，残疾，坐轮椅，家庭负担不小。我妈说，我都不注重这些，你还在意。我说，说得轻巧，反正以后也不是你伺候。

其实苏丽没妈，我也就这么一说，她父母很早离异，一直跟着爸过。有次喝多了酒，我俩去开房，鼓捣大半宿，完事之后，酒都醒了，也睡不着，就躺在床上说话。我问她，这些年来，见过你妈没？苏丽说，见过，但没敢认。我说，在哪儿？她说，超市里，她坐着轮椅，可能是骨折了，后面有人推，一个男孩，跟我弟差不多大。我说，没打招呼呢。苏丽说，她戴着口罩。我说，挺讲卫生。她说，挑挑拣拣，最后买了一瓶醋，搁在手里捂了半天，才去结的账。我说，还是应该走动走动，血浓于水。她说，后来又碰见过两次，我就想，别是奔着我来的，就一直躲在库房里。我说，不至于，娘儿俩有啥仇。苏丽说，没仇，也没感情。我说，你这人心硬。她说，对，我爸也这么说，你可想好。我说，没啥好想的。苏丽说，再想一想。我说，不用，我认准了，就不怕这个，前几天梦见你一回，伸胳膊蹬腿儿，非往湖水里跳，扎进去就没影儿，我也不会游泳，扯着嗓门去喊，但怎么都发不出声音，急得干瞪眼，醒过来时，心脏怦怦乱跳，半天缓不过来。苏丽挪了挪脑袋，抵在我的胳膊上，说，别想太多，我能下去，就还能上来。

给吴小艺汇完款的第三天，我头一次见到苏丽她爸，在超市门口，披着一件棕黄色外套，与季节不太相符，个子不低，驼背厉害，脸上褶子不少，像用小刀刻过，嘴角往下耷着。那天我等苏丽换衣服下班，准备一起去看场电影，票都买了。她爸站在门口抽烟，迎面看见我们，也没反应，只将烟头踩灭，双手插进裤兜里。苏丽拉了一下我的袖口，低声说，我爸。我有点措手不及，事先她没提，便问了声好，语气生硬。他点点头，上下打量一番，又将苏丽拉去一旁说话，我不好打扰，独自走去停车场，发动好车子，拧开空调，过了一会儿，苏丽小跑过来，没拉车门，敲了敲窗户。我摇下玻璃，苏丽跟我说，今天先不去了，她弟出了点事儿，正在医院里，上班也没看手机，刚知道，得过去看看。我说，我陪你去，不然我也不放心。苏丽犹豫了一下，还是坐进车里，我绕到路边，看见她爸正在打车，冲着大街上招手，动作发僵，漫无目的，我停下来，将他一并接上，向着医院驶去。路上，车内温度有点低，苏丽打了好几个喷嚏，我想问问情况，但不知道怎么开口，又觉得她也许不想回应，就先算了。后来开了窗户，风声很大，每过一个路口时，她爸都会跟我说一句，谢谢。语气相当局促。我听得隐隐约约，不太确定，刚开始还点头回应，后来苏丽在啜泣，我也就没什么心情。虽然不是亲弟弟，跟她姨后来生的，但相处多年，总归有点感情。她给我讲过几次，她弟从小体质弱，发烧感冒，常去医院报到，全家跟着操心。我给他们放在医院门口，又绕过天桥，找了半天停车位，才进到住院处，不好打电话问，只发了条信息，就在走廊里闲逛，差点撞了个老头儿。大半夜，他自己颤巍巍走出来，以为我是护工，先跟我要烟，我没敢给，又非要我领着去上厕所，这不好拒绝，挽他进去不说，还帮着解下裤子，仔细扶好，尿完又甩一甩，上下左右，心里倒也没多嫌弃。老实说，我伺候我爸都没这待遇，不怎么上手，但那天就想做点好事儿。方便过后，我又给他送回病房里，搁到床上，挺大的三人间，就住着他一位。我问他，啥病啊。他说，没病。我说，老干部？过来疗养？他说，王八犊子，给我拿支烟。我说，你好好说话，我都给你把尿了，能不能有点涵养。他没吭声。我想了一会儿，没跟他一般见识，往床上甩了支烟，他拾起来，先用鼻子闻了两遍，又衔在嘴上，空吸几口，我转过来，凑到近前，给他上了火。他眯着眼睛，抽了半支，咳嗽数声，又跟我说道，快没了。我说，这儿还大半盒，够用，楼下车里也有。他说，不是烟，我说我快没了。我说，别想太多，我看你挺好，骂人很利索。他说，我心里明白，就这几天的事儿。我说，家人没来？他说，撵走了，图个清静。我说，想开点，都得经历。他说，一辈子攒点钱，都看病了，最后给自己看没了，我图啥呢。

我没再回应，低头看一眼手机，还是没有消息。他叹了口气，也不再说话，闭着眼睛，又过了一会儿，开始哼唧，偶尔干呕。问他哪里疼，他摆摆手，问他需不需要找大夫，他也摆手。非亲非故，再多问不合适。我躺在旁边的床位上，闭目养神，那天半夜，温度骤降，屋里越来越冷，我忍不住拉起被子，盖在身上，一不小心就睡着了。直到凌晨，我感觉有人往我身上拱，半睁开眼，发现是苏丽，背对着我，脱了外衣，只剩白色胸罩，头发披散下来，身体缩得更紧，我顺势移开一点，从后面轻轻抱住，搂着她的身体，肋骨如柴，且有点往外翻，像在抚摸一只营养不良的小狗。苏丽说了句什么，我没听清，就又睡着了。再醒来时，已是早上八点多，医生过来查房，屋里只有我们二人，衣衫不整，那个老头儿不知去向。一位医生用铁夹子敲着床栏，后面跟着一排实习学生，高声问我们，左卫武呢？我说，谁？医生说，三床的左卫武，不是你家人吗？我说，不是。医生说，那你是谁，在这儿干啥？我说，我来陪护别的病人。医生说，谁？哪个科的？我一下子答不上来。医生说，你们这号的我见多了，都不爱多说，跟动物没区别，俩眼一睁，干到熄灯，俩眼一闭，梦里继续，警告你们，以后别来了，挺大个岁数，也要点脸，干啥得分个场合。我说，不是，你误会了。医生没听我们解释，扭过头去，对着学生们说，过半个小时再来看看，左卫武要是还没在，联系家属。

一宿没休息好，我看苏丽也是灰头土脸，毫无精神，就让她跟我一起回家。我妈炒了俩菜，没吃几口，苏丽噎了一下，开始流泪，无声无息，完全止不住。我让她在我的床上睡一会儿，也就不到一个小时，醒来后她洗了把脸，情绪缓过来一些。我问她，昨天到底什么情况？她说，弟弟没了，也不是昨天，前天的事儿，游泳池里过电死的，没在病房，太平间里看一眼，没敢告诉我。我说，游泳池里咋还能过电？她说，壁灯漏的，总闸没关，目前是这个说法，具体还在调查。我说，多少能赔点钱，估计要打官司。苏丽说，人没了，要啥都没用。我说，在哪出的事儿，劳动公园的夜莺湖？苏丽说，是，你咋知道？我说，有过类似事故，许多年前，那次我正好路过，本来也想去游泳，但我爸没让，算是躲过一劫。苏丽说，听到这个事情，我就不信，做梦似的，看见我弟躺那儿，胖了一大圈，总觉得不是他，现在也这感觉。我说，接受现实，节哀顺变。苏丽说，接受不了。我说，人死不能复生，体面送好，风风光光，自己的日子还得过，谁都一样，斯大林有四句话，人生最宝贵的是生命，人生最需要的是学习，人生最愉快的是工作，人生最重要的是友谊，生命没了，学习不止，投身工作，处好感情，你仔细品一品。

出殡那天，我闹表定的四点，头天晚上有点失眠，想了些别的事情，就没能按时起床。闹表也许响过，但让我给按灭了，再睁眼时，五点十三分，天放了大亮。我连忙穿衣下楼，闯了一路红灯，来到苏丽家楼下，当时所有流程已走完一遍，她家亲戚不多，就等着我来。我内心很愧疚，这么个事情还迟到，实在说不过去。我的车跟在灵车后面，从大润发往德胜殡仪馆开，这天早上特别堵，本来四十分钟的路程，硬是开了一个半小时，头一炉是烧不成了。苏丽坐在副驾驶位置，也不讲话，直勾勾地愣在那里，双目无神。我想放点歌曲，但切了几首，氛围都不太对，好不容易到了地方，往门里拐时，又跟一辆别克商务发生剐碰，右前脸蹭了几道痕迹，露出底漆，本来不是什么大问题，按理来说，责任一人一半，各修各车就好，在这种地方，谁也不是故意的。但对方不依不饶，大呼小叫，气势汹汹，我都回到车上了，又给我生拽下来，让当场赔付，我也不好发作。苏丽她爸先进入园内处理事情，我忍住脾气，给保险公司打电话，刚刚接通，却看见苏丽疾步走出，倒持一柄十字改锥，来到近前，谁也不看，反手握稳，干脆利索，将改锥斜着刺入商务车的引擎盖里。还没等我报完保险，对方便已一脚油门开走，连号码也没留。改锥还悬在车上，像一只刚长出来的小犄角，跃跃欲试，准备出门闯荡一番。我有点没反应过来，咬了几下嘴唇，苏丽扭头直奔隔间，去挑选骨灰盒。

我没跟进去，就在外面等，里面氛围太阴，我待不住，每次都起一层鸡皮疙瘩，很长时间回不过劲儿。殡仪馆的绿化搞得不错，四处葱郁，树枝明亮粗壮，早上刚下过一点小雨，地面湿润，味道很好闻。高炉已经废弃不用，但还没拆，铁质爬梯缠绕在外，像是一只庞大的多足纲昆虫，身子微微立起。我忽然想到，很多人的一生，最后都在这里度过，躯体化作灰尘与烟，跟汽车排出的尾气、植物吐出的氧气、所有的雾和霜，彼此交融，肆意流淌，沉积在旷野上。世上没有死者，但它却是由死者一点一点构成的。我又想起那个梦，也许是在说，既然人生的龙舟之赛中，金色大鱼已经现身，且被人按捺于岸，那么，所有的傀儡自然消失分散了。

　　雨又下起来，我躲进展示栏的低檐下，读着玻璃窗里的文字，有历史概况，也有政策方针、服务口号，以及部分工作人员的个人介绍。图片泛白，字迹模糊。我在上面看到一张照片，有些眼熟，底下名字写的是左卫武，想了半天，才记起是在医院遇见的那个老头儿。他在照片里还很年轻，系着绶带，头部后仰，笑容质朴，颇有几分自信。实际上，现在的他也许并不老，应该没到退休年纪，但人一生病，很快就会垮下来，或者变得跟以前完全不同。这种情况我见过很多次，我爸当年就是这样，最后瘦得脱了相。刚认识吴小艺的时候，她也瘦，八十来斤，头发烫成大波浪，好几处文身，爱去夜场跳舞，一蹦半宿，水都不喝，活力四射，眼睛往外喷火光。后来生过一场大病，大概是基因问题，北京上海都去过，属于疑难杂症，没办法治，只能吃激素，价格不低，也不敢停，停药就犯病，还自杀过，被我拦了下来：骑在窗台上，晃着小腿唱歌，好不容易劝住，又去厨房拿刀逼我，让我别管，我咋能不管，扑过去硬抢，被她划了好几下，胳膊上都是血道儿。我也难过，一点办法也没有。那阵子我们过得很难，我刚上班，在4S店干后勤，一个月就两千来块钱，根本不够花，租了个旧房子住，冬天交不起采暖费，室内没办法待，脸盆里的水很快上冻。吴小艺实在太冷了，每天我上班后，她就去附近的超市里待着，至少能有个空调，晚上我再去接她回家。整个冬天就是这样过来的。有一次，我加班到很晚，超市关了门，吴小艺也没回去，就一直在外面坐着，缩进棉门帘里，那时她已经开始发胖，鼻尖冻得通红，呼吸紧促，眼睛也睁不开，迷迷糊糊，哑着嗓子跟我说，刚做了个梦，以为我不要她了呢，她也没地方可去，只能在这里等一等，也不知道我会不会来。我说，别乱想，梦都是反的。吴小艺抽了抽鼻子，站起身来，拉过我的手，放进她的袖管里取暖，笑着跟我说，哥，我俩快结束了，你知道的吧，我挺感激你的。我说，我不知道。吴小艺说，我知道，你会过得不错，我也许没那么好，但也还行。我说，纯扯淡。吴小艺说，我早就知道。我说，你还知道点啥？吴小艺叹了口气，说，我将来可能会变成一只熊猫哇。

想到这里，我在雨中给吴小艺拨了个电话，响了数声，无人接听。我有点失落，一时间不知该做些什么，便去服务部买了个花圈，五百块钱，写好一副挽联，挂在两侧。我举着花圈出来时，苏丽正坐在水池边上，四处张望，我挥一挥手，然后走过去，她没打伞，雨水漫在脸上，看上去像是在哭，但我不太确定。我挨着她坐下，说道，买了个花圈，送你弟走，都是鲜花现扎的。苏丽看也没看，说道，退了吧。我说，没多少钱，我的一份心意。苏丽低着头说，我弟没了。我说，我知道，别太难受，他往好地方去了。她说，不是这意思。我说，那是啥？她说，刚准备遗体告别，工作人员一直没找到他，现在还在找。我说，什么情况？她说，不知道，就是没了，原来记录的抽屉，刚一拉开，什么都没有，空的，旁边几个也找了，都不是。我说，是不是还在医院里，做一些化验。苏丽说，打电话问过了，说也没有，那天半夜在医院的太平间，我看完一眼，就拉到这边来了。我说，这不合理呀。苏丽没有说话。我说，不行，得找他们领导去，怎么也要有个说法。苏丽还是没说话。我说，这样，我现在回医院，看看什么情况，实在不行喊几个人过来，今天必须弄明白。苏丽说，我知道，我都知道，我爸去医院了，你能不能先别说话，让我休息一会儿，我头疼。

我与苏丽并排而坐，心中充满疑惑，同时感到一阵眩晕，仿佛大地正在下沉，无休无止，我们跳入其中，要在茫茫无际之中，去寻找一个不存在的人，没有任何启示，更不会有答案。殡仪馆有钟声响起，也有鞭炮声、鸣笛声，迎来送往，一切按部就班。没人在意一具消失的遗体。

雨越下越大，落在身后的水池里，响起一片沙沙的声音。这期间，我进去问过两次，没有任何消息。到了中午，殡仪馆里的很多工作人员都已结束工作，换掉制服，相互道别。我的全身早就湿透，直打寒战，或许还有点发烧，偶尔能感受到心脏泵血，舒张与收缩，像伸开又握紧的拳头，蓄势待发，却不知要朝向何物。风将池里的水吹开，带来一片彻骨的阴凉，在我们身边积聚。苏丽捂住脸庞，茫然无措，仿佛沉入一场梦里，任人摆布，无法醒来。我始终在调整着呼吸，使其均匀，并向着她身体起伏的节奏靠拢。我们的周围到底是什么，我们所能掌控的又是什么呢。一个人在水中死去，最终会去向哪里。我想，如果我们能拥有一致的气息，也许一切就会清晰起来。

苏丽浑身无力，我替她接了电话，另一端是她爸，声音低沉无力，先问了苏丽这边的情况，然后跟我说，经人分析，目前有三种可能：第一，当天夜里，尸体并未送到殡仪馆，而是在医院或者路上被劫走，也许与公园那边有关；第二，殡仪馆方面，存在工作失职的概率，申请领取遗体时疏忽，以前也有过这种情况，还上了报纸，殡仪馆的回应是，烧错了，下不为例，目前正在调取相关记录；第三，请了一位高人指路，他说，苏丽她弟没死，但也没不死，溺毙之人往往如此，睁不开眼，看着是往前游，其实没方向，在水里迷了路，久而久之，没有船来渡，变成水鬼，回头不是岸，只有汪洋一片。挂掉电话之后，苏丽什么也没问，我也没讲，只是想象着，在刚过去的那个夜晚，他会猛然苏醒，站起身来，像电影里演的那样，吐出全部的水，深呼吸数次，直至平静下来，也许还会走出铁柜，在树的搀扶之下，来到池边，坐在我们对面，面容安静，悄悄喊着我们的名字，却听不到自己的声音。雨停之时，我的手机振动了一下，我解开屏幕，是吴小艺发来的一张照片，她插着饲管，穿着病号服躺在床上，面色苍白，头发散乱，比着胜利的手势，像是刚做完一场手术。没有其他字。

　　劳动公园浸在暮色之中，我从侧门驶入，按了喇叭，栏杆自动抬开，无人问询。泳池就在眼前，但此刻，已被铁栅紧密围住，不得入内。池里的旧水尚未抽去，落叶、废伞与无数垃圾漂浮其上，塑料椅子东倒西歪，只停业几日，便呈现一片荒芜迹象。苏丽从后座上爬起来，头伸出窗外，望向这潭死水，呕吐不止。我绕着泳池开了一周，最终在售票处停了下来，其门窗被木板封死，没人看守，我踹开一道口子，进入其中，苏丽也下了车，步伐摇晃，紧跟在身后。泳池分为深浅两个区域，从中间通道行去，是两排低矮的平房，左边为洗浴间，右边为控制室，有只灰鸟落在池边，朝着天空啼鸣，声音剔透，清晰如哨。我对苏丽说，许多年前，我的一位朋友在这里消失了。那天他约我一起游泳，但我在院里踢球，兜里没钱，就跟他说，你先游，在那边等着我，我爸下班回来，我管他要钱，然后过去找你。他跟我说，那你快点，我今天要早回家，感冒没好利索，得按时吃药。结果他自己来到泳池，游了很长时间，我也没去。快要关门时，他躲进水里，彩灯一闭，无所凭依，溺水身亡。没什么人知道这件事情，但我一直忘不了，这些年来，还总能梦见他。他现在跟我一边大，有时在龙舟上划桨，有时在岸上擒鱼，他对我说，自己变成了水鬼，困在池中，永远上不了岸，除非有另一个人来接替。苏丽一脸困惑，并没听懂我的话。我也不再解释，只是对她说，我想去看看他们。之后转身进入控制室，拉开电闸，霓虹灯被点亮，红绿相间，时明时灭，拼成一条条泳道，我褪掉外衣，上身赤裸，扶着栏杆，一步一步，慢慢走入深水区。池水散发着温度，黏稠如油脂，死死裹住我的身体，我不会水，任由下降，双手向前扑去，奋力握向那些光线，却越沉越深，许多大鱼围聚在池底，窃窃私语，如同密谋。我觉得自己在缓缓睡去，无数的梦纷沓而至，载着我向黑暗滑行过去。接着是落水的声音，灰鸟尖叫着割破水面，分开一道裂隙，暗流涌起，大鱼四散，我低头看见数道流动的影子，由远及近，我想那是我的朋友，苏丽，或者她的弟弟，我分不清楚，他们正穿过光的深处，朝我游来。

我们倒在岸边的长椅上，筋疲力尽，苏丽伏在我身上，只是哭，一句话也不讲。在这样一个不恰当的时刻，我忽然很想跟她结婚，极其渴望。在此之前，我从未考虑过会跟她在一起生活，没有一秒这样想过，但现在，这个念头在脑海里奔涌不息，无法遏止。我的视线有些模糊，仿佛看见了一点点未来，并非多么美好，而是它的糟糕程度，我恰好可以完全忍耐。灯光射在她金色的头发上，炫人眼目。我有些激动，但不知从何说起。一条或者几条大鱼，在身后的池里持续跃起，争论不休，溅起无数水花，像一个调皮的孩子，藏在荷叶深处，一直朝着我们扬水。我不再回望，只将苏丽交织在一起的双手握住。我能感觉到，我的血液流向她的身体，畅通无阻，我们正融为一体。

晚风吹来更多的倦意，我擦去水滴，舒了口气，决定重讲一遍。1994年，有天傍晚，我爸浑身酒气，骑着自行车回来，我正在院儿里踢球。他将车停在一边，上前几步，给球断下来，卷起一层灰尘，问我说，作业写完没。我说，今天没作业。他说，吃饭没。我说，吃了，我奶炖的豆角。我爸扭过我的脑袋，指了一下自行车后座，跟我说，走吧。我很听话，拍拍裤子，转身上车。他一路骑得歪歪斜斜，总在咂嘴，原因不明。经过劳动公园，门口挂着几排彩灯，沥青路面上铺着一层细沙，游泳池正在营业，有小孩儿肩扛救生圈，光着脚走出来，步伐轻巧，像是行于水面。我说，爸，我想去游泳。我爸说，有水鬼，三上三下，连提带拽，能给你淹死。我说，他们都去了呀。我爸说，那你也别去。我说，咱们去哪儿。我爸没说话。到文化宫时，天已经黑下来，门口斜立着一座船锚石雕，环着生锈的锁链，从远处看去，整座楼像是一艘停泊在此的航船，搁浅数年，长眠不醒。路边是刚栽的矮树，未经修剪，我爸带着我从中间穿过，我的脸上总被刚结成的蛛网粘住，怎么也抓不掉。礼堂分为两层，前厅空荡，人影都没有，进入室内，便是黑压压的一片，后排与过道挤满观众，密不透风，我们在入口处，什么也看不到。只听见琴声从头顶上传来，将静默的空气锯开，反反复复，时有时无。待了几分钟，我爸便拉着我离开，说要去楼上看。一般情况，二层不让进，演员休息区，我爸以前常在文化宫跳舞，一直是逃票，所以知道个办法。我们来到礼堂后面，爬上廊柱，从二楼的窗户钻进去，其中半扇没有玻璃，反手伸去，能把插销拔出来。我个子矮，骑在我爸的脖子上，撑上廊台，将窗打开，我爸找了几块砖头垫脚，翻身进入。走廊空旷，只能听到一些隐约的歌声。我们绕至侧方，俯身观看，舞台上方亮着几个高瓦数灯泡，紧挨着我，晃得头昏。我刚听了一会儿，便失去耐心，就问我爸，啥时候回去。我爸说，快了，快了。我望向舞台，乐队在底下演奏，一个女的站在新搭起来的楼阁上唱歌，与我高度接近，左手持麦克风，右手撑着木栏，穿一身金色长裙，袖口开阔摆动，如夜莺扑扇着翅膀。她的声音很小，即便我在二楼，也不能完全听清。一曲终了，没有任何掌声，她俯视左右，面无表情，又抬起头，有那么一个瞬间，我觉得她正望向我，我有点犹豫，不知是否应该藏在椅后。还没等我做出决定，她像是被什么提着，飞出栏杆，踏入半空，我伸出手去，想要隔空抓住，但距离太远，无济于事。她轻飘飘落在地上，悄无声息。如一张糖纸，缓缓展开。忽然间，我感受到一股莫名的力量，凭空而来，集成一束，拉紧我的手臂，极力要将我拖出，下面仿佛不是人群，而是深池，我不由自主向前跌去，眼看要坠入。此时，台下响起剧烈的掌声，仿佛浪潮一般，长久不息，将一切重新托起，我借势退后半步。一股带着腥味的热气，由下至上，逐渐抬升，很快又消散。我满头大汗，蜷起身体，不知所措，靠在我爸身上。虽隔着衣物，却依然听到他紧绷的心跳，强健而有力，像是来自古代的击鼓之音，唤醒所有湖底的长眠者。

讲完之后，地上的水渍不断扩张，仿佛有人从池中上岸，周身湿漉，立于面前。我低下头去，轻轻亲吻苏丽。她在怀里，闭着眼睛，始终沉默，分不清是睡是醒。而在身后，或者更远处，大幕正在收拢，光暗下来，灰鸟飞去，万物宁静，只有那动人的鼓声，一次又一次，垂直降落，荡开枯叶与池水，向我们环抱而来。

搓 澡

陈萨日娜

糖妹第一次听李净婷解释"同声传译"是做什么的时候，突兀地笑了起来，笑得手里的搓澡巾怎么缠都直脱扣。旁边丁姐嗔她道，别闹了，快干活儿，后面排着好几个奶浴呢。

李净婷问，你笑什么？糖妹说，我原来也是干这个的。

糖妹来到通海浴池当搓澡工的时候才二十三岁，那时候父亲和母亲已经坚持七年互相不讲话了。

打小父母就争吵不断，最后那次吵架，糖妹以为就是一次常规战，没想到他们从此就再也没说过话。但日子总要过下去，于是"翻译"成了糖妹在家的重要工作。

常常，三个人同在不足十平方米的客厅里，父亲会用正常的音量跟糖妹说，你问问你妈，我那件灰色短袖她又给我收拾哪儿去了？妈的。话是问糖妹的，话外音则是给糖妹妈听的：看见了吧，就算离得这么近，我也不想跟你说话。

糖妹眼睛不离电视机，头向母亲的方向侧侧，声音又黏又长说，妈。意思你都听见了，自己回答我爸一下不行吗？

母亲一般会埋头扒拉盆早市快散时包圆的烂枣，问，干啥？巧妙地用过于明显的"装糊涂"回骂：我这耳朵能自动过滤傻子的话，他不想跟我说，我还不想听呢。

糖妹只能从鼻子里重重喷出一口气，机械地把父亲的话净化一下说，我爸问，他灰色短袖放哪儿了？

母亲说，不知道！他的东西他问谁呀？

父亲的脸唰地拉下来，嘴唇像绷满的弓等待还击。还击不能轻举妄动，必须等糖妹"翻译"完才行，直接反驳，身段会跌，身段跌了，就一败涂地了。

我妈说她不知道。

父亲赶紧骂，去他妈了个腿，你告诉她，肯定是她，还他妈有谁爱动人东西？

最后一个音节还没出来，母亲的不锈钢盆就砸到了茶几上。咣的一声，烂和没烂的枣甩得满地。

糖妹于是就走出客厅了。翻译缺席，架便不会再吵了。

她后来常常想，要不是因为草莓，说不定自己就能这么忍一辈子呢。

深秋，糖妹到汽修店找小孙，他从半截报废车下钻出来，把糖妹领进了小宿舍。糖妹心里一阵慌跳，交往几个月了，他俩也才亲过一次嘴。小孙却拱到床底下，掏出一个小泡沫箱，用黢黑的手掀开盖子，递过来一盒通红鲜亮的草莓说，给你买的，别让他们看见，该抢了。

糖妹感到有股温热的蜜，淌进了心窝。

没过多久，糖妹就带小孙回家见父母了。大家聊得很客气，氛围也算融洽。就在小孙离开的时候，父亲招手对糖妹说，我才想起来，别让人家空手走，让你妈把我单位分的虾给小孙拿走点。

糖妹看向站在父亲身边的母亲。母亲若无其事地把脸别了过去。

糖妹说，妈。声音近乎是恳求了。

母亲转过来一本正经地问，啥事儿啊？

虾呢？我爸说给小孙拿点虾走。

他单位啥时候分虾了？谁知道他放哪儿了？

糖妹只好又把目光转向父亲。父亲也没有救援，装着傻问，咋了？

糖妹觉得太挂不住脸了，却也不知道除了"翻译"下去还能怎么办。还好小孙摆手说不用不用，匆匆下楼走了。

事后小孙说，我觉得你爸妈不太喜欢我，我也是有自尊的，咱们别勉强了。

糖妹没有挽留，她觉得"我父母不是不喜欢你，不想给你虾，是他们讲话需要我翻译"这种解释还不如不说。

失恋并没有令糖妹太过悲伤，她更多的是恼火父母竟然对自己一桩姻缘的破碎毫无歉意，都觉得错在对方。她觉得自己家简直是世界上最荒唐的家，自己则是世界上最荒唐的人。她的眼泪和声音都没有任何重量，她的出生仅仅是为了协助这场旷日持久的纠纷。

父母显然低估了糖妹的愤怒，在她郑重宣布再也不会进行"翻译"后，父母依旧不约而同地让糖妹转达，自己这个月没钱了，叫对方去交今年的采暖费。

于是，在别人家都因为暖气太足只好开窗透气的初冬，糖妹爸妈在家淌着清鼻涕陷入了骂战。这也成为父母首次在脱离翻译的情况下展开的沟通。

家里没有供暖也挺好，糖妹就这么有了出去打工的理由。

一番托人和打听，她成了八十里外，金城一家洗衣机厂的售后客服。工作并不复杂，每天就是接听各种关于洗衣机故障的电话，然后报给厂家，厂家给出反馈以后，再通知用户。

一天上午，糖妹接到一个把洗衣粉误倒入洗衣液投放盒，导致投放盒堵塞的投诉。糖妹说，我觉得您可以把投放盒拆下来冲洗一下，以后再使用洗衣粉的话，直接倒在滚筒里就好了。

电话那头突然就急了："你觉得？'你觉得'管什么用？我找你是来听'你觉得'吗？我找你是投诉的！你给我告诉厂家去！告诉厂家！"

糖妹捂着耳机呆住了，她好像看到用户的怒火从听筒里喷射出来，将自己不断向后冲，一直冲到了家门口。她猛然发现，这份工作跟在家当"翻译"毫无区别，都是个不需要主张和情感的传送带。自己如同一节火车，几片铁皮子而已，没人关心你对运输的乘客和货物是什么态度，你只要机械地完成反复的传递就足够了，什么多余的动作也不需要。

突如其来的觉醒伴随的是突如其来的激动，糖妹当即就辞去了工作。走出洗衣机厂，她忽然觉得自己连唾沫都充满了力量，她强烈地渴望成为一个实实在在真真切切的劳动者，有血有肉有老茧，劈头盖脸去生活，想要所有话只说一遍，想要斩钉截铁一刀两断非黑即白，还要狂喜失控孤独高潮，她想要她自己。

确定下这个信念后，事情就容易多了。在金城，成为一个劳动者这种朴素的愿望随处可以实现，尤其是冬季，没有澡堂子不缺搓澡工的。所以尽管糖妹年龄小、没经验，谭老板拿眼睛扫了扫她宽阔的肩膀和胯骨，还是同意她的求职。条件是，不能跟别人一样四六开，学徒期间只能五五。

通海浴池在龙宁路的中间，周围都是超过二十年的老居民楼。附近更高档的浴池这几年没少开，通海浴池生意虽衰薄许多，但客源依然稳定，全靠水好。

一般的浴池是从热电厂直接买热水，这样就出现一个问题，热电厂的水里有清洗剂这一类化学物质，总让人感觉没洗干净。通海浴池由于开得早，没人管，自己挖了口机井，所以用的都是自来水，洗得干净还舒服。

谭老板盖机井房的时候，多搭了一片出来，浴池边上就有了个歪歪斜斜的偏厦子，像是麻子脸上又起了个脓包。但谭老板不嫌弃，他给这六平方米的违章建筑刮了个大白，转手便当作门市给租了出去，成了"冰月美容"。偏厦子虽然狭小拥挤，业务范围却丰富得两扇玻璃拉门都不够宣传，"减肥、拔罐、美甲、纹绣、祛斑、修脚、按摩、艾灸、双眼皮、点痦子、扎耳眼、接睫毛"二十八个红色宋体字站成两列纵队，粘得玻璃门满满登登。

糖妹找到丁姐时，她正在更衣室的长凳上吃铝饭盒里的炒豆芽，背对着门，只穿一条肉色高腰棉线内裤。比起身上，脚下显得隆重很多，三层绒线袜子翻在脚踝，外面还踩着双水靴。

丁姐，糖妹叫了一句，声音颤巍巍的，谭老板让我来跟你当学徒。

裸着的背转过来，望望糖妹问，你刚多大点啊。糖妹说，二十多岁。丁姐说，你叫大姨吧，我儿子都比你大了。然后指着一面柜子说，把东西放这，这柜以后给你了，脱衣服吧，进去我跟你讲。

糖妹打开柜门，三面木头上一簇簇墨绿色的霉点，仿佛生长着奇异古老的森林。她回过头，手里的东西不知该往哪放。丁姐说，正常，这面墙挨着里面浴池，透潮，没法给客人用，明天你自己带点报纸来糊上就好了。

糖妹小心翼翼错开那些森林，把羽绒服叠到干净的地方，开始一层层脱衣服。脱到只剩下内裤，她想了想，又扣回了胸罩。

怕啥呀，丁姐笑，也没有男的。

用丁姐的话讲，搓澡是个好人不爱干，坏人干不了的活儿，一看全会，一干就废。搓耳朵和脖子，要用指力往下扫。搓胸部，就用掌心轻轻打圈。最费事的是胳膊，别看就两片肉，但是拐弯多，每次翻身都得再照顾一遍。客人更是什么样的都有，碰上吃劲的，你累得半死她还喊"再使点劲"；碰上胖的，肉跟着手来回滚，总也搓不干净；碰上不会配合的，胳膊腿儿掰不动，你还必须赔着耐心。

床上的顾客正好搓完，丁姐扬起手，在她背上"啪啪"拍了两下说，该讲的就这些。声音在空荡的浴池里响起，像在寂静清晨里突然飞出的白鸽。

周四，澡堂人不多，从中午到晚上一共只七个搓澡，一个奶浴。丁姐跟糖妹说，明天周五，人多，我串休，你跟靳文丽的班，看差不多就上手吧。我说了不算，谭老板说了也不算，得客人说好你才能留下。

糖妹说知道了。临走时，丁姐又说，你明天带双厚袜子，再买个水靴，穿点比不穿强，不然没几天你那脚就得泡出癣，还有你会拔火罐不？

糖妹摇摇头，丁姐说，等我教你，没事咱互相都得拔拔，干这个的得风湿呀。

第二天糖妹来得很早，一个人在更衣室坐着，手掌在大腿上来来回回摩挲，一会儿把那想象成一个女人的后背，一会儿又想象成膝盖，当想象成胸部时，她觉得眼睛没处搁，就停下了想象。

门帘这时被挑开。你就是新来的小美女吧？说话的中年女人把毛马甲、毛衣、秋衣一起从脖子上掭了下来。糖妹点了点头。

我叫靳文丽，今天你跟我干。她两脚互相踩着，又把绒裤、秋裤一起褪到了脚踝，露出黑色蕾丝内裤，后面一只绣金线的蝴蝶，敷衍地遮挡着股沟。

上午顾客并不多，可糖妹却觉得澡堂里像是挤满了人。靳文丽搓澡不光手上忙，嘴也不闲着，她有本事跟每位客人都唠得火热。两只乳房吊在胸口，随着两臂的推动来回摇荡，仿佛是身体上的钟摆。搓到大腿根的时候，糖妹看见她后背高高地弓起，屁股一拱一拱，内裤上那只针脚粗糙的蝴蝶热盼地扇动起来。靳文丽搓得极其认真，脸几乎都贴到了客人的身体上，她把两手指尖叠起来，一寸寸地往下扫，样子让糖妹想起电视上看的考古专家清理出土文物。然而客人们是清醒的，她们可以告诉你自己绝经两年了，孩子学习啥也不是，以及怎么套出老公的私房钱，却绝不会做一个计划外的醋搓或者红酒搓。

一直到下午，她们终于等到了第一个奶浴。客人把自己带的鲜奶交给靳文丽，靳文丽接过来，泡进了温水桶。整个澡搓完以后，靳文丽叫客人趴好，又帮她把头对准了按摩床上的开洞中，然后从墙上粘的塑料膜上撕下一张，朝空中一抖，铺展在客人身上。糖妹帮她递上牛奶，靳文丽接过，直接走出去，把鲜奶锁进了她的柜子，回来时，手里拎着一个扎了眼儿的矿泉水瓶子，里面的液体隐隐地透明。

到了晚上，客人越来越多，靳文丽开始招架不过来，她搓得实在太慢，不停地有客人来催。

靳文丽拧着头对糖妹说，行了，看差不多了吧？你上手吧。说完朝淋浴区喊，下一个该谁了？一个肥胖的老人驼着背举了举手。靳文丽张着嘴"啊"了一声问，再下一个呢？

一个年轻人挥了挥手，靳文丽说，来，你过来搓吧，那个大姐呀你再稍等会儿，我给你搓啊。然后扭过头跟糖妹低声道，那个岁数大的不好搓，太皮条了，你搓这个吧。

上了手以后，糖妹才发现自己辜负了靳文丽的好意，尽管她一直想着丁姐的话，可还是觉得用不上劲儿，两只脚直跟着胳膊往前跑。她只能更加用力，全身都一起用力，她不是在搓澡，她简直是在搏斗。床上的客人忍不住"哎呀"了声，糖妹抬起眼，惊恐地发现搓过的地方通红通红，上面还有几条突出来血痕，好像有人在光洁的皮肤上纵火了一般。糖妹的胳膊凝固了，脑袋里的一切都被这把火烧焦了。

好在客人很有修养，一直到最后也没有吱声。她皱着眉，捂着搓破的地方慢慢坐起来，用脚尖去找拖鞋。糖妹忙蹲下把拖鞋递到客人脚边，客人轻声说了句谢谢，跋上拖鞋走了。

糖妹垂着头走到更衣室，打开自己的柜子，把头埋进去，散着霉味的柜子像口溺死人的老井。半天，她睁开眼，见到今早拿来糊墙的报纸还躺在柜里，又闭上了眼睛。过了很久，糖妹抽出报纸慢慢坐下，一回头，看到刚才被自己搓破皮的客人，正在一旁穿衣服。

糖妹捏着报纸，张了几次嘴，最后轻轻哈着腰说，哎，您好，对不起，我是新来的，头一次搓，我也不知道怎么就给您搓破了，实在对不起呀。

客人依旧是修养很好的样子，抬了下眼说没关系，然后继续穿袜子。弯腰的时候，客人眼睛瞥到了糖妹攥着的报纸，她又看了一眼糖妹问，你多大了？

二十三了。

这么小哇，客人再没说什么，收拾利落走出去了。

糖妹一直等到最后一个客人洗完，才走出去，她也不知道自己在等什么。谭老板正坐在前台抽烟，音乐软件自动播放着一首英文歌，他骂骂咧咧地点着鼠标换了一首，电脑自动放出了一首轻音乐。谭老板见着糖妹，便招呼她过来，客人说你还行，那你就留下来吧，明天开始上班，咱们工资是日结，你加我微信吧，我发个红包给你。

说完又骂骂咧咧地拿起鼠标要换一首歌，刚才那个外语歌闹咕噔的，脑仁疼，这会儿这个曲又尿叽叽的，有没有首带感的了还。

糖妹不知说什么好，半天挤出一句，我会好好干的。

谭显达摆摆手说，行。

随后电脑放出了一首"我们一起学猫叫，一起喵喵喵喵"，里面的鼓点地动山摇，谭老板终于满意地晃起了头。

糖妹走到门口，谭老板又叫住了她问，你现在住哪儿呢？糖妹说还住在旅店，没找到房子呢。那正好，我们外面这个冰月美容正租床位呢，你看看不？说着抻着脖子朝外喊道，朴小萍。

偏厦子里跑出来一个粉色头发的女孩，瘦瘦小小，厚厚一层假睫毛呼扇呼扇翻着亮光，双手五指分开，挓挲着，上面全是乳白色的膏体。谁要租床位呀？她声音清脆地问。

糖妹说，我还没有地方住，想看看。

好，你稍等下，我还有个减肥的两分钟就做完了，你先进来坐坐。

糖妹便跟了进去。偏厦子总体上是个条形，屋子最深处是一架折叠床，上面躺着一个胖女人，肚子上粘了一圈保鲜膜，床前立了个手机支架，上面的手机光线时明时暗地闪烁着。小姑娘让糖妹坐在门口的塑料凳上，然后侧身提气挤了进去。她探头到手机跟前，好像那头有人在和她视频聊天，她对着屏幕说，老铁们我有点事，晚上老妹儿我再给你们播，拜拜啦，想你们。说完弯起食指，用关节掸了屏幕一下。

我知道你，你不就是新来的搓澡小美女吗？她揉着胖女人的肚子说。糖妹觉得她的声音又甜又脆，像个多汁的苹果，没由来地就觉得有点高兴。我叫朴小萍，明人不说暗话，其实我早就想租给你了，一来租给别人我不放心，我这屋子虽然小，里面可不少货呢；

二来，我这里没法洗漱，你正好在浴池上班，可以在里面洗，你下班也挺晚了，住我这里，省得你大半夜折腾，早上你还可以睡会儿懒觉。她直了直腰，又说，当然，钱好说，我不能给你贵了，老板租给我这小破门市一个月一千二，我自己租房子住一个月还得八百，平时吃穿啥的还得两千，我这一个月固定也就挣四千，真的多一分都没有了，就这样你老板还要给我涨二百块钱，我说我实在没钱了，把这床位租出去得了，他也没反对。完事，你说巧不巧，你就来上班了，我肯定不多要你的，你老板给我涨二百，我就收你二百，你要看着合适，明天就搬吧。

朴小萍说话特别快，嘴里像崩爆米花似的。她噼里啪啦说完后，糖妹缓了好一会儿才捋明白。事儿好像确实就这么回事儿，二百块是便宜到家了，还省得自己下班走夜路，反正就是睡个觉，也不需要多豪华。糖妹就这么成了朴小萍的租客，成了谭老板租客的租客。

经常糖妹下班了，朴小萍还没走，糖妹就坐在一边儿等着，或者朴小萍忙乎完了，糖妹还没上来，朴小萍也能迁就她一会儿。后来，两个人干脆约定先下班的人负责点外卖，反正两人也都不开伙，有个伴儿，吃得还香。忙叨完一天，两人就着窗外红红绿绿的灯火，各自吃塑料碗里的外卖，顺便互相念叨念叨白天干活碰上的事儿，糖妹一般听得多，说得少。正好朴小萍爱讲。

渐渐地，糖妹从朴小萍的口中拼凑出来了通海浴池里每个人的八卦。

首先是谭老板，虽然天天放神曲，年轻时候却组过乐队。1990年，他在北京倒卖打口碟，那时候中国哪哪都是摇滚，是个时髦点的小青年就披一头大波浪。谭老板慢慢看出了门道，他总结"摇滚乐三宝"就是：长发、泡妞、打嘴炮。仗着胆大，连谱都不识的他，硬是从老家找了三个农民，组了个摇滚乐队，叫"低音炮"，他当经纪人也管培训。培训内容就是嗷嗷叫、哇哇喊、砸吉他，留头发，逮什么都骂，瞅谁都斜眼，烟酒不离手，睡完姑娘就跑。然后谭老板用这几年卖碟结交的人脉，四处走动，真的给"低音炮"接到了演出，在地下酒吧小小地火了一阵子。后来谭老板嗅到中国摇滚命不久矣，及时搂钱走人，留下三个农民因打架滋事进派出所待了几天之后，被遣送回了老家。

拿着赚到的钱，谭老板又看好了股市这块肥肉，本想靠买原始股再挣一笔，不料被高手给骗了，钱只剩下四分之一，他铩羽而归，一条猛龙龟缩到龙宁路，开起了浴池。一开始生意还行，后来附近开了家名叫"十洲云水"的高档洗浴中心，搓澡工纷纷离开，通海浴池就大不如前了。

第二个八卦是靳文丽的，据说靳文丽前夫好在网上玩澳门永利彩，骗的骗，输的输，最后差点给靳文丽卖了，她受不了，带着孩子离了婚。前两年遇到一个比自己小十多岁的男人，处一段就搬一块儿住了。刚开始小男人还倒腾倒腾二手车啥的，后来就开始泡彩票屋。成天问靳文丽要钱，然后拿支笔拿摞纸，嘟嘟囔囔算来算去，说能算出五百万，在彩票站能从早上坐到关门。结果自己买的最多中过二百，有几回钱不够，把算出的号告诉别人，少中了几千，多了有中五万的，靠着这无私奉献的精神，他也在彩票站混个外号叫"财神爷"。每次受到羞辱，"财神爷"就回去磨叽真财神爷靳文丽，说等中了五百万加倍还她。

靳文丽搓澡搓得太细，挣得少，还得养活俩公的。于是她就在客人身上动起了脑子。她柜里有一大包过期奶粉，遇到做奶浴的，她就偷偷把客人的鲜奶，换成过期的奶粉，晚上再把匿下来的鲜奶带回家，来保证家里那两张嘴的蛋白质摄入。谭老板想管也没法管，条件在那放着呢，所以只要客人没发现，他就睁一只眼闭一只眼了。

再有就是丁姐。干搓澡的一般不是离婚的，就是两口子。丁姐就是跟老伴儿一起来的，他俩通常是轮着上班，一个来干活儿，另一个在家看孙子。丁姐是出了名的抠门儿，就没人见过她吃肉，五顿有三顿都是大饼子配黄瓜蘸酱，刷的饭盒都用不着洗洁精。有一次谭老板去饭店回来打包了一些鲢鱼炖白肉，拿给丁姐吃，结果因为她太久没吃过油大的东西，拉肚子拉得一天没干活儿。

朴小萍说，你别看这两口子没啥文化，他们儿子儿媳妇儿都是博士呢，只不过学的是什么汉语言，没啥钱，丁姐和她老伴儿每个月的工资，除了养孙子，还得给儿子还房贷，我看念书也没啥用，都博士了还要爸妈养活。

糖妹没有说话，她想，读书怎么说也不至于没用吧，有知识是件多么让人羡慕的本事呢。自己上学时挺爱学英语的，但是别的科都不行，要是坚持念完高三，上个大学多好。碗里的麻辣烫还有一些，糖妹已经吃不下了，可里面的菜和丸子都是自己选的，手心手背都是肉，哪个也舍不得扔，她还是硬把一碗吃完了。

搓澡毕竟不是什么高难度的工作，练了半个月，糖妹的手艺也算过得去了。

转眼又是周五，糖妹喊完"下一个"一抬头，看到又是上次被她搓破皮的顾客。两人都迟疑了一下，糖妹忙往丁姐那边指，说要不您等她一会儿？

顾客笑笑，没事，一回生二回熟，来吧。说完躺上了按摩床。

下午三点半，来洗澡的客人很少，澡堂子里只听得到流水声，哗啦哗啦，单调地填充着声音的空白。糖妹觉得这样安静着不太好，自己似乎应该说点什么。

上次谢谢您说好话啊，要不我肯定留不下来。

哦，没事。那位顾客说，停了一下她又问，你怎么这么年轻来干搓澡呢？为什么不选个轻松点的工作呀？还适应吗？打算干多久哇？

一大串问题问得糖妹有点蒙，就记住了最后一句，吞吞吐吐地说，我也不知道能干多久。顾客说，不好意思呀，当记者的职业病，就爱问问题。

你是记者呀？糖妹有点兴奋，我还是头一次见到活的记者呢。

顾客"哧"一声乐了。糖妹说，真的，我小时候就崇拜记者，记者好哇，又有身份又有文化，谁都敬着，问什么别人都得回答。

嗐，有什么身份哪，今日不同以往啊！我是干纸媒的，夕阳产业喽。见糖妹没太听懂，顾客解释道，纸媒就是报纸呀杂志这些的，我是《金城晚报》的，听说过吧？

听说过，听说过，小时候我家没什么书，我就爱看《金城晚报》，一次能看一小时。

我还真没看错你。客人右侧卧，头枕在大臂上，脸被压得变了形，声音扁扁的。你知道为什么上次你给我搓破了，我还跟你们老板说你好话吗？就因为看见你拿着我们的报纸，在这个时代，这个环境，还看报纸的女孩不多了，我怎么能不动恻隐之心呢。

糖妹脸上一阵滚烫，多亏顾客是趴着的，看不见她通红的两个腮帮子。她差点承认自己没想看报纸，拿报纸是来糊柜子的。

客人接着说，你小时候那正是我们报纸的巅峰时期呀，那时候效益多好，最多时候一天出八十多个版，厚厚一摞报纸，可不是得看一小时嘛。现在呢，没人看了，人人都抱着个手机。我们拉不来广告，还欠印刷厂好几百万，天天就出八个版，八个版，就那么两张纸，三十多年的老报纸呀，沦落到这样。

现在是没人看报纸了，人人都玩手机。不过，那叫什么，瘦死的骆驼比马大，您再怎么也是记者老师，总比我这没念完书的强。

可别记者老师，我叫李净婷，你叫婷姐就行。你也真别这么说，你搓一个澡挣多少钱？

我跟浴池五五分，搓一个挣十一块钱。

你看看，怎么样，我们编辑，编辑一个版才十块钱，比你还少一块呢。

糖妹瞪大了眼睛，这咋能呢？

这我有啥好骗你的，他们跑娱乐的、跑体育的、跑餐饮的，给人家多写几句好话，还能得二百块钱车马费。我呢，是跑文化的，根本没有外财，文人嘛，也没什么钱，最多给我写幅字、画个画儿。我一个月工资总共才两千多。

两千多？

真没骗你，你要说以前，智能手机还没这么普及的时候，确实收入还不错，我一个月都不用动工资卡，光车马费就上万。那样的好日子真是再也回不去了，从五年前开始吧，智能手机一下子上来了，对我们效益冲击就特别大，我们业内都叫"断崖式下跌"。有能耐的、没羁绊的，要么跑北上广干新媒体去，要么就转行了，开饭店、做代购、开作文辅导班，干啥的都有，留下的人越来越少。

那你有文化呀，可以自己采访，自己写东西呀。

傻孩子，哪有那么简单。我自己采访完的东西，领导不让我发呀。再说现在效益不好，报纸溜薄的，也没地方登我叨叨的那点事儿啊。

糖妹一下一下捋着李净婷的锁骨，力量尽可能地轻柔，像在安抚着她。我还是感觉你挺好的，反正我特别羡慕你们这些读过书的，有文化总比没文化强。

这倒也是，我总是不甘心，报纸就这么消失了，读书就这么变得不值钱了。当初电视突然发展，人们都说报纸要灭亡了，结果我们还是活了下来，所以我觉得报纸这次一样能再站起来。我还是爱这一行的，以前我也有过离开的机会，也挣扎过，但是我这性格，就干不了不喜欢的事。慢慢这就拖到了现在，再慢慢也就没有走的心思了。

糖妹的双臂在她的后背一块块地推，李净婷在澡巾的挤压下话越来越多，她讲自己怎么从新闻系毕业，考到了报社做记者，都采访过什么名人，名人私下里是什么样的，有讲到自己冒着雷阵雨去采访城市交通，在荒郊马路边蹲在地上写稿，在母亲住院的病床前写稿。

客人描述的生活和糖妹没有丝毫关系，糖妹还是听得津津有味。她觉得像在看一部电视剧，就是因为不懂才有趣，就是因为遥远才好看。糖妹甚至比平时多附赠了一会儿肩颈按摩，就是为了多听李净婷说几句。

翻身到俯卧，糖妹顺着李净婷的颈椎一点点往下搽，突然想到，对了，婷姐你咋这个点来洗澡哇，你不去上班吗？

我们的作息时间和其他工作不太一样。她头侧着枕在手背上说，我是做副刊的，周六周日不出版，报纸都是提前一天做的，我就周五周六休息。我们这行平日也没有固定的上班时间，半夜十二点之前和编辑配合好，把稿子交付印刷厂就可以了，所以我们一般都黑白颠倒，中午起床，下午工作，凌晨睡觉。我除了工作也不太会享受生活，休息时间来你们这搓个澡算是我最大的爱好了。

搓完，李净婷从床上坐起来，舒舒服服地运出一口气。忽然想起半天一直是在讲自己，她礼节性地问了一句，你呢？你平时有什么休闲活动啊？

这个简单的问题把糖妹问住了，一直到下班她也没想出答案。平时搓澡已经很疲劳，下班以后她一般跟朴小萍吃完饭就睡了。工作又是在浴池，她不用说化妆了，连衣服都不需要穿，也就没了逛街热情。这样的日子，她可以有什么样的休闲活动呢？

她去问朴小萍，朴小萍说，你跟我一起玩直播呗。糖妹说直播到底是什么呀，这么火？

我这么跟你说吧，就是你陪一群人视频聊天，懂了吧？现在的人都很空虚的。说着朴小萍随便点开了一个直播，屏幕上出现一个戴墨镜的男人，摇着脑袋跟着背景音乐又唱又说，屏幕左下方飞快地滚动着大家的留言，烟花、跑车、掌声，花里胡哨的动画效果一个接一个。

你别看这些动画效果虽然是虚的，但都是真真的人民币买来的。比方说这个跑车要两千八百八十八块，你就要充两千八百八十八块到软件上，然后你就可以送给你喜欢的主播，主播和直播软件对半分，也就是会得到一千四百四十四块钱，收到礼物他就会在直播间感谢你，念你的名字。好多大网红一年挣几千万呢。

念你名咋了？值一千多块？

不跟你说了嘛，现在人都空虚。咋治疗空虚知道不？花点没有用的钱。她把拇指、中指和食指凑到糖妹鼻子前，捏了捏。

糖妹晚上翻着朴小萍给她下载的直播软件，上面有跳舞的，街边搞恶作剧的，小学生谈恋爱接吻的，还有挑战十五秒喝三瓶矿泉水，干吃一捆生豆角，用四千个砖头摆出个心形，再用拖拉机推倒，干什么的都有。糖妹还关注了朴小萍的账号，她主页里视频不多，有时唱个歌，有时卖点她美容店里的减肥膏。

糖妹没有才艺，也不敢生吃豆角。关上手机，她更不知道自己能做什么休闲活动了。

最终，糖妹休闲活动的诞生，缘于一次与顾客的纠纷。

浴池的规矩是搓澡工捎带着收拾浴池的基本卫生，糖妹搓澡的空闲会简单地清理清理垃圾。一次糖妹正要下班，看见更衣室的长凳上有摊杂物，就一把都划到了垃圾袋里。

随后身后就蹿出一声尖叫，哎，你怎么把我内裤扔了！糖妹回身，一个黄头发女人正怒视着她。

糖妹说你是不是搞错了，我没扔内裤哇。黄头发一把夺过垃圾袋，抖了几下，食指和拇指掐出一团荧光粉色的绳子。糖妹从绳子上那一段二指宽的棉布，依稀辨认出了内裤的轮廓，是那种夹在屁股沟里都找不着的丁字裤。

内裤形态的抽象，并不能使顾客原谅糖妹造成的损失，她声音尖厉地嚷道，不长眼睛啊你？来你们这洗个澡还能给我内裤扔了，我怎么出去？你说我怎么出去？缺心眼儿瘪犊子！

糖妹不停地道歉，说我现在出去买一条给您。

致歉并没有起到作用，反而更加提醒黄头发心里的委屈，她骂的内容于是就具体了。你把你脸皮撕下来给我贴腚我都不稀罕，缺了德的，就你这三炮脑袋瓜子，也就能在这搓个澡，你个死搓澡的！

浴池里气氛便开始有些不对，本来黄头发就惹得大家烦，她这番贬低，更直接扫射到整个浴池的尊严。

丁姐先张了嘴，差不多行了，你咋非得跟个孩子较劲呢，人家都给你道歉了。

你们澡堂子合伙欺负顾客是不是？你们这是澡堂子还是黑社会呀？黄头发受到顶撞，声音更大了。她还想说什么，靳文丽撂下搓了一半的客人，撩开塑料帘对黄头开骂，就黑社会咋样吧？哪个正经人挺大个岁数穿那么个东西呀？你问问谁能看出来这他妈是个内裤！就给你扔了，咋样吧？谁知道你有没有性病呢！

周围的顾客也帮着糖妹，就是呀，你自己乱放的嘛。小姑娘也不是有意的，你讲话也太难听了。

黄头发见寡不敌众，觉得没劲，骂咧两句，悻悻而退。

风波胜利了，可糖妹却觉得心里一阵低落。成为一个靠劳动获得存在感的人，是她规划出的新自我，糖妹对这样的自己原本是满意的，它是有温度的、有纹理的，真实得像饥饿时吞进的馒头，给人结结实实的饱腹感。而黄头发那句"死搓澡的"让这"馒头"落了灰，越想心里就越不得劲。

糖妹于是想出去散散心，可又不知道一个人做什么好。她想到了谭老板经常骂的十洲云水，那个把通海浴池挤得生意惨淡的高档洗浴中心。

洗浴中心和浴池在本质功能上并没有区别，左右就是个"洗"。但洗浴中心毕竟档次高点，光听名字，皮肤似乎就能溜光水滑的。

糖妹在家的时候也经常和母亲去浴池，但是除了过年，母女俩会花钱搓个澡，平时都是糖妹和母亲互相搓。全家人只去过一次高档洗浴中心，那还是因为常去的澡堂子停电了，全家人在洗浴中心花了四百多，父亲念叨了一个月。糖妹虽然天天在浴池给别人搓澡，但自己其实也就晚上下班时才能冲冲水。成天弯着腰搓澡，脖子有点酸痛，糖妹在椅子上揿着脖子发了会儿呆，决定去一趟十洲云水。

洗浴中心的大堂装修典雅堂皇，雕刻繁复的古典家具和扣着玻璃罩的古董瓷器陈设在各处，专门的服务员恭敬地收走了鞋，递给了糖妹精致的磁铁锁和白毛巾。糖妹不自觉地挺直了腰身，昂起了头。人在这样的环境里，很难不跟着一起高档起来。

进到了淋浴区，糖妹轻轻抬起古铜色的水龙头，把手是个龙脑袋，头顶的花洒是一朵莲花，莲花里喷出的水，发丝一样细腻，淋在肩上却并不刺痛。除了免费的毛巾，洗浴中心里还有一应俱全的品牌洗浴用品。人不少，糖妹在等待搓澡的时候，把味道不同的洗发水、护发素、沐浴露都用了一遍。在洗手台，她见到有一次性牙刷，又拿起了一支。刷到第三遍牙的时候，搓澡大姐喊到了糖妹的号码，她赶快冲冲嘴里的泡沫，走了过去。

可能是到同行这里来享受自己每天提供给别人的服务，令人有些兴奋，也可能是陌生华丽的环境造成了她的负担，糖妹开始莫名地紧张，不知道为什么有种做贼的感觉。搓澡都是先搓正面，人首先要躺在按摩床上，糖妹一紧张，趴了上去，后背朝向了天棚。她马上意识到，讪笑着翻了个身。心里忍不住埋汰起自己，干什么呢这是？你是偷了还是骗了，怕什么呢？

她仰面躺在柔软的按摩床上，棚顶上蒸汽凝结的水珠一颗颗有花生那么大，"吧嗒"一滴落下来，打在她的脑门上，香香的，冰冰凉的。

搓澡大姐穿着洗浴中心统一的黑色胸罩和内裤，轻柔地给糖妹盖上了印着"十洲云水"的毛巾，湿润，柔软，身体像被一只巨大的舌头舔过。大姐开始搓脖子，她感到呼吸开始受到一阵一阵的压迫，随着大姐的松手，又随即回弹到舒适的区域，反反复复，浑身充满被支配的惬意。

大姐边搓边跟身旁的人唠嗑，糖妹躺在那里思绪就跑了出去。她望着大姐，想象着顾客从这样的视角看她是什么样子的，也有这样的双下巴吗？弯腰的时候是不是也有这么大的肚腩？刚才自己上床时姿势错了，真的丢脸哪，别人会不会想，哟，这个小姑娘是条件不好吧，估计是总也不来搓澡，一上来还趴下了。要是李净婷那个大记者来这里洗澡，肯定不会出这样的洋相吧，她也会把所有味道的沐浴露都用一遍吗？肯定不会吧，记者嘛，什么没见过？当然不会跟自己似的，对这点东西好奇了。记者，记者见过那么多人，听过那么多事儿，还有文化，真是个好工作呀。

小姑娘你是做什么工作的呀？大姐结束了跟身边人的闲聊，转换了聊天对象，突然向糖妹抛出了问题。

记者。

这回答不是从糖妹嘴里说出来的，简直是从糖妹脑子里滋出来的。大姐趁着糖妹走神儿，袭击了她，仿佛咣一声在椰子上凿了个洞，椰汁迸射出来，糖妹大脑里飞奔的那些自言自语，顺着搓澡大姐凿出的洞，哗啦哗啦淌得满地。那糖妹感到自己脑袋被大姐窃取了，下三烂的，卑贱的，抽冷子的。

呦？小姑娘真有出息呀，你一走过来我就看你气质不一样，像个有文化的人，你在哪当记者呀？电视台呀？

糖妹"呃"了一声，她该怎么说？告诉大姐自己刚才正溜号呢，其实我不是记者，我也是搓澡的，工作闹心，我也来让别人给我搓搓澡？人家一定觉得自己神经病吧。只有一条路了，顺着说下去。糖妹忽然就想起了三年级有一次新年晚会，她被老师抽中学号，硬着头皮上台表演唱歌的窘迫时刻。

不，不是电视台的，是那个，纸媒的。

说完后半句话，糖妹就后悔了，简简单单回答"电视台的"不就完了吗，为什么还要留下个能让人扯住的小线头呢？

纸媒？纸媒是啥单位呀？大姐眼明手快，准确地揪住了糖妹漏出的线头，牢牢攥在手里，糖妹无处可逃。

纸媒不是个单位，纸媒就是杂志呀，报纸呀，这样的东西，夕阳产业了，都没人看了。

哦，那你是哪个纸媒的呀？怎么没人看呢，你说说，兴许我看过呢。

糖妹痛苦地皱着眉闭上了眼睛，她真恨不得抽自己俩嘴巴子，为什么总能让大姐有话可接。

《金城晚报》

哦，你是《金城晚报》的呀，咱金城谁没看过《金城晚报》哇。你们可老有钱了吧？我听说你们上哪儿采访都给外快呢，都可巴结你们记者了。

没有，那是十多年前的事了，原来报纸厚厚一摞，现在总共就八版，八个版，两页纸。现在纸媒让智能手机挤对得不行了，有个专业名字叫"断崖式下跌"，没羁绊、有能耐的全去北上广了，留下的人越来越少。再说我是跑文化的，文人嘛，都没什么钱，顶多给我写幅字，画个画儿，不像他们跑娱乐的、跑体育的，给别人多说几句好话，人家还能给你二百块钱，我一个月拿到手的工资也就两千多。

两千多？拉倒吧，我可不信。

糖妹较上真儿了，说实话人家还不相信，这事她可忍不了。像是看到客人身上有灰，她非得扑棱干净了不可，只要干净了就行，她不在乎这搓澡巾是自己的还是别人的。是不是真记者无所谓，跟大姐把这理儿掰过来是要紧的。

真的，我骗你干啥，你们搓个澡多少钱？

我能得四十五吧。

你看吧！我们编辑做一个版才十块，你比我们多三十五呢。

大姐站在糖妹头顶，倒着朝她的脸"啊"一声，肉倒挂下，堆积在眼梢，看起来颇为讶异。那这是挺闹心哪。那你年纪轻轻的，就别干了呗，这反正有本事，我看他们教小孩写作文什么的可挣钱了，我孙子上那个辅导班一个小时就六百八呀，那个老师一年挣了栋房子。

我不甘心，我读了那么多年书，说没用就没用了？三十多年的报纸，说不行就不行了？反正我是真爱这行，我也不是没有机会去干别的，挣大钱，但是我不爱干不喜欢的事，我就是什么喜欢干什么。最后那句话是糖妹自己添的，她替报纸、替知识觉得委屈，怎么人都掉钱眼儿里了呢？哪儿挣钱往哪儿钻，挣不来钱就不是好工作了吗？只要能替记者说句公道话，撒谎就撒谎吧。

那倒也是，有文化总比没文化强，像我们没念过什么书，就只能在这出苦大力，你们多好哇，风吹不着雨淋不着的。

话可不能这么说，搓澡怎么了？搓澡也是靠自己双手挣来的钱，清清白白、踏踏实实，出多大力得多少钱，活得多带劲儿啊！

糖妹觉得大姐说话一点道理也没有，她感到嗓子眼堵了一大把话，每一个字都带着火星子，她再不把这些话说出来，她的喉咙就得爆炸。

再说记者怎么就轻松了？先不说我们怎么风里来雨里去地采访，就说说我们的作息时间，那一般人都受不了。我们没有固定上班时间，但是半夜十二点之前要把写好的报纸给编辑，所以我们都是黑白颠倒，中午起床，下午工作，凌晨睡觉。跟家里人都见不着面，记者很多都离婚了呢。她连想带编，把李净婷讲的那些采访经历尽量还原了一遍。

大姐在按摩床边从没听过如此精彩的聊天，不停地发出惊叹，搓澡的劲儿一会儿大一会儿小的。

糖妹只希望大姐快点搓完。李净婷讲的事，她也就再够说一条腿的，大姐却还有后背没搓。

最后，糖妹添油加醋，终于是糊弄到了搓完。她在大姐的不舍中匆匆下床，胡乱冲了冲就跑出去穿衣服了。自己干的这算哪门子事儿呢，本来是想放松放松的，却莫名其妙撒了这么个无聊的谎。搓澡的工作是自己选择的，是带着自豪重塑的自我，可"我"怎么就这样抛弃了自我呢？糖妹觉得没有脸面对自己，也想不明白这乱七八糟的事情，于是她决定不想了，暗暗发誓这辈子再也不来洗浴中心了。

朴小萍是在粉丝超过二十万的时候不再来冰月美容的。起初她只是晚上不再跟糖妹一起吃外卖了，说她开发了新的事业，吃播。

一般人是挣钱吃饭，吃播就是吃饭挣钱，她这样跟糖妹解释。你不服不行，别看这挺无聊的，就是愣瞅着别人吃饭，但是就是会上瘾，有减肥不敢吃东西的，有单身汉成天自己吃饭的，反正打发时间呗，看着看着就离不开了。

每晚九点，糖妹都会在直播软件上看到朴小萍对着镜头吃饭。刚开始她只是比平时吃得多一点，慢慢她越吃越多，冷面、汉堡、炸鸡、整根的肥肠、满满一扇排骨，屏幕都装不下她的一顿饭。一次直播两三个小时，朴小萍就一直在吃，她的粉丝数量也翻番地涨，直播时屏幕上花里胡哨的动画效果从没断过，糖妹有次看着软件里的价目表暗暗地数了一下，发现一场直播朴小萍收到的礼物竟有六万多。渐渐地，糖妹白天也看不到朴小萍了，她成了"网红"，可以忙的事情太多了。

糖妹依旧白天搓澡，晚上到冰月美容睡觉。她现在最大的期待是李净婷来洗澡，表面上是自己出力，但实际上，跟去掉一身死皮来比，她从李净婷那里听到故事，显然更让人快乐。李净婷说要去采访，糖妹便会惦记她有没有采访到诺贝尔文学奖得主。举办文学周，她就琢磨这次还会不会遇到报纸的忠实读者。有了新的专题，她整天想着采访对象有没有联系上。报社广告又断顿了，工资拖欠了几个月，糖妹每天替李净婷挣扎到底要不要转行。这可比电视剧勾人多了，她想。

晚上，糖妹刚睡着，朴小萍一通电话把她惊醒了。干啥呢？想我了吧？明天中午我到浴池接你，带你出去玩儿。依然是飞快的语速，只是她的声音非常沙哑，没有了以前的甜脆。朴小萍的暴富，已经是整个浴池津津乐道的新闻。她就像泼在蒸汽房里的一瓢凉水，激起股股热浪，呛在每个人脸上。人人都觉得自己不比朴小萍差，人人都觉得自己也该有那个命。靳文丽甚至也下了个直播软件，每天举着手机不知道拍些什么。糖妹说不上羡慕，朴小萍的幸运已经超过了让人羡慕的范畴，她只是在夜晚一个人吃外卖的时候，总觉得外面的街光空落落，身旁少了一个叽叽喳喳的声音。

那辆红色敞篷跑车停在窄窄巴巴的小巷里时，路人都远远地围了过来。连谭老板都站起来，隔着柜台盯着，眼神说不上是凉还是热。糖妹很不好意思地上了车。

咋样？可以吧？这叫保时捷718卡曼，全下来才八十多万，我以为得过一百万呢。朴小萍拍拍方向盘说。

八十万？糖妹觉得这个数字光是说出来就已经无比庞大了。

这才几个钱，我做一个月直播就挣出来了。朴小萍底气很足的样子，人哪，还是要努力，要奋斗，机会是不会找懒人的。

糖妹坐在红色跑车副驾驶上，新皮具特有的香气一个劲儿往鼻子里钻。她暗暗打量着这个昂贵的空间，眼睛转到方向盘的时候，发现朴小萍右手背，食指和中指的根部有两条鲜红的伤疤。你这怎么了？

朴小萍口气很随意。啊，吐的。就像在说"喘气"或者"睡觉"一样。

吐的？

是呀，哪有人那么能吃呀！天天吃那么多还不吃死？吃播都是要催吐的呀。

啥？催吐？

啊，是呀，吃播吃完都得去厕所抠哇，我这是嗓子眼儿还没打开，吐得费劲。这不嘛，手背都让门牙硌破了，像有些大"网红"，时间长了嗓子眼儿打开了，不用抠都能随便吐，我也得努力，得奋斗。

一时间，糖妹不知该先惊讶哪个好。她感到胸口仿佛炖着一锅胶水，越来越黏稠，越来越沉重，她的嘴她的鼻子，一一被粘住，她张不开嘴，甚至透不过气。奋斗的模样不光是埋头苦干，"吐"居然也可以是奋斗，并且比出汗、出力、动脑子那种奋斗还好使，还快速。红色的跑车在马路上见缝插针地疾驰，赶超了一溜溜本本分分排队往前移动的汽车。糖妹太困惑了。

慢慢胸口的那锅胶水便溢出来了，从头顶淌下来，糊住了糖妹的眼。当她反应过来，朴小萍已经在十洲云水门前停好车了。来吧，姐带你到最豪华的洗浴中心爽爽。她的声音又恢复了那种甜脆。

糖妹使劲往后缩。不了不了，太贵了，咱换个地方吧。

你看不起我咋了？萍姐我别的优点没有，重情重义是真的。你天天给别人搓澡，累得那样，姐发点小财，必须带你来享受享受，快下车。

不是呀，我，我饿了，咱吃饭去吧，以后再来洗澡。糖妹四处乱望，不敢看朴小萍。

外行了吧？这儿叫洗浴中心，但是也有饭店，里头吃喝玩乐啥都有，快来，带你吃海鲜去。然后不由分说，朴小萍就把糖妹拽下了车。糖妹一路上恨不得把头揣进胸罩里，她低头偷偷瞄着每个中年女人，每一个人都像上次给她搓澡的大姐。

朴小萍拉着糖妹，挨个项目体验，光是桑拿房就进了五六种，有玉石的，有沙子的。不管什么花样的，糖妹躺着都觉得自己是躺在锅上烙的饼，里里外外都要焦了。

走出最后一间，朴小萍说，一会儿我得去休息室开场直播。现在看直播钱好挣，是个人都当主播了，一天不多播几次，粉丝该把我忘了。人就得不停奋斗。你就先搓去吧，搓完出来找我。

糖妹说不想搓，要一起出去，被朴小萍硬按在床上，喊了声，王姐，这是我亲妹，你给加个蜂蜜搓呀，要全套的。

糖妹小心地瞟了一眼应声的王姐，万幸不是上次听她撒谎的那一位，一直吊着的气，才算是舒了出来。王姐对糖妹说，美女你这搓澡巾不好，给你换个蚕丝蛋白的吧，不疼，还美容养肤。糖妹摆了摆手。王姐又问，美女我看你皮肤有点干，先做个贵妃浴吧，一人一个桶，一次性塑料套的，反正也不是你花钱。糖妹也说不用了。心想，不是自己花钱才不敢点呢，不然成什么了。

王姐又推荐了好几种升级服务，糖妹都一一谢绝。王姐脸色沉了，把缠好的搓澡巾撸下来，甩手朝后面一递，来，今天谁还没上呢，我腰疼，这个给你们搓吧。

很快就有人应声，脚步吧唧吧唧踩着水过来了。

这不是记者吗？真是你呀，这么巧。声音从背后响起，仿佛一阵风雪，糖妹从头到脚都僵住了。她缓缓睁开眼，上次听她说瞎话的大姐又站在了她的头顶，倒挂的脸上全是笑容。

糖妹勉强挤了挤嘴角，算是回应。大姐继续说，大记者，你可给我们家帮了大忙，你知道不？我侄女要高考了，这不前几天报志愿吗，报了新闻专业，说要出来当记者，我多亏是碰到你了呀，回家我赶紧告诉她，现在世道不一样了，记者又苦又累还不挣钱，她妈连夜找老师改了志愿，学会计。

大姐的感激之情体现在力道上，她拎起糖妹的胳膊上下翻飞，一会儿就搓得通红。糖妹没有喊停，她在心里骂自己活该，人家好好的梦想被自己整拐弯了，好好一行工作让自己给埋汰了，你干的这都是什么呢？她于是决定打破沉默，起码得给事儿掰过来。

能挣钱这辈子就成功了？很多东西是钱买不来的。你别看我们报纸效益不好，一样有很多忠实读者呀，有一次我在活动上碰见一个阿姨，就喜欢我写的专栏，她把我每期专栏都保存好，订成了一本书，你就挣钱去吧，你挣多少钱你也得不到这种感动。

哟，你还有粉丝呢，真厉害。

不是说我厉害，是我的工作好，我的工作能让我有这样的机会。普通人挣一辈子钱你也未必有机会见着诺贝尔文学奖获得者吧？我上个月去北京参加书展，就采访到了诺贝尔文学奖获得者，白俄罗斯女作家，阿克烈维奇。最后那个名字是糖妹胡说的，这件事是十多天前李净婷跟她讲的，她能记得"白俄罗斯"已是难得，火车一样长的人名她实在是忘了。翻个身，糖妹想起大姐可能跟自己一样，好些词儿都不懂，便补充道，诺贝尔文学奖你可能不知道是什么，我给你打个比方吧，就是文学界的奥运冠军，明白不？得了奖那是光宗耀祖的事，省长都得排着队接见你。她把李净婷给她的解释里又加入了一点自己的想象。

哦，是吗，我们这没文化的人哪知道，也没那个境界，能给自己家事顾好了，就不错了。

谁都一样，管好自己就已经不错了，可这就是记者高尚的地方啊。一样都是二十四小时，你们关心柴米油盐，我们除了这些还关心民生、环境、文学、教育。如果所有人都因为当记者不挣钱，都埋头去干挣钱，那世界得成什么样子？总得有人仰望星空吧？这段话是李净婷常说的，糖妹大致复述了一遍，她也不明白"星空"究竟在哪里，但这段话她背住了。

是是是，你看你就能说出这么文雅的话，我们这样搓澡的粗人，就不会说话，下辈子我也想当个有学问的人哪。

大姐，你这话就错了，满嘴"之乎者也"就有学问了？老百姓的语言才是最文学的，那才是最有生命力的表达。她翻了个身，又想起了李净婷曾经给她的建议，还有哇，大姐，想学习什么时候也不晚，你看进去就好了，干什么工作都得读书，读书只有好处，没坏处。你看看我，从没间断过读书，当记者也要经常充电学习的，不然见到名家，肚子里没货谁跟你聊？

大姐不禁连连点头。你是真厉害呀，小姑娘。

没啥厉害的，我刚当记者的时候也出过不少洋相，有一次我采访一个名人，之前功课没做好，我问她，您第一次出书为什么选择这个题材？人家很有礼貌地听完我提问之后说，这是我的第八本书。还有一次呀，也是我刚当记者，采访一位研究国学的教授，人家叫钱禹孙，我一紧张，来了句：孙老师您好。

两人都咯咯地笑了起来。说了这么多，糖妹也感觉好了些，如同被松绑一样，自在了不少，话题便又来了。我刚当记者的时候，真的有热血呀。有一次我好不容易联系到一位我从小就崇拜的作家，好不容易争取到了采访的机会，总编不让我去，说报社资金紧张。这我哪能甘心，我就自掏腰包偷偷去了一趟作家的城市，完成了采访。来来回回花了一千八百块，我那个月的工资才两千一百块啊。但是我一点也不后悔，活八百遍，我就能这么干八百次。

糖妹渐渐进入了状态，李净婷平时跟她讲的故事，她想起得越来越多，虽然是复述记忆，但这丝毫没有影响她以第一人称叙事的流畅性。讲到第一篇文章得到了业内前辈的认可，她眼含光辉，讲到报社日薄西山，理想苟延残喘，她几乎要落泪。糖妹讲得真情流露，大姐听得分外投入，最终两人都在依依不舍的情感中结束了这次搓澡。

回去路上，朴小萍问糖妹，你脸咋那么红呢？糖妹这才从讲述里醒来，顿时就觉得臊得要死。自己对冒充记者这件事情毫无羞耻，居然还享受上了。

一直躺到外面的光线只剩下了几盏路灯，糖妹还没有睡。她蒙上被子，在黑暗中审问自己到底是不是一个虚荣的人。一个声音高呼，怎么可能？我从来没有嫌弃过搓澡的工作，我干多少活领多少钱，多干多挣，少干少挣，我觉得特别好，我喜欢搓澡，我喜欢这么生活。再说，就算有机会读书，我也未必会当个记者，说真心话，我还真没多向往这个工作。另一个声音说，那你整的是哪门子么蛾子？没事闲的你冒充别人？恶作剧好玩还是你虚荣得自己都没发现？糖妹大声辩驳，我没有虚荣，我搓澡没什么丢人的。那你整这么多假的干吗？那不是假的，我讲的都是真的，我笑得也真，哭得也真，我说的每个字都实实诚诚的！

忽然她心里一皱，从家里逃出来打工就是受够了给爸妈传话吗？可如今自己在干吗？兜兜转转一大圈，又开始了传话。以前传话是因为无奈和被动，现在则是心甘情愿。她紧闭上眼，看见自己的脸化成了泡沫，滴落在浴池的瓷砖上，随着褐色的乱发、灰色的皮屑、脓白的痰还有黄色的尿旋转着流入下水道。奇怪的是，她一点不难过，还像个小女孩一样光着屁股在澡堂里蹦蹦跳跳，对什么上瘾了的样子。

第三次、第四次去十洲云水，她还会为自己找个"送的优惠券不用可惜了"之类的借口。第五次开始，她不再找什么理由。每周日，结束了一周搓澡的劳动之后，她都会来到十洲云水，让那位大姐给自己搓澡，并把李净婷在本周给她更新的工作琐事和采访见闻转述给大姐。她一次次在大姐的巴掌下搓掉身上的死皮，也一次次仿佛敲碎了心里的硬壳，露出了她向往已久的"自我"。她一次次看到自我漂浮出去，透明，比光更轻，在蒸汽腾绕的空间里呈现美丽的芒边。

她渐渐发现了一个惊人的真相，曾经渴望靠打工找到的自我，原来就存在于澡堂子里，并且实现起来成本低廉，途径便捷。当一个人赤条条躺在洗浴中心的按摩床上，他的生活就清零了，只要有足够的故事，一个人可以在搓澡的那半个小时里扮演任何渴望的角色，过上任何向往的生活，不需要工作证、职业装、发型、衣服、气质、存款，那些证明物的加持。只要你愿意，你可以是律师、国企老总、音乐家、厨师、工程师，是年轻的二胎妈妈、是擅长钓鱼的收银员、是家里种樱桃树的大学生。

实现梦想的最佳舞台原来就是澡堂子。

糖妹依旧每天都能在手机上见到朴小萍，这也就意味着她们已经很长时间没见过面了。每次，朴小萍都会双手举着整个一个猪头，或者高高地端着一盆饺子，冲着镜头喊，我要是能三十秒造完这些，老铁们给我点一下关注哇。接下来，她就会铺满一桌子食物，对着屏幕狼吞虎咽两三个小时。这两三个小时里屏幕上热闹非凡，不停地出现烟花、凤冠、火箭、游艇等各式各样的动画效果，朴小萍喊得就更加卖力。她的声音越来越哑，摄像头的美颜功能显得她的皮肤白嫩无瑕，谁也看不到她手背上的齿痕。

糖妹还是白天搓澡，晚上回到偏厦子，有时候她晚上躺在床上，会神经质地一遍遍确认自己上次去十洲云水时说过的话有无破绽。碰上怀疑的时候，她会紧张得一夜无眠。有时周末她累了不想动弹，想起上次答应过大姐要给她讲在暴风雪夜写稿，之后怎么回不去家，趴在办公室的桌上睡了一宿的事，她又会忍着疲惫走向十洲云水。有时一周李净婷也没有来，她心神不宁，像等待恋人一般盼望着李净婷到来。

周末，她如约到十洲云水"当记者"，在缭绕着潮湿空气和香波气味的按摩床上，她同时拥有了最极致的自由和最牢固的镣铐。她说不清那是对"自我"的侮辱还是保养，也尽量不去想那么多，何必为难自己呢？在半小时里当个好记者，让大姐明白当记者的不易和崇高，比什么都重要。

一切的结束是在那个星期三清晨，靳文丽衣服刚换一半，便被四个民警带走了，一起铐走的还有谭老板。经过调查，谭老板确实不知情，于是被释放，靳文丽则因涉嫌传播淫秽物品罪和侵犯公民个人信息罪等待着审判。

靳文丽看朴小萍挣了大钱，也开了直播，可是不会才艺，也不知道做大胃王的秘密，人气寥寥，便把手机带进浴池，偷拍女宾洗澡发到软件上。结果礼物连一百块都还没收到，软件就把她的号封了。靳文丽以为换个软件就没事了，没想到第二天警察就找上来了。

这些事，都是糖妹后来听丁姐讲的。那天早上糖妹正在拘留所劝朴小萍。无证驾驶是不对，酒驾也犯法，但你毕竟没撞人，也没事故，你花点钱，找找人，早点出来吧。

朴小萍摇摇头。

你没钱了是不是？我借你，我有。

她还是摇头，不出去，在这挺好的，顿顿苞米糙子，我正好养养胃。天天直播，天天吐，你记不记得有段时间，我说我去度假了，其实那是胃出血住院了。可算被抓起来了，我可得好好缓缓。

那天，糖妹回到通海浴池时，门上已经贴上了一对又宽又长的封条，两张白纸在门上叉成一个十字形，如同用力地将什么粘贴在一起，样子吃力极了。

初秋的太阳已经不再刺目，它变得温和、慈爱，整个世界都充满了阳光的香味。糖妹站在澡堂紧闭的门前，忽然生出一种无端的悠闲，她闭上眼，使劲地吸进阳光。

太好了，你在这儿。

糖妹回身，见到李净婷站在台阶下。我本来想到这洗最后一次澡，跟你道个别，没想到浴池发生这样的事。

怎么？你要走了？去北京，还是上海？

不，都这个年龄了，我哪还走得开。是报社实在亏损太严重，只能把集团的大楼卖掉，搬去黄泥川，你知道黄泥川吗？在西郊，离这里坐客车两个小时吧。大部分人都离职了，本来我也差点去考公务员，但我还是不甘心，我打算跟过去试试，就当去开辟根据地。我最近正在那边租房子呢。

糖妹四下看去，在太阳下，世界亮堂极了，到处可以休息，到处可以奔跑，却唯独无处安置糖妹的目光。

她忽然转过身，朝十洲云水走去。

她要去搓个澡，她要告诉大姐，自己要跟去"开辟根据地"，她要做事有头有尾，她要完成一个好记者的形象塑造。

他年如晤

李 皓

扮 姑 姑

看到这个标题，一般的读者都会蒙圈：姑姑不是个称谓吗？扮姑姑是啥意思？

是的，我也考虑到了这个问题。怎么说呢？我只是用了谐音的字，难免有歧义，但别无他法。大连乡下人都是这么个说法，至于是哪几个字，谁也不知道。

确切地说，这是大连普兰店双塔镇福全村一带春节里的一个迷信游戏，或者说一项娱乐活动。

姑姑是由锅叉子和铁勺子组成。乡下的锅叉子一般是由分叉的树木制成，呈人字形。把铁勺子跟锅叉子绑在一起，勺子当"人头"，凸起的部分当作后脑勺；另一面用白纸糊上，用毛笔画出眼睛、鼻子和嘴，就是姑姑的脸。锅叉子的两条腿儿就是姑姑的腿，再横里绑上一根烧火棍，两面伸出来，就是姑姑的两只手了。为了更神似，衣服和裤子也是少不了的。通常找一件小孩子的褂子，一条小裤子，给姑姑穿上，鞋就免了。把姑姑装扮好以后，放在茅厕里，在旁边点上一炷香，等着晚饭后请到家里的炕头上。

我所说的制作姑姑的时间必须在正月初一到二月初二之间，这期间，乡下人都是在过年。只有过年，福全村才扮姑姑，正月里的姑姑有灵气，祈福都能应验。

吃完晚饭，邻居都聚拢过来，炕上、地下都挤满了人，众人推举两个童男去茅厕"请姑姑"。两个童男到了茅厕，嘴里念念有词：姑姑哇，我们来请你回家呀！一个童男帮助另一个童男背上姑姑，一溜小跑，将姑姑背到家中，支在炕头上。

乡下大炕分炕头炕梢，来客人都睡炕头，以示尊重。把姑姑请上炕头，自不必说，也是充满了敬畏。

姑姑由两个大人各执一条腿，掌握平衡，保持站立。看热闹的小孩子都需要上炕，给姑姑磕头。几番磕头之后，把着姑姑腿的其中一人开始唱将起来："正月里，正月正，我扮姑姑有神灵……"与此同时，两人开始按照一个频率将姑姑前后摇晃起来。

来看热闹的大多都揣着心事，问问新年的收成如何，问问老人的身体咋样，问问大姑娘小伙子的婚事，等等。每当有人问及，扮姑姑的人就念着一套基本套路的嗑儿，一本正经地问姑姑，好，就点三个头，不好就胡乱点头。其实这中间的把握，全在于扮姑姑那两个人的默契。他俩是不能对话的，但可以有眼神交流，如果两个人都想让问事者高兴满意，就一齐摇晃姑姑点三个头；如果两人意见相左，手上用力不同，姑姑就会胡乱摇晃或者栽倒。这时候人们并不懊恼，只是哄堂大笑。有不甘心者，再问，两人配合默契了，连连点头，问事者终于心满意足，让与他人继续问事。大家的问题五花八门，真真假假，其乐融融，时间过得飞快。乡下抽旱烟的人也多，屋子里乌烟瘴气，但大家嬉笑怒骂，喜上眉梢，把个寒冷的冬夜都焐热了。

20世纪70年代，没有电视，没有手机，没有微信，这带有一丝迷信色彩的娱乐活动，给乡下人带来无穷的乐趣。

这个习俗，我只在我姥姥家所在的福全村见过，是否现在还有，不得而知。

贫苦的年代，有些欢乐信手拈来。如今丰衣足食，我们常常四顾茫然。

"正月里，正月正，我扮姑姑有神灵……"

鸡爪地瓜

地瓜常见，而鸡爪地瓜不常见。

通常的地瓜，都是纺锤形的，而鸡爪形的地瓜，真是见所未见闻所未闻。

其实，这个名字并不能进入主流抑或学术，只是乡间土语的一种表述。这种所谓的鸡爪地瓜，只是地瓜的一个品种，不是地瓜本身具备鸡爪的形状，而是叶片长相酷似鸡爪子，乡人便给这个品种的地瓜起名"鸡爪地瓜"罢了。

地瓜是山东家和我们北方的叫法，作为海南丢的我们，语言、文化与海南家一脉传承，同祖同源，对地瓜有着近乎偏执的热爱。

地瓜学名红薯，原名番薯，又名红芋、甘薯、红苕、线苕等，不一而足。地瓜的叶片通常为宽卵形，长4～13厘米，宽3～13厘米，淡紫色或紫色，这是最为普通的白瓤地瓜的部分特征。而有一种瓤呈橘黄色的地瓜，其叶片与普通地瓜完全不一样，形状酷似鸡爪子，乡人就形象地将这种地瓜叫作鸡爪地瓜。

　　大约是物以稀为贵吧，孩童时期的我们都特别爱吃这种地瓜，视之为地瓜中的上品。饥馑的年代，食物的匮乏，常常让孩子们饥不择食寒不择衣，生吃地瓜的现象并不鲜见。

　　秋天地瓜成熟的时候，放学回家的路上，饥肠辘辘的我和小伙伴就开始琢磨，到哪里弄点吃的。这个时节，苞米和大豆都已成熟风干，花生和地瓜是我们的主攻对象。普通的白瓤地瓜尽管也可以生吃，但口感与鸡爪地瓜差之千里，这种黄瓤地瓜质地细腻、甘甜，有水果一样的品味。

　　我们闯进地瓜田里，专门寻找那种像鸡爪一样的叶片，又顺着枝蔓找到地下块根。地下块根是书面语，也就是果实，地瓜是也。我们将鸡爪地瓜从土里扒出来，如果附近有山泉水，就洗一洗，如果没有水，干脆将泥巴搓掉，用牙齿转着圈儿将地瓜皮嗑掉，露出橘黄色的瓜瓤，咬一口，有嘎巴嘎巴的响声，实在是那个年代难得的美味。

　　那个年代，我们无从知道地瓜富含蛋白质、淀粉、果胶、纤维素、氨基酸、维生素及多种矿物质，有"长寿食品"之誉，还有抗癌、保护心脏、预防肺气肿、糖尿病、减肥等功效，中医视红薯为良药。明代李时珍《本草纲目》记有"甘薯补虚，健脾开胃，强肾阴"，并说海中之人食之长寿，云云。不管怎样，我们一个个正在疯长的半大小子，靠山吃山靠水吃水，健康地成长着，脸上露出地瓜皮一样健康的紫色。

普通白瓤地瓜和鸡爪地瓜放在一起，如果没有枝蔓的牵系，很难分辨。来自乡村的孩子，幼小时就有着天然的生活经验，这是书本里没有的。我在百度里查找这种地瓜的资料，也难有确切的表述。乡村生活和一个鸡爪地瓜带给我的养分，是可以让我受用终生的。

眼下街上的烤地瓜，黄瓤的已经随处可见，不再稀奇，还有那紫薯，但于我一点食欲也没有。许是当年天天以地瓜为食，吃伤了也未可知?!

倒是前几年在长海县大长山岛吃过的一种面条过目不忘，那是用棒鱼、地瓜叶子、手擀面做成的，口感极好。而小时候，妈妈用地瓜梗炒土豆条，想起来也是韵味悠长。

鸡爪地瓜的梗和叶子，不知道是否也如它的瓤，与普通地瓜有异?如果用它的叶子和梗做面条、入菜肴，会不会别有味道呢?

我想会的，它是地瓜中的君子。

开　箱

我一直不知道"kāi xiāng"二字怎么写，最近跟几个在大连庄河长大的朋友交谈，他们告诉我是"开箱"二字，我将信将疑。

据我所知，庄河地区以及普兰店靠近庄河的城子坦、星台、墨盘、双塔这些地方，都把以娘家人的身份到男方家里参加婚礼，叫作"开箱"。从小到大，我一直不明白开箱的意思，有时候觉得这是方言，也没有特意去深究。按照庄河朋友的说法，就是女方的亲朋好友陪同女方，在结婚这一天，到男方家里打开箱子，让男方家里亮亮家底，看看男方家里到底贫穷还是富裕。"开箱"，就是打开箱子的意思。

那么，问题来了：既然是结婚大喜的日子，俗话说，生米已经做成熟饭，一干人马大张旗鼓地去"开箱验货"，一旦发现"名不副实"怎么办，难道还要当场悔婚不成？

这显然是不可能的，友人对开箱的说法多少有些牵强。但又没有更好的解释，细一想倒也不无道理。

道理归道理，乡下关于相亲找对象的"穷规矩"还真是不少，比如看家、定亲。

看家，是在男女双方经人介绍，初步印象都很好的情况下，需要进一步了解家庭具体情况，选一个吉日，女方在媒人陪同下，来到男方家里，了解男方家里的人口、房产等诸多硬件情况。一般情况下，到看家这一步，两家成为亲家的可能性已经很大了。男方一般会准备一个红包给女方，钱多钱少，视家庭条件而定。有的男方家庭条件较差，还会刻意掩盖一些什么，媒人也是两面忽悠。如若女方看中了男方的人品，对男方家里的条件并不在乎，那又另当别论。

看家若顺利，下一步就是"定亲"。定亲，顾名思义，就是把亲事定下来。定亲之日，女方父母通常也会出面，亲近的姊妹、姑舅也会组成小团队随之而来，男方也会请一些近亲来捧场、看欢喜。男方一般会办置几桌酒席，其乐融融地把彩礼送上，确定两家的亲戚关系。在某种程度上，这种颇具仪式感的定亲方式，甚至比结婚证更具"法律效力"。在老亲故邻眼里，两家已经是亲家，女方已经是男方家里的准儿媳，只差一个结婚典礼罢了。

万事俱备，只欠东风。结婚的日子，在定亲仪式上，两家业已基本商定。由此可见，结婚之日，那些来"开箱"的七大姑八大姨，显然是来凑热闹的。但是，看眼的都不怕乱子大，这些凑热闹的主儿并不见得好伺候。

婚礼之日，男方家一般都把好地方让给开箱的，好菜好酒伺候着。即使这样，女方的姑姑、姨姨、舅母之类，都会挑三拣四，给男方家里来点颜色瞧瞧，指责男方办事诸多不足，大概有给女方撑面子的意思——给男方一个下马威，免得新娘日后受欺负。这些小伎俩，大多端不上台面，至多反映了当时人们的愚昧无知，是祥和的婚礼多点不和谐的小插曲而已。来开箱的新娘叔叔、舅舅、姑父、姨夫等人，必然要站出来一人，能喝酒的，以防男方亲属"挑战"，那斗酒的场面，令人开怀，喜不自胜。

我还没上学的年龄，三姨从普兰店区（当时叫新金县）双塔公社嫁到远隔百余公里的庄河一个叫卧龙的小山村。结婚日好像是元旦，乡下叫阳历年。那时冬天奇冷，一大早，我随着妈妈、姨姨、舅舅等一大群亲属，坐在一辆二十八马力的拖拉机后斗里。后斗是露天的，下面铺上玉米秸子，我们穿着棉袄，戴着棉帽，围着围巾，身上还盖着棉被。即使这样，待到中午赶到那个贫穷的小山村，我的手脚也已经冻僵，大人把我抱下车，在屋里待了很长时间，我才缓过来。那一顿婚宴，是我这辈子吃到的最差婚宴。婚宴进行到半程，桌子上碗碟已空空如也。

这是我最刻骨铭心的一次开箱，那一刻，我真希望我的三姨拂袖而去，但她还是含泪留在了那里……

跑 边 外

写下这三个字的题目，我的心又一阵发紧，好像一下子我又回到了那个饥馑的年代。

我不知道"边外"一词是不是方言，也不知道没怎么受过饥饿考验的城里人，是否懂得这个词语的深层含义。至于边外究竟在哪里，具体指的是哪个方位，我自小就很模糊，甚至直到今天我也没有真正搞清楚。想来就是泛指黑龙江省，连带毗连黑龙江的吉林省部分地区，以及内蒙古自治区靠近东北的部分地区。如果一定要确切一些，那么我的脑海中总是涌现北大荒的广袤黑土地。地理老师教过我：棒打狍子瓢舀鱼，野鸡飞到饭锅里。这就是课本里的北大荒，"地大物博，物产丰富"。20世纪70年代，没有一个人会对课本提出质疑。

当时，在辽南乡下，我们面临的状况是：家家的口粮都不够吃，生产队的一个工分值一毛钱（至少我家所在的生产队如此）。一年下来，在生产队辛辛苦苦干了一年的劳动力，一结算，还倒挂，也就是不但没挣到钱，还欠生产队一堆饥荒。家家的饭桌上，我们总能看到玉米面饼子、玉米面粥、地瓜等，这是主食；菜一般就是一钵子熬酸菜，有时顶多加上一碟腌渍的萝卜瓜子。一日三餐，天天如此。

这样的饮食，何谈营养？能填饱肚子，就是一家人最大的奢求。如果家里人口多，青黄不接的时候，饿肚子并不是什么稀奇事儿。饭吃不饱，又没有额外的收入，男孩子长大了成家立业自然就成了问题——一系列的生存窘境摆在乡人的面前。

那个年代的人，脑子都不怎么活泛，或者说基于一些僵硬的管理模式，人们即使受穷，也是心甘情愿，故土难离。但是，当人真的走投无路或者面对无法克服的困难时，人的能动性会瞬间被激活。首先，他们要向能吃饱的地方去。但是，在集体经济为主导的年月，必须投亲靠友才行。人们通常会想到"到处都是大豆高粱"的北大荒，那里地广人稀，有的是粮食。然后再想一想有没有直系亲属在当地，或者是偏亲，即使是当年闯关东走散的亲戚，只要能联络上，在那里有个照应就成。

于是，有的人家一个儿子去了，有的人家一个女儿去了，有决绝的，干脆举家奔向未知的北大荒。不为别的，只为能吃一口饱饭。这些人，被屯子里的人统统称为"跑边外"。

那时那地，"跑"并不是一个褒义词，跑边外跟"跑盲流""跑破鞋"等词语并列在一起，使这个词语有了些许揶揄的味道，但其中的无奈，当时生活在乡下的人，都不难体会。

姥姥家的邻居三姥爷家，儿女五六个，穷得没办法，三姥姥带着小女儿跑边外投亲去了，三姥爷领着剩下的几个孩子在这边过。三姥姥在边外吃得上穿得上，苦了家里的儿女，没妈的孩子像棵草，稀里糊涂地生长。数年之后，三姥爷无奈，只好写信求三姥姥回来。三姥姥勉勉强强地回来了，相继长大的儿女，跟多年不见的妈妈难免隔阂。三姥姥的口音变了，说一口北边的方言，我们当地奚落为"说偏"。三姥姥已经习惯了边外的生活，三姥姥习惯吃大米饭，三姥姥学会了抽烟，这一切让这边的儿女感到陌生。没几年，三姥爷去世了，三姥姥悻悻地带着小女儿再度奔赴北大荒。

改革开放以后，跑边外的人大都"倦鸟归巢"，他们带着口音回来了，他们带着边外的妻子儿女回来了，有的甚至可谓衣锦还乡。更重要的是，边外的人们开始成批量、成建制地涌向辽南，涌进大连，成为这个浪漫城市的新市民。

现在，越来越多的大连人开始说普通话了。从某种意义上讲，这是"跑边外"带来的红利。

跑　裤

如果不是翻弄高中时的照片，我或许已将跑裤彻底忘记。

事实上，那张照片里面并没有我。只是几个高中男生与班主任石老师的合影，想来那时我已离开校园，到鞍山当兵去了。记不得哪一个同学，将照片寄了一张给我留念，算起来也是二十六七个年头了。

让我感兴趣的是，石老师的裤腿处泄露了那个年代的时尚之物：粉红色的跑裤。

当时的跑裤，并不是为了跑步穿用，其实就是一种衬裤而已。至于为什么称为跑裤，似乎无从探究。那时的年轻人，也似乎每个人都有一条颜色各异的跑裤。当然，我也有一条，是天蓝色的。

跑裤的面料大多以丝绸为主，柔软，透气性好。颜色以粉红色和天蓝色居多，也有碎花的图案，不拘一格。

时尚这个东西，最是无理，不晓得突然间就有一种服装流行开来，人们就仿效为之。跑裤在远方的城市里，是否流行过，我不得而知。我居住的乡间，人们纷纷到集市上，扯各种各样的面料，到裁缝铺做一条跑裤。许是刚刚解除禁锢的人们，对大红大绿有了极为大胆的需求。尤其是年轻男女，肆无忌惮地穿着颜色鲜艳的跑裤，在乡间招摇过市。

跑裤一般做得比较宽松，为凉快计，人们还是舍得费一些面料。所以有人的跑裤就很夸张，好像肥硕的裤腿里面，装进一个小孩子是没有问题的。盛夏，白天夜里，人们在屋外乘凉，都穿一条跑裤。不过以年轻人为主，老年人是少有如此打扮。即使有的老人也有穿着，裤腿都做得较瘦，颜色则以深蓝和灰黑为主，不事张扬。

我的母亲为我做了一条天蓝色的跑裤，放学回家，我就把外面的裤子脱了，穿一条跑裤在院子里走动，很是凉快。上学的时候，外出的时候，外面一定要套上长裤子，但裤腿处能露出跑裤的裤脚，一两厘米的样子，则是恰到好处。这一切表明，我也有一条时尚的跑裤，家境尚好。也有一些当时称为"二流子"的年轻人，很夸张地穿着喇叭裤，裤脚露出大红大绿的跑裤，骑着自行车满街招摇，颇有些领风气之先的派头。现在想来，着实可笑。但那个年代，人们对于美的需求很是饥渴，一时间美丑不分，倒也可以理解。

我把这条跑裤从初中穿到高中，从高中穿到部队。看着石老师也穿着一条粉红色的跑裤，我们这些来自农村的学生，心中开始坦然起来。当时城乡差别很大，小镇在我们心目中就是大城市的感觉。看着城市人也穿一条跑裤，我们确信这种流行不是乡下的独创。到了部队，看到很多战友也在休息时穿一条跑裤，尤其是城市兵也跟我们一样，遂大大方方地穿起跑裤来。只是按照军容风纪的要求，跑裤露在裤腿外面是不允许的，我们只好在节假日才穿上一回。

至于什么时候，跑裤从我们的衣柜里消失了，我没留意。反正，那种裤子里鼓鼓囊囊的感觉，也一并消失了。

一条天蓝色跑裤，暗喻了我对天蓝色的热爱，命运的密码，指引我穿上了天蓝色的军装。而石老师们中意的粉红色，又透露着怎样的人生信息和审美情趣呢？过往的时尚，生命的细节，细细琢磨，很有一番趣味。

让裤子跑起来，中年回忆的往事温暖而多彩，俗世间的行走正是一路云淡风轻。

翠兰的爱情（外一篇）

李伶伶

　　翠兰看上了村里的单身汉马成。马成媳妇没了，自个儿带着儿子过，翠兰男人没了，自己带个女儿过，两人走到一起，多好的一家！

　　翠兰托媒人去马成家说媒，媒人回来说，马成不同意。翠兰问为啥？媒人吞吞吐吐不想说。翠兰直着急，让媒人尽管说。媒人才说，马成说你太厉害，不敢娶。翠兰一听，心里这个气，心说，你越不敢娶，我还偏要嫁给你！

　　翠兰家的米快吃没了，地里的活儿太多，她没时间去买，就想让谁上集帮她捎一袋回来。正在街上等着，马成骑车子过来了。翠兰叫住他，问他是不是上集去？马成说是。翠兰就说，那你帮我买一袋大米吧。马成因为拒绝了翠兰，再见到她，有点不好意思。正犹豫呢，翠兰说，咋，求你这点事都不行？马成忙说行，骑着车子逃也似的离开了。

　　翠兰去地里干活儿，把大门从里面锁了，从后门走的。中午回来见大门被人动过，就知道肯定是马成送米来了，没能进来。翠兰洗洗手，换件衣服，想去马成家取米，想了想，又没去。吃了饭，歇一会儿，又去地里干活了。晚上翠兰刚吃过晚饭，就听见有人敲大门，马成的声音在外面喊，翠兰，翠兰。翠兰没作声，听了一会儿，没动静了，才脱衣服睡下。

第二天一早，翠兰早早去了马成家。到了他家，也不进院，隔着墙喊：马成，马成，你昨晚是不是去我家了？那声音，大得四邻八舍都能听见。翠兰喊完就在外面等。马成还没出来，马成的邻居桂芳先出来了，看见翠兰，脸一沉，转身又回去了。

翠兰见桂芳这样，就知道媒人说的是真的。媒人说，马成之所以不同意和翠兰的亲事，还有一个原因，就是他心里惦着桂芳呢。桂芳男人也没了，桂芳对马成也有意思，可桂芳的家人不同意，两人的事就一直悬着。

桂芳已经回自个儿屋去了，马成才出来。见是翠兰，就说，我昨天给你送两趟米，你都没在家。翠兰说，我昨天在地里干一天活，晚上吃完饭，到吴二婶家坐一会儿。马成也没细究，就把大米送到翠兰家。

早饭后，翠兰又去地里干活，在地里碰见吴二婶。吴二婶悄声问她，你跟马成啥时候到一起的？翠兰说，二婶你可别乱说。吴二婶说，我怎么是乱说呢，马成上你那儿去，谁不知道哇。翠兰笑着也不辩解。

没过多久，翠兰听说桂芳和马成闹僵了，桂芳说马成心不诚，和别的女人不清不白。翠兰心里喜，可表面上却显得很焦急，她去找马成，问他传言是不是真的，桂芳是不是在说她，她可以跟桂芳解释清楚。马成说，不用解释，越解释越不清。

夏天还没过完，桂芳就嫁了，嫁到一个很远的地方，马成再也见不到她了。马成很失落，经常望着桂芳住过的院子发呆。翠兰见马成这样，也不去打扰他。

秋天说来就来了，家家户户都忙了起来，恨不能一下子就把庄稼收完。翠兰也忙，她割完了豆子想割高粱时，发现镰刀坏了，就去马成家借。一进院就听见一阵哭声，是马成的儿子小东。马成没在家，小东饿了，想自己泡碗方便面吃，结果把暖壶弄倒了，暖壶里的开水把小东的手烫伤了。

翠兰赶忙抱起小东往医院跑，医生把小东受伤的手包扎好了，马成才赶到。马成心疼地看着儿子，想抱抱他，被翠兰一把推开了。翠兰说，有你这样当爹的吗？把孩子的手烫成这样！说完，抱起小东就走。马成在后面跟着，几次想接过小东，翠兰都不给。

翠兰把小东抱回了自己家，马成也要进来，被翠兰挡在了门外。晚上马成来接小东，小东不回。小东说，翠兰婶做的饭比你做的好吃。马成想进屋去坐会儿，被翠兰拦住了。翠兰说，太晚了，你就别进去了。

小东住在翠兰家不愿意走了，马成来接了好几次，小东都不回。马成说，这孩子，真不懂事。翠兰说，大人比孩子还不懂事。说完，又要关大门。马成说，等等，等等，你怎么总不让我进门呢？翠兰说，我的门，可不是那么随便进的。马成愣了愣，没说话，走了。

当天晚上，媒人就来了，来替马成说媒。翠兰笑了，一脸的幸福。

丢 失

公司组织先进员工去云南旅游，方婷是其中之一。方婷很高兴，她好久没有出去旅游了，而且是她向往已久的云南，要不是怕被同事笑话，她当时就跳起来了。

上午十点在公司集合，一起乘车走。

早饭后，方婷给女儿梳头，想着去公司时顺便把女儿送到婆婆家。公司不许带家属，两岁多的女儿只能请婆婆帮忙照看。大强工作忙，没时间接送女儿去幼儿园。

女儿的发辫刚编好一个，手机响了，是快递员，说她有份快递到了。方婷不禁皱了下眉，最近半年多，她留的都是公司的地址，谁会寄东西到家里？她问快递员能不能送上楼？快递员说，我车没锁，要不我帮你放在哪个寄存点吧。小区没有寄存点，门卫不代收快递。没办法，方婷只好下楼去取。

自从小区物业给电梯装了锁，方婷一家就不能自如地使用电梯了，因为她家没交物业费。物业公司之所以给电梯装锁，就是为了逼迫业主交物业费。方婷家之前一直按时交费，直到丢了电动自行车。方婷上班坐公交车，中间要倒一趟车。她嫌麻烦，就买辆电动自行车，方便又省时。可是电动车买来没一个月就丢了，去小区物业查监控，监控录像一片模糊，什么也看不清。她花三千多元买的电动车，放在楼门里，还上了锁，被谁偷去的，怎么偷去的，小区物业一概不知，还不能给她个说法。方婷很生气，物业再让交费时，她坚决不交。

不交物业费的人家不给电梯钥匙，没有钥匙就用不了电梯，连楼门也进不了。方婷家住十二楼，为跟物业赌一口气，他们一家三口没少受累。

方婷让女儿等会儿，就匆匆跑下楼，签收了快递。是大姨寄来的花生。大姨每年都给她寄花生，今年她忘了让大姨寄到公司。

等方婷抱着花生，汗津津地跑上楼，才发现，她家的门被风给关上了。出来时太匆忙，忘了带钥匙。她喊女儿开门，女儿不会开，急得哇哇哭。方婷一边安慰女儿，一边想办法。大强昨晚加班没回来，别人手里没有钥匙，跳窗户肯定不行，十二楼太危险。想来想去，只好求助开锁公司。

赶上早高峰堵车，开锁公司的人一个小时后才到。方婷家装的是防盗锁，开锁人鼓捣半个小时也没捅开，最后破坏性开锁，门开了，锁也不能用了。

离集合时间，只有二十分钟了。就算门锁不坏，她也赶不到公司了。她给公司领导打电话，说女儿病了，这次旅游去不了了。领导表示谅解。

方婷心情坏透了，女儿哭花的脸，散乱半边的头发，关不上的门，门外胡乱堆放的花生，都令她烦躁不堪。她想发火，却不知道冲谁发。

晚上大强回来，跟大强说了今天发生的事，大强不但没有安慰她，还埋怨她粗心大意，说若是她把钥匙带着，就没有这么多事了。方婷很委屈，说要不是电梯闹的，我能那么着急吗？大强说，要不，把物业费交了吧。方婷说，不交，电动车的事，他们不给我个说法，我就不交！大强说，他们要是永远不给你说法呢？方婷说，那我就永远不交！大强无奈地叹了口气。

女儿感冒了，不能去幼儿园，方婷和大强都上班，就请来了孩子的奶奶照顾。这天中午，女儿吵着要吃汉堡包，奶奶便下楼去买，走到五楼时，不小心摔了一跤，造成脚踝骨骨折。大强很不高兴，埋怨方婷太固执，要是乘电梯，会有这一出又一出的糟心事儿吗？妈在咱家摔伤的，你怎么向爸交代。方婷说，怎么能怪我，难道我的电动车白丢了？

大强一直在医院照顾母亲，母亲出院后需要静养，大强就住在母亲家照顾老人家。方婷觉得，大强在尽孝，她应该支持。

周末，方婷带着女儿去看奶奶。婆婆的脚好多了，能自己走了。吃完饭，大强让母亲带女儿下楼玩儿。关上门，大强转身说，一会儿你自己走吧，我和女儿不回去了。方婷问，为啥不回？大强说，我不想再爬楼梯了，不想再为蹭电梯赔笑脸了，这种日子我过够了！我不想跟你过了！大强涨红着脸冲方婷吼道。

像凭空听到一声炸雷，方婷整个人呆住了。

旧地重游

鬼 金

　　……把我的心烧尽，它被绑在一个/垂死的肉身上，

为欲望所腐蚀/已不知他原来是什么了；请尽快/把我采集

进永恒的艺术安排……

——叶芝《驶向拜占庭》

一

　　第一次坐在火车上看雨，雨在窗外，刘东北在车内。窗外的万
物处于酣畅淋漓的沐浴之中。已经坐了五个小时的火车，疲惫几乎
要把他拖垮，腰酸背痛，身上的骨头都要碎掉了，像一次对肉身的
刑罚。距离刘东北要抵达的望城还有两小时十五分钟，突然有人
喊，下雨啦！这声喊叫在车厢内炸开。他早已醒了，只是闭着眼
睛，他连忙睁开眼睛，从卧铺上爬起来，来到过道的窗边，找个椅
子坐下。那个失眠症患者正从车厢连接处走过来。深夜里，他就这

样在过道里晃动着，让人以为是窃贼，纷纷保护好自己的物品。已经有饥饿的人早起，坐在刘东北前面的椅子上吃着方便面，声音很响。刘东北也有些饿了，闻到泡过的方便面飘来的味道，是那么香，还裹挟着一点辣味，不是辣椒的那种辣，而是调料的，他连连吞咽了几口唾沫。刘东北想，如果下车前，乘务员推车过来卖的话，他也要买一桶泡面。突如其来的雨，让他减少了饥饿感，转移了他对于饥饿的专注。其实，车厢内的那种压抑憋闷气氛让他早就想逃出去了。此刻来临的雨，尽管触摸不到，是在窗外，但还是给他带来风起云涌般的欣喜。现实生活中，又有多少东西是可以触摸得到的呢？此刻来自身体的疲惫感也烟消云散很多。但他还是试图打开车窗，把手和头伸出去，用肌肤去感受一下那雨，感受那雨的湿和凉，但那个车窗仿佛锈死了，怎么都打不开，让他无法与外面的世界融汇到一起。他有些失望，索性放弃打开车窗的念头，就这样隔着车窗也不错，从一个封闭的空间里看另一个相对敞开的世界，像极了动物看人。

成为那雨中的一滴，纵身和其他雨滴一起狂欢，甚至粉身碎骨也在所不惜。刘东北这样想着，并对车厢的囚禁从潜意识里抵抗起来。刘东北在心里面命名数亿雨滴中的一滴叫"刘东北"，并轻声对窗外的雨呼喊着刘东北……刘东北……刘东北……他幻想有一滴雨会从那数亿雨滴中飞奔而来，到他面前的车窗玻璃上，来领受他的命名。那密集的混乱的雨的丛林中，到底哪一滴是他？他自己也无法辨认，只好绝望地放弃了这个异想天开的命名。雨滴。没有名字。刘东北这样想，就像我们每个有名字的人在芸芸众生中也不过是一个符号而已。那雨滴是否也有妈妈？想到妈妈，刘东北的眼泪在眼窝里旋转着，悄悄流下来。妈妈是那滴走失的雨滴。刘东北对着窗外的雨，轻轻呼喊着，妈妈，妈妈……你去了哪里？落雨后的窗玻璃像另一张哭泣的脸孔，随着车轮在铁轨上震动，雨水流淌着，让那面孔也变得模糊，近乎泪流满面。刘东北觉得脚下有些凉，这才发现没有穿鞋，是穿了袜子就跑到窗边看雨的，他回到卧铺跟前，把鞋从床底拿出来，穿上，再次回到窗边的椅子上坐下。

妈妈从养老院失踪了。

刘东北的工作是在南方S市的美术馆当保安。那天展览的是德·库宁的作品。刘东北网上搜索德·库宁，还看了他其他画作，刘东北很喜欢，虽然看不懂，但能感觉到那种来自身体和灵魂的撕裂感觉，撕裂也许不准确，是切割，把身体切割成碎片，裸露出来的是灵魂。刘东北还记得当天开展的时候，是个下午，日光从天窗照进来。看展的人中有个女人，站在一幅画前面，突然失声痛哭。为了维持馆内秩序，刘东北过去把那失声痛哭的女人劝离，搀扶着她到旁边的椅子坐下来，还给她接了杯矿泉水。那女人又哭了一会儿，是抽泣，之后离开美术馆。刘东北有些搞不懂女人为什么看到那幅画突然失声痛哭。刘东北走到那画作跟前，看了看，并没有觉得有什么。德·库宁的那些画作都价格不菲，是刘东北不敢去想的数字。刘东北天真地想，如果钱以亿计的话，那还叫钱吗？只是一个数字而已。女人第二天下午又来了，刘东北正盯着她看，那是一个四十二三岁的女人，上身穿着一件米黄色的无领毛衣，露出白皙细长的脖颈，下身是休闲牛仔裤，脚上穿着一双棕色休闲皮鞋，裸脚，没穿袜子，可以看到明亮的脚踝。刘东北觉得那双休闲鞋有些不搭，至于什么颜色和什么样式的搭，刘东北也没想清楚。女人一脸淡妆，看上去画得精致，有了艺术感，像刘东北了解的蛋彩画。这次，她很平静地站在德·库宁的那幅画前面。刘东北正注视着她，像欣赏从某幅画里面走出来的人物。他的手机响了。他看到那熟悉的区号，心里面还是咯噔一下。同事马忠良也听到刘东北的手机响，刘东北向马忠良做了个手势，马忠良也向他摆了摆手，刘东北出去接电话。

"喂，是刘东北吗？我是老来乐养老院的工作人员，你妈妈昨天晚饭后，失踪了，你能回来一趟吗？"

"什么？你说我妈失踪了吗？你们要负责任的，你们找哇！不会是你们虐待老人了吧？我在网上看到过这样的例子……我妈要是有个三长两短，我跟你们没完。"

"你别发火，发火也不顶用，责任我们是要负的，现在关键是要找到你的母亲。我们已经派人在找，至于你说的虐待也是需要证据的，而不要道听途说，你说呢？"

"怎么就失踪了呢？怎么就失踪了呢？"

"我们也不知道，吃过晚饭，她和几个老人在院子里说笑着，睡觉的时候，我们发现她不见了，对了，昨晚她说是她生日，我们还给她买了蛋糕……她房间里的东西一件都不少……我们问了和她同屋的于艳，问她们之间发生矛盾了吗？还是她有什么反常？于艳都说没有。"

"你说昨天是她生日吗？"

"是的。你不记得吗？"

刘东北确实不记得母亲的生日。

"你可以回来一趟吗？也许她去了亲属家或者什么地方？"

"望城根本没有亲戚啦！"

"也许她去了之前熟悉的地方，也说不定。或者她什么隐秘，你如果知道也请告诉我们，我们不想探寻个人隐私，只是便于寻找。"

"好吧，我请假回去。"

"谢谢！"

"谢个屁呀，你们继续找，我回去要是也找不到，我要告你们的。"

"我们当然能理解你的心情，但请你也理解我们，我们也不希望老人失踪。再说，老人失踪对我们有什么好处吗？希望你早点回来。我们一起把你母亲找回来。"

刘东北撂了电话，心情有些沉重。美术馆门前的街道上冷冷清清的，天也阴沉沉的，湿冷的风中好像有雨。刘东北转身望了眼美术馆内，那个女人还在之前让她哭泣的画作前面。刘东北还看到马忠良在里面走来走去。刘东北掏出烟，点了一支。一对情侣挽着手从刘东北面前经过，进入美术馆内。街道两边的梧桐树叶纷纷落在地上，被风裹挟着吹过来。刘东北用脚踢了一下脚边的树叶。他感觉到有什么东西落在脸上，他伸手摸了一下，湿的，是雨？刘东北想。接着，稀疏的雨点开始落下来，有几个雨滴打在刘东北身上。他把身体往屋檐下缩了缩，把吸了一半的烟扔到雨中。刘东北绕道上了二楼，敲开馆长的门，说明了情况，馆长说，回去吧，你把马文明叫来顶替你。祝你早点找到你母亲。刘东北说，谢谢！刘东北退出门去，轻轻地把门关上。

是呀，从上火车的那一刻，刘东北躺在卧铺上就开始想，妈妈能去哪儿呢？在望城已经没有任何亲属啦！她会去什么地方呢？而且还是在生日那天。雨渐渐大起来，窗外的事物变得模糊。刘东北起身去车厢连接处抽了支烟。一个同样在那里抽烟的老人对着窗外的雨喃喃着，一场秋雨一场凉啊！那个"凉"字老人说得格外重，透心了都。刘东北的身体跟着打战了一下，连忙裹两口烟，才缓解过来。老人又说，也许是最后一场秋雨了，马上入冬啦。刘东北看了眼时间，还有一个多小时就到望城。他又回到座位坐了一会儿，等着乘务员卖东西过来。匆匆忙忙从S市火车站上车，就这趟车抵达望城，要不就要到沈阳倒车，他还是选择了这趟。他回到卧铺又躺了一会儿，想再睡一会儿，但想着妈妈不知道此刻在什么地方，还是出了意外，他睡不着了。他又坐在过道的椅子上看外面的雨，小了些，外面的事物开始变得清晰。他看到大地上的庄稼已经纷纷被割倒……尸体般躺在地上。看上去湿漉漉的。有一辆马车拉着秸秆顺着垄沟走着，大地经雨水的浸泡变得泥泞，车轮陷进黑色泥土里很深，车老板用鞭子在抽打着一匹灰色的马。那马都跪在地上了，车老板还在抽打着马。刘东北不相信那一车的秸秆会那么沉，但那马车确实深陷在泥泞之中。刘东北愤怒地瞅着，真想冲下去，把车老板撂倒在地上。但疾驰的火车一掠而过，那一幕过去了。但那马跪在地上被鞭打的影像仍定格在刘东北的脑海里。开始经过望城郊区，那些破败的拆迁后的房子还在那里。离开那年就拆迁了，直到现在也没盖起来。随着火车的行驶，望城的高楼大厦开始出现，看上去都只是一个虚假的外壳，其实，从刘东北离开那年这座城市就已经从内部烂透了。是的，从经济崩塌开始。火车开始减速，广播里开始喊，望城火车站到了，下车的旅客请拿好你们的物品，准备下车啦！

刘东北拿起一个背包，里面有一本小说《死刑判决》，本以为在火车上可以翻翻的，但他一页也没看，也没从背包里拿出来过。刘东北把背包背上，已经站到过道，随着人群向车门口移动。那一刻的刘东北甚至有些恐惧，恐惧这曾经生活了二十多年的城市，他能感觉到身体内部的那种退缩意识，是生理上的。有人向前挤着，他就连忙让开，站到那人后面。他在后退。窗外的雨还在下，还在下，他没有雨伞。有人已经把带在身边的雨伞拿出来了。刘东北想起之前看过的一句话，没有伞的孩子跑得快。他暗笑着，也算是对自己没有雨伞的自我安慰。刘东北仍在后退着，直到站在队伍的最后。他已经无处可退。他感到双腿很沉，犹如铅注一般。他要面对曾经的过往，还有母亲失踪的事实，它们像两个沉重的枷锁，让他喘不上气来。为了寻找母亲，他必须下车。即使最后可能是极其糟糕的结果，但也只有下车后才可能知道，是希望还是绝望，都要下车。窗外的火车站看上去重新修过了，看上去崭新崭新的，透着冷漠。刘东北最后一个下车，好像有人在身后推了他一把，他回头看了一眼，根本没人。站台上，有雨伞的人已经撑起花花绿绿的雨伞。没有雨伞的人也快速进入地下通道。刘东北的目光穿过站台看到不远处的工厂还在冒着烟，雨中的城市灰蒙蒙的。刘东北冒着雨进入地下通道，里面有股朝湿的霉味……刘东北随着人流出站。站在台阶上，雨好像更大了，雨滴落在地上溅起来。雨水里透着凉了。刘东北的身体后退了一下，他在辨别老来乐养老院的方向。那是他的目的地。是呀，这座城市已经没有他的栖身之地。

刘东北从台阶上下来，冲到雨中，很多人站在马路上拦出租车，刘东北等在那里，眼巴巴地看着一个个人上了出租车，走了。他还在等，把背包转移到胸前呵护着，后背已经被雨淋湿，一辆出租车停到他跟前，他连忙拉开车门上去。刘东北跟司机说，去老来乐养老院。司机怔了一下，说，那儿啊，下雨，路不好走，要不你看看换一辆车。刘东北说，加十块钱。司机说，那也不能到养老院门口，你下车后，还要走十多分钟。刘东北真想说，再加十块钱，但刘东北没说。刘东北说，行，开车吧。出租车绕到车站对面的人民路，向老来乐养老院的方向驶去。老来乐养老院在望城的平顶山下。刘东北透过车窗看了眼车站，当年离开的时候，那还是个灰色的建筑，上面有两座钟楼，现在钟楼不见了，在"望城站"几个大字下面安装了一个电子大屏幕，不时滚动着广告，很是刺眼。但还是让刘东北觉得缺少点什么。是什么？刘东北想了一会儿，才想起来。是那两个钟楼。没有了钟楼，让刘东北丧失了时间感。整个车站看上去现代化了，其实，在人们的心里反倒觉得倒退了，少了人情味。雨渐渐小了。司机问，这是从外地回来吗？刘东北说，嗯。刘东北问，现在的活好跑不？司机说，屁，一到晚上八点半多钟，大街上就没人了，像外国电影里面的宵禁似的。刘东北说，哦。这么差啦？司机说，可不是，尤其近几年，简直一塌糊涂。年轻人都往外跑，这城市都是老年人，要这样下去，都不敢去想啊！刘东北叹息了一下，问，钢厂的效益怎么样？司机说，能怎么样？几年前减一次工资，再没涨上来，一个月工人少开五六百块钱，谁还敢消费呀！够吃饭，够孩子上学就不错了。刘东北哦了一声。司机问，在外面是不是好混一些？刘东北说，还行。司机说，我要不是岁数大了，我也出去，从下岗那天就开出租车，开够够的了，落下一身病。在这儿，挣那点钱，除了保证一家老少饿不死，有个病灾的，都不敢去医院，小病就买点药吃。大病去医院也不给住院都是看门诊，整个城市的医保亏空，住院处不敢收病人，医保报销不了。你说，这个城市会好吗？真羡慕你这样走出去的。刘东北沉默，不知道说什么。司机问，你这去老来乐养老院看谁呢？刘东北说，我妈。我妈从养老院失踪了，养老院给我打电话，让我回来帮忙找。司机说，哦。这个养老院的名声最近不是很好。刘东北问，有什么事吗？司机说，也没什么，之前的老板是开矿的，被打黑进去了，换了个老板，资金跟不上，伙食和服务什么的都上不去。刘东北说，哦，当年送我妈去的时候，是你说的那个开矿山的老板，我们去养老院看了，里面的设施和环境，还有伙食都很好，还看到那个老板和很多领导的合影挂在墙上，老板好像还是什么模范，他还有很多产业，房地产、矿山、生态园、餐饮酒店等。对了，好像去养老院还有一个福利，就是死后免费给一块一点五平方米的公墓。我妈决定去那里，是图什么，我也不清楚。真没想到如今……司机说，很多老人最近都从那里搬走了。你妈怎么失踪的呢？刘东北说，我也不知道，他们电话里跟我说，晚饭后我妈还在和老人们闲唠嗑，睡觉的时候，我妈就不见了。司机说，哦。现在的年轻人也难，尤其像你们这样的独生子女，总不能带着父母去外面吧……老年人的养老问题已经很严峻，但没人关心这些。像你妈这样的还有钱去养老院，那些没钱去养老院的，只能……祝你早日找到你母亲。刘东北说，谢谢！我妈还有几个退休金，但不够每个月的，还把房子抵给了养老院。司机说，唉，拿房子养老也不是办法，现在的房子都过剩，哪还有人买呀！很多楼房盖起来，根本卖不出去，都空着呢。如果找到你母亲之后，我建议你们还是换一家养老院……刘东北说，到时候看看。刘东北掏出烟给司机递过去，司机说，戒了几年了。一包烟七八块钱，省了。你抽你的，没事。刘东北不好意思，还是把烟插回到烟盒里，因为里面的秩序在抽出那支烟时被破坏了，他再插进去的时候，手指把烟撅折了，他开窗把折了的烟扔到窗外的泥泞中。有少许几粒烟屑被风刮回来，打在脸上，差点眯了眼睛。

二十多分钟，出租车在一条泥泞的路口停下来。司机说，你也看到这路了，车上不去，你走十来分钟吧。刘东北说，原来不是柏油马路吗？司机说，是呀，可是去年被山洪冲坏了，再也没修。司机说，不好意思。刘东北还是多给十块钱，司机说，不收。刘东北还是把那十块钱塞给了司机。司机说，谢谢。刘东北从车上下来，一脚就踩到泥泞中，鞋都被黏住了。是黄土，很黏，很黏。司机从窗户探出头来说，祝你早日找到你母亲。刘东北说，谢谢。出租车开走了。刘东北把双脚从黏稠的泥泞中拔出来，艰难地向养老院走去。路边原来是一条小河，看上去干涸很久了，刚下过的雨让小河里多了些水，但那些裸露的石头看上去还像是动物的骸骨，透着森白。河边的几棵树，倾斜着，裸露根部，随时都可能栽倒在河床上。裸露的河床上被各种垃圾覆盖。刘东北有些搞不清这些垃圾都是哪来的呢，从山上冲下来的吗。微小的水流，偶尔发出流淌的声音，是那么羸弱，仿佛在证明这小河还活着似的，但也是苟延残喘了。刘东北心里面充满失望，咋几年没回来，就这样了呢？刘东北看到那城堡般的养老院矗立在山脚下。眼前的事物突然变得恍惚起来。那城堡般的养老院处于虚幻之中。路边有一块老来乐养老院的广告牌，上面几位面带微笑的老人向路人招手的照片，不知道被什么人捅破了眼睛，看上去透着狰狞和恐怖。刘东北在广告牌下面休息了一下，点了支烟，目测着距离，还能有一百多米。雨停了，城堡般的养老院后面的山上被白色的雨雾笼罩，像是一个大大的白色孝帽扣在山顶上，而山体是五颜六色的，像一件华丽的袍子。服丧的山，刘东北的脑海里面突然蹦出来这个意象，让他的心脏跟着痉挛了一下。是呀，这座城市海拔最高的一座山，在服丧似的。刘东北扔下手里的烟头，下意识要踩一下，可是看到烟头已经在泥泞中熄灭了。他收回脚，鞋帮上都沾满了泥。泥泞的路上仍可以看到一些人留下的脚印，稀稀拉拉的，扭曲变形，像一张张窄长的幽灵脸孔，随时要从泥泞的土里面狰狞飞出……刘东北的目光离开泥地，继续向养老院走去。

二

刘东北站在养老院门前，铁门紧闭，他看到几个老人坐在院子里的凉亭下面在打牌。还有几个老人在地里面挖掘什么。黑色的铁门是锁着的，是那种电子锁，需要门禁卡的。这样戒备森严的，母亲是怎么失踪的呢？难道母亲长了翅膀？刘东北没看到上面有门铃。刘东北喊着，开门，开门。从打牌的人里面跑过来一个老头儿问，你干什么的？刘东北说，我要进去。老人说，我打不开，我要给你喊工作人员。刘东北说，谢谢。老人用眼睛看了看刘东北，转身去了房间。一个五十多岁的老女人从房间里走出来，老人向铁门这边指了指。老女人走过来，问，你有事吗？刘东北说，我找我妈。老女人问，你妈是谁？刘东北有些生气地说，我妈就是失踪了的那个。老女人说，哦，你回来啦，这么快。老女人说着，拿出门禁卡，把门打开。刘东北进去后，那门又自动关上了，啪的一声。

刘东北说，我要见你们院长。老女人对着楼上喊，院长，院长，鞠蓝的儿子来了。从楼上的窗户探出半个身来的是一个四十三四岁的女人，短发，透着精明。女人说，上来吧？刘东北的目光在院子里扫了一眼，他还记得陪母亲来的那次看到凉亭旁边还有老板的雕像，现在不见了，变成了一块空地，但仍可看到雕像被移走的痕迹。在凉亭旁边的喷泉还在，几只白色的天鹅围绕一个天使的雕塑。喷泉启动的时候，从天使的头顶和天鹅的嘴里往出喷水，好像还有音乐，但刘东北忘记是什么乐曲了。宣传栏里关于老板各种丰功伟绩的照片也都不见了，替代之前那些照片的是几张过期的报纸。一个半身不遂的老人身体倾斜着，左臂像挎了个筐似的，在院子里艰难地走圈，每走动一步，身子都在向一个方向拉伸一下，像一个变形的汉字。是"人"字？刘东北一时还想不清楚，看上去更像是"入"字。刘东北走上楼。楼道的墙上原来是之前老板和很多人的合影，也都不见了。那个女人已经站在走廊里迎接他，看到他的时候，向他走了几步，把他让进办公室里，说，请坐，辛苦啦！女人给他倒了杯水，又给他拿过来一条干毛巾。刘东北看着毛巾还怔了一下，女人指了指刘东北湿漉漉的头发。刘东北哦了一声，连忙用毛巾擦干了头发。女人说，这雨后，要变天了，更冷，别感冒了。刘东北把毛巾还给女人，端起杯子喝了口热水，才坐下来。女人转身挂毛巾的时候，刘东北注视她的背影，一身黑色职业装，下面是短裙，黑丝袜，黑色平底皮鞋。她在挂毛巾的时候，脚跟还跷了跷，让她的屁股看上去显得紧绷丰满。女人坐下来，看着刘东北说，谢谢你赶回来。刘东北也打量着女人，两道眉毛修剪得很精致。眉眼和嘴唇施了淡妆。女人说，我才接收两个多月就出了这么大的事情，你母亲失踪了，真的对不起。这附近我都派人找了，整座山上也都搜遍了，也没找到，才决定给你打电话的，我叫李嘉蓉。李嘉蓉说着，打开电脑说，你看，我们在寻找的过程中都有视频跟踪的。但都没有你母亲的踪影……你可以看看视频……刘东北绕到李嘉蓉身后，盯着电脑上晃动的视频记录，几个人在山间搜寻。他闻到了女人头上淡淡的洗发水的味道。女人说，你母亲到底能去什么地方呢？刘东北说，你问我吗？我怎么会知道。你们的大门那么严实，是我妈长翅膀飞出去的吗？李嘉蓉说，那天晚饭后，正好有人来给食堂送货，大门就没关。刘东北绕回到李嘉蓉对面的椅子上坐下来，他听到肚子里叽里咕噜叫。女人明亮的眼睛看着刘东北说，你刚下火车还没吃饭吧？刘东北嗯了一声，说，下火车就往这儿赶啦，哪顾得上吃饭呢？是我妈失踪了，不是你妈失踪了。刘东北说话充满了火药味。女人拿起电话给下面的人打电话说，给下碗鸡丝面条，送到我办公室来。女人撂了电话说，先对付一口，中午和老人们一起吃。刘东北说，谢谢！女人说，现在要你帮忙想想，你母亲可能去什么地方，好吗？刘东北说，这山上不会有什么吃人的野兽吧？女人说，最近也没听说，以前倒是出现过熊和野猪，但熊和野猪伤人是会看到……我们搜寻的人什么都没看到。刘东北的大脑陷入一片空白之中。他的手掏出烟，问，我可以抽一支吗？李嘉蓉说，抽吧。李嘉蓉站起来，把窗户开了一道缝隙。窗台上摆着几盆多肉植物。李嘉蓉问，你在S市吗？做什么工作？刘东北说，在一家美术馆当保安。李嘉蓉说，不错的工作。刘东北说，也是混口饭吃。李嘉蓉问，你母亲最近没跟你联系过吗？刘东北说，没。我也没跟她联系。因为我知道她在你们养老院，我一直都很放心，再说，我那边的工作忙，我也……李嘉蓉说，是呀，现在像你这种情况的太多了。我本想为老人们服好务，让你们身在外地也能安心工作，没想到还是出了意外，对不起。李嘉蓉的道歉和礼貌，让刘东北觉得不好意思，心里面的气也消了不少，但刘东北没说什么。

这时候，有人敲门，李嘉蓉喊，进来。一个大胖子厨师端着碗面条进来，李嘉蓉接过面条，放在刘东北的面前。厨师从白大褂的兜里掏出一双方便筷子，递给刘东北。厨师问了句，要醋和辣酱吗？李嘉蓉看了眼刘东北，刘东北说，不用。谢谢。厨师转身出去。李嘉蓉说，快吃吧。刘东北拿起筷子狼吞虎咽地吃起来，味道很正。刘东北两分钟就吃完了，把碗里的汤也喝干净了。他有些害羞地瞅了眼李嘉蓉说，两顿饭没吃。李嘉蓉说，中午多吃点。都是我们不好，让你……对不起。刘东北说，你不要老说对不起，现在关键是怎么把我妈找到。李嘉蓉说，是的。我是这样想的，今天早上我又派人出去在这附近，包括这山上的沟沟岔岔的都再搜寻一遍，如果还没有的话，我们就报警，满城贴寻人启事。让你回来，就是让你帮忙，想想有没有别的线索。对了，我们会补偿你这几天的误工费，每天一百五十块钱。但也只能给你一个星期，如果一个星期后，还找不到，我们就不能承担你的费用了。丑话说在前头，如果真找不到，我们再商议怎么办，你说呢？刘东北说，可以，一时真找不到头绪，我在火车也想了，不知道我妈能去什么地方。李嘉蓉问，你还记得你妈生日吗？刘东北说，我自己的生日都不记得。李嘉蓉说，昨天，你母亲生日，我们给她订了好利来的蛋糕，院里面的全体职工和其他老人给她过了生日……刘东北问，昨天是几号？李嘉蓉说，10月26号，阴历九月十八。你母亲七十二岁。我们还说她年轻呢，连根白头发都没有。你今年？刘东北说，四十一。李嘉蓉说，那你母亲生你比较晚。刘东北说，也不是，我妈说，之前有个姐姐，在五岁的时候，得了一场病，夭折了。在姐姐夭折后的第三年才有了我。李嘉蓉说，哦。你姐姐要是……跟我同岁呀！不好意思，提起这些伤心往事，但这也是为了寻找线索，你别介意。刘东北说，只要能找到我妈，我不介意。李嘉蓉问，那你父亲呢？刘东北说，我父亲在我上中学的时候，钢厂的一次意外，工亡。我成了工亡家属，当时，厂里给了我们一套楼房和一些钱，还把我安排进工亡子女的培训班，念了三年，也分配到钢厂上班。我开吊车。可是，干了几年，突然有一天夜班，差不多凌晨的时候，没活了，我坐在车上，听见我父亲在半空中喊我……当我睁开眼睛的时候，什么都没看见。我回家把这件事情告诉了我妈，我和我妈还去我父亲的坟上烧了纸，我妈还把我父亲大骂了一通。烧过纸和骂过父亲之后，也没用，从那以后，我总是能听见父亲在厂房上空喊我……有一年冬天的中午，我正在班组休息室里吃饭，突然又听到父亲在厂房里喊我，我还是走出屋去，就在我刚踏出门槛，只听见屋里砰的一声，暖气片爆炸了。白色的气体从屋子里扑出来，像魔鬼逃出来似的。我在门外向里面看着，整个人当时都吓傻了。如果我在屋里的话……等白色魔鬼逃离之后，我进屋看到很多碎裂的暖气片，刀子般扎在墙上。如果我那一刻在屋里的话，也许那些刀子般的碎暖气片就扎在我身上。强大的气流足以让那些碎暖气片穿过我的身体，来一个透心凉的。我站在屋里哭了。我知道是父亲救了我。从那以后，我总恐惧会有什么事情发生。

李嘉蓉说，你母亲不会去你父亲坟地吧？刘东北说，也有这种可能。李嘉蓉说，要不，我们吃过午饭后，我派人和你去你父亲坟前看看。刘东北说，行。我还是自己去吧。其实，刘东北只对埋葬父亲的地方有个大致印象，具体是哪座坟包，他也不一定找得到。因为没有墓碑。之前，清明或正月十五的，也都是陪母亲去的。他从没细心留意过。他曾跟母亲说过，要不要给父亲竖个墓碑，将来也好辨认。他母亲说，算了。如果他在地下想你的话，他会引领你的。母亲的话说得刘东北身上直起鸡皮疙瘩。刘东北重复了一句，我自己去吧，你们有人的话，去别的地方看看。李嘉蓉说，也好。从你到这里之后，就已经给你计时，给你误工补偿了，包括现在我们之间的谈话时间，也算在内，而且这些天里，你的车费都由我们报销，住宿吗？如果你愿意你可以睡在你母亲的床上。如果你不想的话，我们再给你安排房间。刘东北听了李嘉蓉的话，确实不知道说什么。

李嘉蓉说，你说的你父亲的坟地，这算是一个线索，我们记下来。看看还有别的什么。你接着说……刘东北除了在小说里隐秘地讲过自己的经历，这还是第一次对一个具体的人讲，而且还在这个人的对面，还是个女人，让刘东北觉得自己在把自己脱得赤裸裸的，某种本能的羞耻心还是阻碍了他的讲述。母亲去了什么地方？难道突然人间蒸发了吗？

刘东北点了支烟，不吭声，心怀愧疚和悔恨。自己关心过母亲多少呢？这么多年。从父亲去世后，她就一个人拉扯着他。从工厂下岗后，开了个理发店，没再找过男人，倒是有男人想和母亲好的，常常会到理发店来，但被刘东北发现了，他拿着剃头用的剃刀，威胁母亲，如果母亲再和那男人来往的话，他就自杀。他把剃刀贴着喉咙，很凛然的样子，把他母亲吓得都哭了，连连说，我再也不和那谁来往了，还不行吗？妈求求你快点放下剃头刀，锋利着呢，别……刘东北看着镜子里自己拿着剃刀的样子，他突然很想试试剃刀割破皮肤的那种快感。就在刘东北要动手划开皮肤的时候，他听到扑通一声，母亲跪在地上，号哭着，儿子，求求你，求求你，都是妈不好，你赶快把剃刀给我。你要是心里还不舒服的话，你把剃刀给我，我死总行了吧？我这是作了什么孽吗？老天爷这样惩罚我呀！你姐天折，你爸又……要不是有你，我早就……刘东北手里的剃刀掉在地上，母亲连忙爬着，抓在手里。刘东北也浑身无力，一屁股坐在地上，哭了起来。母亲上来抱着他，两人都哭了。理发店外下着雨。冷冷清清的街道上，被雨水洗刷着，是明亮的。

那是在刘东北上培训班的时候。刘东北对母亲说，我不想上那个学了，坐在那些同学中间，我就不舒服，总觉得那些死去的人在我们中间。母亲抚摸着他的头说，上吧，熬过这几年，你就可以上班啦，现在，有个工作多难哪！你爸的厂子，尽管不是集团里最好的，但要是进去也很难。妈也知道，你敏感，你难受，你不想要你爸用命换来的工作……人活着，难哪！儿子。再说，我们孤儿寡母的，妈也没有能力让你享受更好的生活。你就忍忍吧，上班就好了。母亲泪水涟涟地安慰着刘东北。刘东北茫然地盯着门外的雨，滴滴答答地落在石板路上。一个穿着旗袍拿着油纸伞的女人从巷子里走过。那是乔乔，被街上人骂是婊子的女人。

李嘉蓉说，要不你先休息一下，我看你累了。

李嘉蓉的话打断了刘东北的思绪。

李嘉蓉说，你想到了什么吗？刘东北说，也没，从明天开始，我去找我妈。李嘉蓉说，要不要把寻人启事贴出去？刘东北犹豫了一下，说，贴吧。万一有人看到了呢？李嘉蓉说，你来写，还是我来？刘东北说，你来吧。李嘉蓉说，好。你也不要太悲伤了。说不定，寻人启事贴出去，就找到你母亲了呢？刘东北想反驳，但刘东北没有。李嘉蓉说，你休息一下吧，我们再等等去搜山的人消息。万一他们找到了呢？你是睡你母亲的床还是另外给你安排房间？刘东北还不想去面对那空了的床，他没有那个勇气。刘东北说，另外给我安排个房间吧。李嘉蓉说，好的。李嘉蓉领着刘东北下楼，找到那个开门的老女人，给刘东北安排了个房间。李嘉蓉说，休息一下吧，也许睡醒后，你母亲就找到了。房间里很干净，有股消毒水的味道。地上摆放着六张床，刘东北选了靠墙的一张，把背包放上去。李嘉蓉和那个老女人出去了。屋子里变得肃静，透着冷清样。刘东北突然觉得这个房间里曾经住着的老人们……他们之前睡在这里，后来转场，纷纷到另一个世界去睡了。刘东北觉得自己是一个入侵者，打破了这个空间以往的平静。也许是累了，刘东北脱了外衣，挂在衣架上，钻进被窝里。他突然很想裸睡，之前刘东北在S市宿舍内睡觉都是裸睡的。刘东北的裸睡习惯是有一天早上被K开玩笑，揭开被子看到的。从那之后，整个宿舍里的人都知道了刘东北裸睡的习惯。刘东北在被子里褪去内衣和内裤，赤裸着躺在白色的被子里。刘东北睡了。裹着被子的刘东北像是回到了子宫之中，等待降生。刘东北梦见了那个美术馆里看到的女人，她微笑着向他走来……在靠近刘东北的时候，那女人成了德·库宁的画，顺着每一个线条碎裂开来。那碎裂好像传染似的，刘东北的身体也跟着碎裂……在梦中，在白色的子宫里……都被传染了碎裂似的，纷纷碎裂开来……

刘东北在疼痛的碎裂中醒来。看了看时间，临近中午十一点了。他又躺了一会儿，才穿上内衣内裤，爬起来，身体还残存着碎梦的疼痛。院子里一阵嘈杂声，刘东北听出来是那些在山上寻找母亲的人回来了。刘东北透过窗帘的缝隙看出去，心跌到了谷底。他们没有带回来母亲的消息。刘东北把零乱的被子叠好，坐在旁边的椅子上，瞬间的孤独和屋子的空寂击中了他，失踪的母亲让他感到孤零零的，孤零零地在这混乱的世界上，犹如一种末日感紧紧攥着他……眼泪不禁从脸上流下来。他突然不想走出这个房间，他恐惧外面的消息，他不愿去面对。有人敲门，问，起来了吗？是李嘉蓉的声音。

李嘉蓉在喃喃着。刘东北不知道怎么回答。刘东北咳嗽了一声，李嘉蓉停止喃喃。刘东北开门走出来。李嘉蓉说，吃饭去吧，吃过饭你还要……刘东北说，好的。

两人来到食堂，老人们已经开始吃了。有人小声说，这就是失踪那谁的儿子。有坐在轮椅上的老人，工作人员在喂他们。刘东北和李嘉蓉单独坐在角落里的桌子上，饭菜上来，四菜一汤。李嘉蓉说，这里不让喝酒，你多多包涵，如果找到你母亲的话，我单独请你喝酒。刘东北说，我不喝酒。李嘉蓉说，院里有辆车，如果你想用的话，我可以叫司机跟着你。刘东北说，不用。我一个人可以的。李嘉蓉说，那好。刘东北说，如果你们怕我浪费你们的钱，也可以让司机跟着我。李嘉蓉说，不是那个意思。对了，我把寻人启事起草好了，你要看看吗？我上面留了你的手机号码和院里面的电话。刘东北说，你认为可以就可以。李嘉蓉说，那你一会儿去找你母亲的时候，我就让人全城开始贴啦。刘东北说，好。李嘉蓉问，还有什么建议和要求吗？刘东北说，一时也想不起来，想起来再说。李嘉蓉说，好。你也可以提供你母亲可能去的地方，我派人去找。刘东北说，我现在也不清楚。李嘉蓉说，吃饭吧。刘东北看了眼那些老人，整个人也仿佛提前抵达了老年。他不敢去想，他曾经想过，但觉得自己的晚年也许会比母亲更加凄凉。有个老人喊着，我们还没去外面唱歌呢？工作人员安慰着老人说，那个吃饭前唱歌的程序省了。您老忘了。刘东北问李嘉蓉，什么唱歌？李嘉蓉说，是之前的院长为了讨好老板，要老人们在吃饭前站到院子里老板的雕像前唱歌。刘东北说，哦。唱什么呢？李嘉蓉说，都是歌颂赞美之前那个老板的，感谢那个老板给老人们带来幸福美好的晚年生活之类的。刘东北说，荒诞哪！李嘉蓉说，可不是，这个程序被我取消了，可很多老人好像被洗脑了，在那个惯性之中，每天吃饭前都喊着要出去唱歌。那个老板的雕像都被我们砸碎清除了。刘东北说，哦。李嘉蓉说得有些眉飞色舞了，还说，之前的那些工作人员也都被我辞掉，新换了一批。现在，这是一个全新的养老院。对了，名字还没换，刘东北又哦了一声。他真的不知道说什么，继续吃饭。李嘉蓉问，饭菜的味道怎么样？我们的厨师是高薪聘请的一级厨师。之前那个就是家庭妇女在做饭。刘东北突然有些厌恶起李嘉蓉来，他很想顶撞一句，你这么能干，怎么把我母亲丢了呢？但刘东北没说。刘东北吃完，说，那我走了。李嘉蓉站起来送刘东北出门，说，祝你一切顺利，找到你的母亲。刘东北说，什么话？好像是我把我妈弄丢了似的。李嘉蓉说，吃过饭后，我就让人出去贴寻人启事。对了，你再存一下我的手机号，便于联系。刘东北说，好。拿出手机存了李嘉蓉的号码。在刘东北走出大铁门，门关上的那一刹那，刘东北突然觉得像被拒于门外似的，尽管李嘉蓉在里面冲着他挥手，嘴角还挂着一丝微笑，像是和刘东北在告别。刘东北心想，等我找不到我妈，再跟你算账。刘东北踏着泥泞再次来到路口，拦了辆出租车。上车后，刘东北说，打计价器，到时候给我小票。司机说，好的。

三

那时候，还没有公墓一说。公墓是近年的事情，跟随着房地产一起变得紧俏，大街上各种公墓的宣传广告。那时候，还叫坟山。埋葬父亲的地方在望城煤矿不远处的一座荒山上。山上的植被不是很多，野草、灌木还有一些槐树和杂树，但主要是槐树。坟山上的几棵松树也是逝者家属栽下的，因为土地贫瘠，都没长太高。在坟山右面，有几户平房人家。从坟山上可以看到望城煤矿的竖井，据说是亚洲最大的竖井。在刘东北上培训班的时候，煤矿就已经败落，和望城水泥厂一起卖给了个人，现在望城煤矿又被卖给了外市的一个企业，好像不叫望城煤矿了。围绕煤矿大院四周是低矮的棚户。刘东北当时，有个同学就住在那棚户里，一年冬天，煤烟子中毒，被熏死了。

刘东北望着那一座座长满荒草的坟墓，有的竖了石碑，有的没。他并没有看到母亲的影子，他在没有墓碑的坟墓间走着，他无法判断哪一座是埋着父亲的。那一刻，他多么希望父亲像他当年那样在钢厂里，时常呼喊他，但整个坟山都沉浸在一片肃穆之中。他还看到一座新坟，上面摆着鲜艳的花圈，就像在盛开似的。那鲜艳劲儿，让刘东北觉得瘆得慌。他把坟山的每一座坟墓都看了一遍，尤其是没有墓碑的，也无从辨认出父亲的坟墓。他沮丧地坐在一棵槐树下抽了支烟。偶尔有灰喜鹊落在树上，聒噪着。刘东北转身望了望山顶，光秃秃的，他熄了烟，顺着一条羊肠小道去了山顶。在羊肠小道的旁边是一个沟塘子，他看到有个蓬头垢面的流浪汉在下面烧着什么。刘东北喊了声，喂，大叔，你在这附近住吗？流浪汉警惕地看着刘东北说：天做被，地做床，走到哪里，哪里就是我的家。刘东北说，羡慕哇！你来这儿多久啦？流浪汉说，有几天了。刘东北问，你在坟山看没看到过一个六十多岁的老太太。流浪汉说，没看到，除了一家来埋葬，再没看到有人来过。刘东北说，哦。你烧什么呢？流浪汉说，土豆。快熟了，要不要下来吃。刘东北说，不了。流浪汉手里拿着斧头在劈一根木头，把劈下来的放到火堆上。刘东北来到山顶，有风，硬，他站了一会儿，没看到什么。风刮着灌木，树叶像被扇了耳光，噼里啪啦地落下来。

刘东北从山顶下来，再次路过流浪汉那儿，看见他双手捧着一个土豆在吃着，斧头就在他的脚边。流浪汉再次让刘东北下来吃。刘东北有些惧怕那斧头，说，不了。流浪汉说，很香的，是我从地里面偷的。你不要告密哟。刘东北说，你吃你的，我不会告密。流浪汉问，你要找老太太干什么？刘东北说，是我妈，从养老院走丢了，我四处找找，我爸的坟在这里，我以为我妈会来这里呢。流浪汉抹着嘴巴说，真没看见过。流浪汉又从火堆里扒出来一个土豆，扔给刘东北，说，吃，香着呢。刘东北接住，有些烫，连忙放到地上。他扔给流浪汉一支烟，流浪汉拿起一根燃着的树枝，晃灭上面的火苗儿，用红着的炭火把叼在嘴上的烟点燃。刘东北看了眼那个土豆，皮有些焦了，便拿在手里剥去皮露出里面热气腾腾的肉来，刘东北轻轻咬了一口，在舌头上打转几下，吸着气，觉得温度适合了，才吞下去。是呀，好多年都没吃过这样的烧土豆了。刘东北感慨着，香啊！是来寻找母亲的，却找不到哪一座是父亲的坟。这让刘东北都觉得荒诞。唉。刘东北叹息着。可是这里没有母亲的身影，她又能去哪儿呢？既然来了一趟，也有几年没来了，不看父亲一眼，这心里面也过不去呀！也许父亲可以看到我的。刘东北这么想着，站起来，对流浪汉说，我走了。流浪汉还是警惕地用眼睛盯着地上的斧头，又看了看刘东北说，再见。希望你早日找到你的母亲。刘东北说，谢谢！刘东北又在那些坟墓之间转了一圈，在每一个坟前都站了一会儿。刘东北在心里面默默地说，你要是我爸，你就看看我吧。

刘东北还记得那年冬天，天气预报说是三十年来的第一场大雪，雪在天上都疯了，噼里啪啦的雪花落下来，打在他和母亲的脸上。父亲的工友已经提前上山，把坑挖好了。他和母亲在火葬场等着骨灰。是母亲捡的骨。母亲用哭红的眼睛看着刘东北说，你也捡一块吧，他的手触及父亲的骨头，还烫，像体温，他捡了一块三角形的放到骨灰盒里。母亲把骨灰盒盖上，包裹在红布里。他们从火葬场出来,打车到坟山。父亲的工友已经等在那里,一个个身上覆盖着白雪,连眉毛和胡子都变成白的了,像雪人。挖好的土坑里被雪填平了一半。刘东北和母亲蹚着雪,捧着骨灰盒,深一脚浅一脚地上山。等他们到的时候,一个父亲的工友说,你们可算来了,再不来,我们都要被雪给埋了。母亲连连说,他叔们,都辛苦啦,下山后,喝酒吃肉。父亲的工友说,嫂子,说这些干啥,我们又不是冲着酒肉的,我们是冲着刘哥的情义,我们才来帮忙的。母亲看了看挖好的坑,她把蒙着红布的骨灰盒递给刘东北说,你拿着,我下去把雪清理干净。刘东北没接母亲手里的骨灰盒,直接跳到坑里去,用手把雪一捧捧扔出来。没戴手套,刘东北的手很快冻僵了,但他就用僵硬的手捧着雪,有人这时候拿出一块塑料布,几个人在坑上面拉起来。但还是有雪花从旁边飞到坑里面。刘东北的母亲看着儿子倔强地在坑里面清理着雪,她说,差不多了。刘东北从坑里面爬出来,父亲的工友拉了他一把。父亲的工友说,本来是应该用水泥和沙子修一个墓穴的,可是这冰天雪地的……母亲说,算了,他在天有灵的话,会担待的。暴风雪呼啸着,要把整座坟山都刮走似的。母亲说,开始吧。一个父亲的工友跳进坑内,接过母亲手里的骨灰盒,在那一刹那,红布被风抽走了,在半空中飞舞着,飘飘扬扬的,刘东北跑过去追赶着。在暴风雪中蹦跳着,才把红布从暴风雪的怀里抢回来,再次蒙在骨灰盒上。母亲再次把蒙着红布的骨灰盒递给父亲的工友,他在坑里面安置好,说,嫂子,你来第一锹土吧。他说着从坑里面爬出来。刘东北和其他几个人,在扯着塑料布挡在墓坑上面,上面的积雪已经沉甸甸的,随时都要沉到墓坑里去。母亲挖了一锹土和雪的混合物,扔到墓坑里,发出砰的一声，那声音像敲在刘东北的心上。母亲接过刘东北手里的塑料布的一角，说，你也来一锹土吧。刘东北也剜了锹土和雪的混合物扔到墓坑里。父亲的工友照顾其他人说，收了塑料布吧，小心点，别把雪都落坑里了。他们小心翼翼地把覆盖着沉甸甸积雪的塑料布从墓坑上方移走，拿起锹开始往里面扔土。母亲抽泣着，刘东北一只胳膊把她搂在怀里，看着墓坑被填满，直到隆起一个半米高的土包来。那个人，那个刘东北的父亲，那个轧钢厂的工人因为一次意外，就这样离开了，就这样从一个活生生的人变成了骨灰被埋在冻土下面……

刘东北眼含着泪，没有让泪滴流下来。暴风雪更加肆虐疯狂起来。母亲让刘东北跪在地上给父亲磕头。刘东北的膝盖跪下去，把地上的积雪砸出两个雪窝。他就像跪在棉花里给父亲磕了三个头，头磕在雪上，同样把雪砸出个坑来，才被母亲拉起来。母亲招呼父亲的工友说，谢谢你们。他们也纷纷站立在新坟前，给父亲鞠了个躬。一个工友说，兄弟，你保重，这冰天雪地就离开了我们，你要是缺衣少钱的话，就给我们托梦，或者给他们娘儿俩托梦。我们走了，想你的时候，会上山来看你的，兄弟。仁义的兄弟呀！这老天也不长眼睛，咋就这么残忍，那些胡作非为的偏偏不收了去，而……那工友说着，哽咽起来。母亲说，走，下山。工友们收拾锹镐，他们蹚着没过膝盖的雪，下山。暴风雪更加肆虐。一个工友说，不要回头看。但刘东北还是回头看了一眼，那新坟已经不见了，被白雪覆盖，就像什么都没发生过似的。刘东北搀扶着母亲，蹚着雪。到了山下，回头望去，白茫茫的坟山都被雪覆盖了。白在消耗着世界上的每一个人，耗尽他们的生，生也是白。刘东北的父亲沉睡在雪下面的泥土里，也许那里才是温暖的。刘东北回忆起捡骨那一刻，还是烫的，此刻他的手指已触摸不到那样的烫，而是被寒冷冻僵了。他的眼泪终于控制不住，决堤般，在脸上飞溅着。他母亲没有安慰他，任他哭着。也许哭过之后，他就成人了。

　　有工友说，我们不去饭馆了，你们母子这段时间也忙得够呛，跟厂子里谈判，解决刘哥的问题，现在刘哥终于入土为安了，也可以瞑目了，你们还是回去休息吧。母亲说，那怎么行？死鬼会在地下怪我们不懂情义的。都必须去，谁也不能不去，谁不去我跟谁急，再说，我们娘儿俩还要给你们敬酒，辛苦你们啦！要不是有你们帮忙，我们娘儿俩真不知道怎么办呢，尤其这冷天冻地的。那人说，好吧，嫂子，我们听你的。到了饭店，他们洗了手，吃了块饼干，围坐在桌子旁边。母亲叫服务员上菜。服务员问，喝什么酒？母亲看了看他们，都异口同声说，白的。驱驱寒气。母亲说，那就白的，天冷，把酒给烫一烫。服务员喊着，好嘞。饭馆地中央是一个铁炉子，里面的火焰呼呼响着。有工友伸出手在烤着。刘东北有些不敢去看那炉子，听着火苗儿呼啸的声音，让他感到恐惧。母亲在桌子上还给父亲也摆了一副碗筷，给他留了个位置。母亲先给父亲的空酒杯里倒满酒，然后给其他人也都满上，给刘东北倒了半杯，说，你也喝点，你也大人啦！以后，你就是这个家里唯一的男子汉啦。刘东北没吭声。母亲举起酒杯，把第一杯酒倒在地上，说，死鬼，我们也对得起你啦，夫妻一场，就这样分开啦。来，喝酒，死鬼。母亲的话说得其他人都眼泪汪汪的。然后，母亲开始给他们敬酒，拉着刘东北也站起来，说，我们一起感谢你的这些叔叔大爷，要不是他们，我们……母亲和刘东北举着酒杯说，谢谢！谢谢！谢谢！母亲一仰脖，把杯子里的白酒干了。刘东北抿了一口酒，口腔里像着火了似的，被辣得咳嗽起来，连忙夹了口菜。父亲的工友都笑了。一个工友说，嫂子和大侄子以后有什么事儿，尽管吱声，只要是我们兄弟能办到的，一定赴汤蹈火，两肋插刀的。来，大伙把杯子里的酒都干了。

母亲给父亲的空盘子里夹了几口菜，说，都是你爱吃的，吃吧。以后想吃什么，托梦给我。父亲的工友们在酒桌上，也纷纷讲起父亲的仁义来，说着父亲的憨厚、老实。一个工友说，刘哥的工具箱里的东西哪天收拾好，看看里面还有什么，都给你们送过来。母亲说，好的。后来，刘东北记得父亲的工具箱里的遗物竟然有一本《高加索的俘虏》，是本小说，里面有俄国作家的三篇小说。分别是屠格涅夫的《白净草原》、列夫·托尔斯泰的《高加索的俘虏》，还有契诃夫的《卡什唐卡》。但那本小说被刘东北弄丢了。还有一把白钢匕首，是父亲自己做的。刘东北想据为己有，但被母亲没收了。母亲怕他惹祸。

刘东北差不多把坟山上的每个坟头都拜了一遍，最后，刘东北站在那里说，爸，如果你地下有知的话，你就晃动一下你坟上的野草，也算我没白回来一趟，以后什么时候回来，还不知道呢。你如果想我，也可以到S市去看我……你不用坐飞机也不用坐高铁就可以去看我，省多少路费呀……我相信你可以找到我的……我身体里流淌的血液会引领你的……

刘东北盯着那些坟头上的野草，没有晃动的。刘东北有些失望，决定下山了。他突然看到一个坟头上的野草动了，动了，动了。刘东北扑过去，跪在地上。刘东北哭着说，你还是动了，你还是动了。爸。我妈失踪了，你如果看到她，你指引给我方向啊！那是我在这世上唯一的亲人啦，如果找到她，我再也不让她去什么养老院了，我要带她离开这座城市，到S市去，即使生活再艰难也要在一起……等有一天，她也老了，我就把她的骨灰也送回来，给你们合葬……

刘东北跪在那里，泪流满面，手抓着一把野草。他站起来，找了块石头，用手挖了坑，埋在坟前。这样下次回来，也许就不会这么费劲儿辨认了……为了保险起见，刘东北拿出手机，又拍了张照片。

刘东北决定下山了，他冲着那坟头晃动的野草挥了挥手，簌簌而落的草叶犹如那墓中之人的泪滴。刘东北泪眼中的坟山突然变得恍惚，那些坟墓纷纷脱离地面，犹如一个外星飞船的群体，准备逃离这个地球似的。刘东北抹了下眼泪，那些坟墓仍旧清晰地在那儿……在那儿……他仿佛看见天空的几朵阴云从上面下来，跪在大地上吮吸着那些乳房……

李嘉蓉来电话问，看到没有？刘东北说，没。李嘉蓉说，寻人启事，我已派人去贴了。刘东北说，好。李嘉蓉说，晚了，回来吧，明天再去找。刘东北说，我再转转。李嘉蓉说，好。刘东北说，我今晚也许不回去住了。李嘉蓉问，什么意思？你有地方住了吗？刘东北说，没呢。到时候看。李嘉蓉说，你要住旅馆的话，我们也可以给你报销的，但限制在标准间的房价。刘东北说，可以，我不会怠工的，我找的是我自己的母亲。李嘉蓉说，我不是那个意思。刘东北说，你就是那个意思。在我没找到我妈之前，你们还是有责任的，即使找到了，你们同样有失职的监护不力的责任。李嘉蓉说，是的，是的，对不起。现在还不是说这些的时候，寻人启事已经贴出去一部分，明天可能就遍布市内的，县城我也会在主要车站网点让人张贴的。明天，我去派出所报案，让警察也帮着找。刘东北心里的火气多少消了些，人家这样说，也算尽力了。李嘉蓉又说，我这些天就住在养老院，直到找到你母亲为止。对了，有件事我没告诉你，那也许是你母亲出走的原因。那就是在你母亲出走前三天，她们屋的金美兰去世了。她们的关系一直很好，好像是同一天来的养老院，处得像姐妹似的。金美兰的突然去世，对她的情绪影响很大。刘东北说，哦。现在关键是我妈去哪儿了呢，我什么时候能找到她。李嘉蓉说，我们也急呀！院里面的老人们情绪波动很大的。甚至有人迷信说，是金美兰的鬼魂把她带走了，但……我还真派人去金美兰的墓地看了……没看到你母亲去过的迹象。刘东北说，闭嘴，我妈不会死的。李嘉蓉说，我不是那个意思，我是说她想念老姐妹金美兰去墓地看望金美兰……你是个敏感的人。刘东北说，哦。与其你在那里跟我叨叨，不如，你也到街上找我母亲……马上就要入冬了……你想象过我妈如果找不到的话，她一个人……在天寒地冻的……

摁了电话，刘东北气呼呼地在路上走着，目光注视着每一个角落和街上的每一个人，突然觉得把母亲从世界里面找出来，一双眼睛好像不够用似的。对于这曾经生活过的地方，还有周围的那些人，刘东北还是第一次如此细致地注视和打量，他们是新鲜的，也是陌生的，他像从来没在这里生活过，又像生活了很多年似的。可以说，熟悉和陌生都没有激起刘东北内心的爱，甚至有了恨意，是这个旧地把他的母亲吞噬了，还不告诉他，母亲在哪儿？任何讯息都不给他，让他在迷茫中找寻……如果自己当初没有离开的话，会怎样？如果当初就这样在望城守着母亲，会怎样？是否连自己也陷入了更深的迷失之中？陷入了自戕的迷路？刘东北不愿意去想，不敢去想。他当年置身在这城市的时候，已预感到那种坍塌……他父亲的喊叫声，就是那只挪亚方舟上出去报信的乌鸦……但乌鸦并没有回来。望城这艘大船时刻都在下沉，他应该带母亲走的。刘东北心怀悔恨。现在，母亲失踪了，是对他最好的惩罚。母亲作为他生的一部分，他忽略了。他也相信很多人苟延残喘、疲于奔命地活着，对这一部分的生，都忽略了，忽略了。不是有很多人在质问，这个世界会好吗？每个人忽略掉的那一部分生，会让更多的人陷入生之困境……甚至变得更加冷漠和孤独。

　　路过煤矿门口的时候，正赶上下班，刘东北看到稀稀落落的工人从大门里面出来。当年门卫两边的大杨树早已被砍伐掉了，栽了棵被修剪过的柳树。即使树冠被修剪过了，但看上去还是张牙舞爪的，伸入这嘈杂的世界之中。

四

　　从竖井的坑木厂车站，刘东北坐上公共汽车，去镰刀巷。父亲工亡后，轧钢厂给了一个双室楼房，但他们根本没法去住，想想都觉得揪心，那是用父亲的命换来的。父亲死后没多久，母亲也从拖拉机厂下岗。母亲提议把楼房卖了。刘东北没意见，他是个敏感的孩子，甚至有点神经质。父亲的死对于他表面好像没有什么，但他的内心里还是充满了悲恸。在父亲活着的时候，他没觉得什么，现在，他的一部分缺失了。父亲在那个家里从此成了缺席者。其实，刘东北和父亲的关系并不好，也很少和父亲说话。在小的时候，那是一个暴力的父亲，在某个雨夜他看到父亲赤裸着身体对母亲大打出手。在安葬父亲那天，不知道为什么，那些工友都说父亲是一个老实憨厚的人，这让刘东北想不明白。难道父亲只在这个家庭里充当着一个暴力的角色吗？在外面他却……一个人真的有两面性吗？在他趴在炕上，母亲给他擦拭伤口的时候，他说，我要杀了他，杀了他。母亲含泪劝说着，你可不能那样，那样你可就真的是畜生啦！母亲说着，眼泪滴落在他的伤口上。他问母亲，我不会不是你们亲生的吧？我同学肖强就……母亲怔了下，你怎么能有这样的想法呢？你不是我们亲生的，是我们从垃圾堆里捡来的吗？刘东北承认那个时期里，他心怀着一颗杀父之心的。也许是从他上工亡家属培训班后分配到轧钢厂工作后，他开始理解了父亲。那个工厂的环境里是会让人异化的……同时也说明父亲不是一个麻木的人，如果他麻木的话，就不会那样……

母亲把房子卖了，在镰刀巷买了街边的一个房子，开了个理发店。那时候，刘东北初二没上完，就直接去工亡家属培训班上课了。他坐在班级的教室里常常幻觉坐在那里的是那些因为各种原因而死亡的家长……是一群鬼魂。是他们的死，让这些孩子坐在这里，接受着培训，然后继续到他们父辈的岗位上去……这么想，常常令刘东北陷入恐惧之中。他们每个人的身后都站着一个死者。但很多同学好像什么都没发生过一样，仿佛那些意外死亡的父辈是应该的。他们打架、搞对象、偷鸡摸狗的，像一群疯狂的野兽，都知道结束培训后就可以分配到轧钢厂上班的，谁还学习呢？刘东北也注意到了他们的疯狂是来自对死亡的恐惧……源自一部分爱的缺失……有同学因为打架，失手把人捅死了，进了监狱。刘东北一直像一个旁观者，对学习技术也没兴趣，他一头扎进小说和诗歌的阅读中。图书馆里的各种外国小说和诗歌，几乎被他翻遍了。自己也尝试偷偷地在本子上写。他暗恋班里一个叫徐秋萍的女孩。她的母亲叫乔乔。他和母亲搬到镰刀巷，他才知道徐秋萍家也住在镰刀巷。巷子里住的多是轧钢厂的工人，也有很多外地来讨生活的人。在巷子口不知道什么年代留下来一个镰刀形状的铸铁雕塑。这也是镰刀巷的由来吧，直白，但有力。弯曲的镰刀看上去更像是一个弯曲着身体的强壮的男人，尽管整体已经生锈，瘢痕累累，但很多地方还是被孩子们游戏的时候，磨蹭得都包浆了。刘东北曾经写过一首诗，说，镰刀收割着我们，一群没有脚的鬼魂，游荡在大街上，用镰刀去天空上收割……他这首小诗投给《望城日报》副刊，竟然发表。那是有感于一个轧钢厂的工人在工作中失去了双腿，他后来用一根铁丝把自己吊死在那个镰刀形状的铸铁雕塑下面。围绕这个镰刀形状的铸铁雕塑还有一个故事，说有人要把它卖了，卖给外地人，当时的报纸上说得沸沸扬扬的，吊车都开来了，要把这个铸铁雕塑吊走，镰刀巷的住户不干了，都出来阻拦，派出所的人都来了。后来才发现是一个骗局，那个骗子卷钱逃跑了，被抓回来，在巷子里游街，人们才发现原来是镰刀巷里的一个叫马六的二流子，平时喜欢赌博，好吃懒做的，输钱输红了眼睛，老婆也跟人跑了。一天晚上，他从赌局上回来，看到这个镰刀形状的铸铁雕塑，围着转了几圈，脑子突然活泛起来，打起这个雕塑的主意，开始找人花钱在报纸上登了广告，还真有人联系他，签了合同，并给了几千元的定金。

那个理发店还在，只是重新装修，焕然一新，牌子上写着"头发乱了新潮发廊"，之前的木头窗户换成了铝合金的落地窗，木门也换成铝合金拉门。透过窗户可以看到里面几个年轻人坐在那里玩手机，没有生意。墙上贴满了各种发型的明星照片。他没有走进去，而是来到对面。对面原来是一家面馆，他从培训班放学后，喜欢坐在那家面馆偷偷地窥看母亲的一切行动。现在那面馆改成了一家咖啡馆。刘东北走进去，找了个可以看到对面理发店的座位坐下，要了杯咖啡，坐在那里，他仿佛又看到年轻的母亲在那里忙碌着……

培训班毕业后，刘东北分配到父亲工作过的轧钢厂，开吊车。从开始听到父亲的呼喊他的声音之后，他到处看病，班也不上了。巷子里的人给他起了外号，叫他"精神病"。一些小孩子放学后，跟在他后面喊他"精神病"。这让母亲也很苦恼。但只要一上班，他就能听见父亲在喊他。北京、上海也看了，都没有什么办法（现在看来，他的病就是抑郁症）。连他暗恋的徐秋萍也这么叫他，他很伤心。徐秋萍的母亲乔乔，不是打麻将，就是钻进舞厅里不出来。也常常把男人带回家。徐秋萍分配到轧钢厂的电工班，活不累。她老是跟乔乔吵架，说狠了，什么话都骂，简直不像是母女。乔乔也不理她，该干什么还干什么。刘东北在理发店里，就听在做头发的乔乔说，活着，干吗，不就是享乐吗？像我家那个死鬼，蹬腿了。她对刘东北的母亲说，你家那个不也是……他们倒甩袖子走了，给我们剩下来一大摊子，让我们受苦，我才不呢，我就要天天乐和，徐秋萍还小的时候，我那个苦哇，现在她也上班了，我不自己找乐和，干什么？刘东北的母亲看了眼在旁边看书的刘东北，继续给乔乔做头发。母亲敷衍着乔乔说，羡慕你呀！会跳舞，还会打麻将，我什么都不会，就会理发。乔乔说，跳舞不用会的，去舞厅里面被男人搂几回，你就会了。母亲就笑，说，我可不想让那些臭男人占我便宜。乔乔说，这么想，就不对啦，各取所需嘛。母亲说，你乔乔厉害，是人精。那打麻将呢？乔乔说，那还真要精明些，要不会输钱的。但也没什么大不了的，输了就给他脱衣服，让他们看，抵输的钱，再不够，就找个地方陪着睡上一觉。母亲叹息着，说，乔乔，女人哪，还是要守本分的。乔乔说，屁。说不定哪天就蹬腿了，想那么多，累不累。我看你活着就够累的。你家这个小"精神病"班也不上了，靠你养活着，拖累着你呢。你有理发这个手艺，我有啥，我要是你，真不知道咋办呢，还不是要脱裤子……你没听说，很多女的都去南方……干什么？她们能干什么？还不是……不说这些啦，你把我的头发好好弄着，今天有个矿老板请我吃饭……弄完头，乔乔对着镜子里的自己看了看，说，手艺真不错，把我拾掇得像个明星了，像不像香港有个演员叫什么来着，对了，肥肥。刘东北用书捂着脸，偷笑。母亲说，既然这么夸我，就多介绍客人过来哟。乔乔说，没问题。乔乔说着挎起她的皮包，扭着肥胖的屁股，走了。母亲对刘东北说，都听到了吧，你要是不好好的，我也学乔乔，去舞厅，去打麻将。刘东北说，你敢。你敢去，我就自杀。母亲说，好了，妈跟你开玩笑的。徐秋萍摊上这样的妈，也是倒霉。母亲已经多少窥看出刘东北暗恋徐秋萍。母亲说，要不要我和乔乔说一声，看看徐秋萍是否愿意和你处对象？刘东北说，算了。徐秋萍从来都没拿正眼瞧过我。母亲说，哼，咱不稀罕。再说，有乔乔这样的妈，那女儿也好不到哪去。刘东北沉默。看见徐秋萍被人用自行车驮着从理发店门前经过了，他还是嫉妒。徐秋萍看他站在门口，让骑自行车的男孩停下来，她喊了句，精神病，还没好呢？你这样泡病号，不上班，厂里要开除你的。刘东北说，随便，我不是泡病号，我是真的有病。徐秋萍鼻子里哼了一声。那驮着徐秋萍的男孩，嘴里叼着烟，瞅着刘东北，问，你真的是精神病吗？刘东北说，去你妈的。男孩说，咋的，找抽吗？说着，就要把自行车停好，要和刘东北打一架。徐秋萍说，你跟一个精神病一般见识干吗？我们走，再不走，电影就要开演了。刘东北望着他们消失在巷子深处。母亲在屋子里喊他，东北，回来吃饭啦！

不久后，徐秋萍在下夜班的时候被人强暴后杀害了。出殡的时候，刘东北看到乔乔号啕大哭，大声诅咒，天杀的，天杀的，这是欺负我们孤儿寡母哇！从那之后，乔乔每天把自己打扮得更加妖艳，涂口红，涂红指甲出没在巷子里的舞厅……徐秋萍的被杀害，让巷子里有女孩的家庭恐慌了很久，罪犯也没有抓到。

刘东北喝着咖啡，望着对面的理发店，也盯着街上过去的每一个人。没有他母亲的身影。没有。他的心跌入深渊。

厂里真的把刘东北开除了。他母亲去闹了几次，也没用。他不想在父亲的亡灵阴影中工作。他这么劝说母亲的时候，他母亲含着泪，点着头，骂了几句父亲，也就算了。刘东北开始在家里写小说，投了几次稿都被退回来了，但他仍在写，不是写作需要他，是他需要写作。写作让他的精神得到缓解，整个人也渐渐恢复了正常。他又找了份私人工厂开吊车的工作，每个月有两千多块钱。又干了几年，小说也开始在杂志上发表。他结过一次婚，没孩子，过了五年，离了。他母亲在六十岁的时候，把理发店兑出去了，之前自己交了几年保险，也算退休了。离婚的时候，刘东北已经四十岁。望城的经济越来越不好，他想着离开。跟母亲商量，母亲刚开始还有些难过，后来决定自己去养老院，看了好几家，最后选中了老来乐养老院。刘东北认识在S市的编辑，说能帮他找工作，他就去了。差不多有两年，他没回来过，突然传来母亲在老来乐养老院失踪的消息……

　　记忆像一张张照片，在刘东北的脑海里翻动着。咖啡凉了。天也渐渐被涂黑，巷子里的路灯亮起，看上去整个巷子更加幽暗。他决定在巷子里找家旅馆住一晚上。茫茫的黑夜，他的母亲置身在黑暗之中，或隐藏在黑暗之中，他无处找寻。也许只有母亲信仰的神知道她在什么地方。作为他生的一部分，他失踪的母亲，在这即将来临的夜晚中，让他坠入深渊。他看不到光，看不到哇！心脏跟着痉挛抽搐。但没有人可以阻止黑夜的来临。没有。也许母亲已经不在这个世界上啦！这种可能也是他必须面对的。犹如置身在黑暗的迷宫中，永远找不到答案和归宿。这么想的时候，他的心里面一阵钝痛，眼睛也跟着湿润起来。此刻，自责和懊悔有用吗？他问老板，这附近有什么旅馆？老板说，顺着巷子往前走，几百米，你就会看到，有一家叫乔乔的旅馆。刘东北心里怔了一下，是当年的那个乔乔吗？是徐秋萍的母亲吗？她在徐秋萍被杀害后，就离开了镰刀巷。有人说，她跟一个有钱人去了南方。难道回来了吗？现在也有六十多岁了吧。

从咖啡馆出来，刘东北站在"头发乱了新潮发廊"门口，再次往里面看了看，他走了几步，推开门走进去。几个年轻人从椅子上站起来，问，先生，理发吗？刘东北摇了摇头，他仔细看着屋子里的一切，已经面目全非了，没有了一丝当年的痕迹。没有。一个年轻人问，先生，你看什么呢？刘东北笑了笑问，你们看见一个六十多岁的老太太来过没？年轻人看了看同伴，说，我没看见，你们有看见的没？其他几个年轻人也摇了摇头。刘东北说，谢谢。屋子里的现代和新潮，在那一刻突然退变，回到了过去的样子。屋子中间有一个洋炉子，有一个理发椅。在洋炉子后面是他和母亲住的地方，门上挂了一个布帘。母亲工作的时候，他躲在里面看书或者写作。偶尔，他会看到母亲给人理发，那人的头发落在地上，被风吹到屋外的街道上。年轻人打断了他的回忆，问，先生，你有事吗？刘东北说，没事儿，就是进来看看，很久以前，这个理发店是我母亲开的。年轻人打量着刘东北说，哦。以前生意好吗？现在的生意老不好了，老板说，再这样下去，就要关门啦。刘东北说，那时候也是勉强够吃饭。他又站了一会儿。年轻人说，要不要理个发？不理发，洗个头也好？刘东北看到一个穿着超短裙的女孩站起来。刘东北笑了笑，对他们不信任似的。他转身走出发廊，年轻人在后面送出来说，你可以洗个头的，几个妹子是从南方回来的，活儿好着呢。刘东北摇了摇头说，下次，下次。年轻人塞给刘东北一张名片说，需要的话，可以打上面的电话。刘东北把名片揣在兜里，沿着巷子，向前走去。逐渐暗下来的巷子，已经被黑暗包裹着，犹如一条隧道，令刘东北有种窒息感。他回头看了眼发廊，那个穿短裙的女孩已经拿一个椅子坐在门口，跷着二郎腿在吸烟。半空中轰隆隆的声音，他仰起头，是一架飞机飞过，几点亮光在尾翼上闪烁。他站着仰头看了一会儿，继续向前走，看到乔乔旅馆闪着霓虹。他站在门口，点了支烟，抽完，推开门走进去。吧台后面昏睡的乔乔，抬起头来，问，住店吗？刘东北打量着乔乔，真的是那个乔乔，她看上去苍老很多，像动画片里面的恶婆婆，满脸的皱纹，还化了浓妆。乔乔说，看什么呢？我老了，不……你要的话，我可以电话给你联系，都是水嫩着的。刘东北说，我不是那个意思。他想说出自己是谁，但他没有。他说，来一个标准间。乔乔说，好。身份证。刘东北拿了钥匙来到二楼的房间，拉开窗帘往外看着。这个窗口竟然可以看到教堂亮起来的十字架，高举着光，竖立在教堂的顶部。他有些饿了，在咖啡馆他只喝了杯咖啡。他犹豫要不要去吃点东西，但那种熟悉的陌生让他有些打怵，想，天亮再说吧。保持饥饿感，会令自己更加清醒。隔壁咣咣撞床的声音，让他由失神变得愤怒起来，他想过去敲墙，给对方一个警告，让他们小点声折腾。想想算了。都是欲望的动物。

他躺在床上，拿出手机，看到有人给他私信，是一家出版社编辑的留言。那是关于小说集《秉烛夜》的。编辑说，尽管删了很多，但还是在审。再等等吧。刘东北闭上眼睛，没有回话。半年多了，等来的还是在审的消息，他感到失望。隔壁的声音更加强烈，仿佛整个世界都要随着那声音坍塌下来。窗帘的缝隙仍可以看到那个十字架，众生在它的俯瞰之下。包括他失踪的母亲。一只小飞虫嘤地从耳边飞过，他看不清那是什么，也许是蚊子。隔壁的声音渐渐消停下来。他感觉到世界变得安静，安静得处于一种无的状态，万物都消失了，只剩下安静。但那只小飞虫又飞过来，在他耳边嘤嘤的，他伸手抓了一下，竟然抓到了，但因为用力过猛，他能感觉到他已经置那只小飞虫于死地。他借着昏暗的灯光，看着手心里那只被他捏碎的飞虫尸体，是他不认识的一种昆虫。他的手用床单擦了擦，还是能闻到那飞虫的尸体散发的奇异香味，是的，香味。隔壁马桶冲水的声音，过了一会儿，是开门、关门的声音。终于安静下来。刘东北翕动着鼻子要把那奇异香味吸进身体里。他幻视着，楼下的巷子里，那些鬼魂在行走，在呼唤他。有人敲门，吓了他一跳，从床上坐起来，问，谁？门外娇滴滴的声音问：先生，需要服务吗？刘东北没好气地说：不需要。一阵高跟鞋的声音消失在走廊里。刘东北倚靠在床头上点了支烟，眼睛再次透过窗帘缝隙看到那个十字架。他掐灭了烟，头朝着十字架的方向跪在床上，就那么跪着，跪着，跪了很久……他看到五颜六色的光在宇宙之中漫溢开来……众生呈现各种各样的生存状态，在那五颜六色的瑰丽的光芒下面……众生赤裸。他在寻找母亲的身影，在人群里呼喊着，但没有，什么都没有。那光芒下的众生是喑哑的。他记得有一次晚上从外面回来，偷看到母亲在帘子后面洗澡……

刘东北跪在床上，直到身体向前，伸展开四肢，趴在床上。泪流满面。那床像一艘飞船，载着他驶进那五颜六色的光芒旋涡之中。旋涡越来越大，扩大到整个宇宙空间。

五

第二天中午，在去卡尔里海的路上，秋快尽了，但阳光还是那么灼人，让皮肤感觉到疼了。他把汽车的窗帘拉上。他摸到背包里的硬物，才想起来是那本叫《死刑判决》的小说，他拿出来，没有打开书页，而是看到书后封面上的一段话，他在心里面喃喃着，像悲伤而漫长的呻吟：现在，每当坟墓向我敞开双臂，一个强大的念头都会在我心中升起，把我带回到生命的这一边，是什么使这一切成为可能？是我的死亡发出的冷笑。但要知道，我即将前往之地，既无劳作，也无智慧、欲望与斗争；我将进入之所，无人进入。这就是最后一搏的意义。他闭上眼睛，能感觉到日光从窗外透过窗帘落在他的脸上，落在他的眼眸上。这温暖从回到望城来，对于他是那么的少有。望城是一个让他心寒的地方。此刻，他在享受日光的抚摸，享受刚刚喃喃出来的书上的那段话。

手机响了，打断他的美好感觉，他心里暗骂了一句，睁开眼睛，光线有些刺眼，他适应了一会儿。

是李嘉蓉的电话。李嘉蓉说，有人看到寻人启事，给养老院打电话说，在一个寺庙里看到你母亲了，我去确认，不是你母亲。还有人打电话说在垃圾山发现一具老女人的尸体，我也过去确认，不是。你那边有什么消息吗？刘东北绝望地说，没有。李嘉蓉安慰着他说，会找到的。刘东北很想骂人，但他克制住了。他说，我要崩溃了。李嘉蓉沉默了一下，说，对不起。刘东北说，你老是说对不起，有个屁用啊！他还是没有克制住自己的火气。刘东北说，你不要老说对不起，你应该说，你有罪。李嘉蓉说，只要你心里好受，那我有罪，我有罪。去卡尔里海路过他之前工作过和让他父亲丢了性命的轧钢厂，那些烟囱林立的厂房笼罩在雾霾之中，有的烟囱还喷着火焰，犹如地狱之火。他庆幸自己逃出来了。李嘉蓉问，你现在去哪儿？刘东北说，卡尔里海。李嘉蓉问，卡尔里海在哪儿？我在这座城里生活了二十多年，直到离开，再回来，都没听说过有个卡尔里海。刘东北说，你不需要知道，你需要的是好好看护好那些家属托付给你的老人就行啦！李嘉蓉说，嗯。谢谢你的忠告。我跟着工作人员出去贴寻人启事的时候，看见整座城市的墙上、电线杆子上，商场，隧道里，到处都贴有寻人启事，失踪或走失的不止你母亲一个……刘东北说，你什么意思？你是说失踪也像疾病一样，传染吗？李嘉蓉说，不是，我是想告诉你，这个世界上寻找的人不仅仅是你自己……有更多的人跟你一样痛苦……刘东北说，哦。我真不知道怎么说你，如果我有魔法棒的话，我一定把你变成一个恶婆婆。李嘉蓉在电话那边扑哧笑了一声，说，如果那样可以找到你母亲的话，我倒甘愿变成恶婆婆。祝你卡尔里海之行能带回你母亲的好消息……

刘东北把那本小说《死刑判决》收回到背包里，他已没有了阅读的心境。那心境已然被阴沉笼罩，尽管窗外阳光明媚。

去卡尔里海是刘东北在乔乔宾馆里的临时决定。那时父亲还活着，他们一家三口在夏天去卡尔里海郊游。父亲还背了一个帐篷，说，晚上我们就住在海滩上。小东北看上去很高兴，问，可以坐在海滩上看星星吗？母亲说，可以。小东北说，我可以和那些星星说话吗？母亲看了眼父亲，又看着小东北说，你想说什么，就对星星说吧。父亲还举起握着拳头的右手向前挥动着说，向大海进发。小东北也模仿着，用他稚嫩的声音喊着，向大海进发。他们来到汽车站。汽车站熙熙攘攘的，有些乱。他们找到去卡尔里海的汽车，母亲抱着他上车。汽车开动的时候，他好奇地扒在车窗上，往外看着。窗外的事物，在后退着。小东北问，那些东西怎么不跟着汽车跑呢？怎么后退呢？母亲笑，不知道怎么回答，即使回答了，他又会生出别的问题，没完没了。父亲昨晚半夜下班，有些困，倚靠在椅子上沉沉地睡着，还打起呼噜来。摇摇晃晃的汽车，让小东北也开始有了困意，躺在母亲的怀里。

刘东北望着窗外，那些破败更加触目惊心，仿佛从每个人的身体内部开始的。车内的乘客也都昏昏欲睡，没精打采的，他们对窗外的一切已经见怪不怪了。或者说，他们习惯了那破败的风景。有个中年男人醒来，跑到司机旁边说着什么，过了一会儿，司机把车停在路边。那个中年男人急匆匆下车。售票员说，有方便的，请下车方便一下，中途不停车啦。那些昏睡的人仍在昏睡，刘东北想抽烟了，站起来，下车点了支烟。再上车，他有些困了，昨晚他并没有睡好。跪在床上，他并没有得到什么启示，趴在床上哭了一会儿，现在眼睛还有些疼痛。后来，他身体里的野兽开始躁动起来，他几次拿出手机想打那个名片上的电话，叫个女孩来的，但他还是控制了，最后，把那个名片扔出窗外。寂静的房间让他觉得世界都是空荡荡的，他像一个孤儿，失去了方向，如果说母亲是一种方向的话。失路之人，是的，失路之人。他曾写过一篇小说，他在手机上翻找着，其中有段话：

> 狂风暴雪都是戏剧的背景，挣扎的人们鬼魅般从黑暗中爬出来。墓地散发着死亡的味道。人们失去了方向，在迷茫的暴雪中，瑟瑟发抖。路淹没在雪中，人们饥饿地在雪地里寻找老鼠作为食物。没有引领的人，没有。人们呆滞地望着远方的山峦，渐渐矮下去，露出平原的辽阔，但

人们已无力走过去。人们在雪地里徘徊着，犹豫着，也许回到墓地，才是归宿，毕竟墓坑可以给他们温暖，而不是墙的冰冷和禁锢。天上仍在落雪，那不是雪，而是他们在天上的梦碎裂后落下来的碎片，那梦随着宫殿的坍塌一同落下来……碎片……墓穴里面的声音在召唤，是的，召唤……归来吧……这里将建造新的宫殿……只对你们这些苦难中的人们开放……一个坐在白色马桶上的男人在前面引领着他们……前行……

想到失踪的母亲，让刘东北的心情再次黯然下来，他闭着眼睛迷糊了一会儿。

从车上下来，刘东北沿着海边走着。海边没有多少人，从那些人的口音判断多是外地来旅游的。他看到很多人在围观什么，他也凑上前去。是一匹腐烂的马的尸体被海水冲到了岸边，那颅骨已经裸露，可以看到眼眶和牙齿间缠绕着水草……有人看到后，连忙转过身去，呕吐起来。刘东北没有，他看到那马匹站起来，向大海深处走去。海水在清洗它的骨骼，看上去更加森白。海水在它的骨骼之间，荡漾着，犹如新的丰腴的肉身……这时候，海边管理员领着几个男人过来，喊着，让开，让开。他们几个人合力把马的尸体抬到一张网上，拖走……沙滩上留下一道深深的沟壑。但刘东北在沟壑里还是看到一截被遗留下的肋骨，像一把隐藏在沙子里的刀……人群望着被拖走的马匹尸体，继续在海边嬉闹。刘东北离开人群，继续向前走着，寻找着当年和父母来这里的痕迹，但好像都没有了，他走出去很远，来到一处海边的悬崖下面，这里好像是他

142

们那次郊游晚上搭帐篷的地方。他想起来了，是这里，他是根据旁边的那块黑色礁石判断的，那礁石上不知道什么人在上面刻下几个大字，下一站，天堂。他在黑礁石旁边坐了一会儿，仿佛能感觉到当年的气息似的。他点了支烟，躺在沙滩上。但物是人非，当年的那两个人，现在一个在地下，另一个生死未卜……而他游荡在这尘世，寻找着那个生死未卜的人。

　　李嘉蓉又来电话，说，派出所说找到一个老人，我去看了，不是你母亲。刘东北没吭声。李嘉蓉说，你到海边了吧？我听到海水的声音了。我有很多年没去过海边了。卡尔里海好看吗？刘东北说，大海是撒旦的宫殿。李嘉蓉问，你说什么？撒旦吗？你不要太悲观，希望总是有的。你晚上回养老院来吗？刘东北说，不知道。李嘉蓉说，哦。也好。我每天都处于这些行将就木的老人中间，我都老了。你看我像不像有五十多岁了。但为了生存，总要面对，哪怕是绝望。因为有一天，我们也会老的，也会死去……其实每个人都是生之囚徒……我们为各种义务和责任在服刑……穷苦的人在这个世界上都是同病相怜……这几年来的无力感几乎要把我拖垮了……刘东北不知道李嘉蓉跟他说这些是什么意思，但从心里对她也同情起来。刘东北说，你要不要也来海边度过一晚上？李嘉蓉说，不了。我还是坚守在养老院里等你母亲的消息吧！再说，你都说大海是撒旦的宫殿了，我可不想去看什么撒旦的宫殿。刘东北说，这也只是此刻情绪的一个映象，也许对于你来说，它不是撒旦的宫殿，而是别的什么……在我下面，有一块很大的黑礁石，上面刻着"下一站，天堂"的字样，说不定在你眼里大海就是天堂……李嘉蓉说，等找到你母亲再说吧……

那天，刘东北一家三口来到海边，父亲找到黑礁石旁边的沙滩开始搭帐篷，母亲在旁边帮忙。刘东北在沙滩上跑着，捡着贝壳和干硬的海星。母亲喊着他，东北，离海水远点，别让海水把你卷进去……小东北专注那些沙滩上眼睛般的贝壳，一个海浪冲上岸来，他连忙跑开，在海浪落回去之后，他继续捡那些贝壳。他把一捧贝壳放到地上，拣选美丽的那一枚，但都不错，让他眼花缭乱的。他最后只保留几枚贝壳、两个海星和一个海螺壳，抱着跑回来。父亲和母亲已经坐在帐篷前，看着他跑回来。他把捡回来的东西倒在他们面前，说，好多，好多，像眼睛似的，被我从沙子里抠出来……母亲看了眼父亲说，你看孩子说的话怪吓人的，还眼睛……被抠出来……小东北说，是呀，我觉得那些贝壳就像是沙滩的眼睛啊！父亲笑了笑说，儿子都会比喻啦！那你看看这大海像什么？小东北望着波涛汹涌的大海出神，像模像样地在思考。母亲说，瞧你们父子俩，你还真要把他培养成诗人哪？来，我们吃点东西，去海边玩吧。她拿出带来的面包和香肠给坐在身边的爷儿俩分。父亲边吃边问小东北，想出来了吗？小东北倔强地摇了摇头。父亲说，大海就是一座坟墓。母亲说，说得这么吓人干什么？父亲说，面对死也是面对生。这是死亡教育。母亲有些不高兴了，说，你就不能说点吉祥的吗？父亲笑了笑。吃过后，一家三口去浴场游了会儿泳。退潮的时候，他们在海边捡了些海鲜，收获满满地回到帐篷前。父亲去要了些淡水，他们开始用带来的小锅煮海鲜。父亲还带了小瓶白酒。他们的海边野餐开始了。小东北没吃几口，又跑出去玩了。天渐渐黑下来，他们看到星星浮出黑暗，一颗颗地闪亮着。母亲说，每一颗星星都是地上的一个人。母亲正说着，一颗流星划过。小东北问，那颗呢怎么落下来了？母亲说，可能地上的那个人不在了。小东北说，把星星都粘在天上不就行了吗？每一颗都不会落下来，地上的人也不会没了。那我是哪一颗星星呢？他在天上找着。爸爸和妈妈又是哪一颗呢？这么多，上面又没写名字。父亲躺在沙滩上，没吭声。小东北又说，那些星星要是都落下来，是不是地上的人就死光啦！母亲说，话痨。那些落下来的星星还会回到天上的……小东北说，怎么回去呀？坐船吗？母亲说，睡觉吧。明天上午再玩一个上午，我们就回去了。母亲拉着小东北进到帐篷内，给小东北盖上一条床单。父亲没进来，还躺在沙滩上。半夜的时候，小东北醒了，身边没有父亲和母亲，他害怕了，从帐篷里走出来，听到黑礁石那边有声音，他借着星光走过去，看到父母赤裸着身体，抱在一起……他问了句，你们在干什么呢？父亲说，我们在召唤那些落在地上的星星回到天上，你去睡觉，等我们把星星都喊到天上去，就陪你睡。小东北说，好吧。他噘着嘴，回到帐篷内。里面一片漆黑……

　　刘东北在卡尔里海的悬崖上过了一夜。夜里有些冷，他觉得好像有些发烧，头脑昏沉沉的。第二天早上决定回望城。他梦见天上的星星都落进了大海之中。大海消失了，那些星星在地上闪亮起来，像一群萤火虫，铺天盖地了都。

　　回到望城火车站，有人喊下雪啦！刘东北仰头，感觉到几片雪花落在脸上。接着，雪花越来越大，刘东北把一片雪花抓在手里，发现不是雪花，而是寻人启事，他看着上面的照片，不是母亲……他伸手又去抓其他的雪花，也不是母亲……他脑子里母亲的形象已经模糊了……他疯狂地在那些雪片般的寻人启事上，寻找着……妈，你去了哪儿啊？难道被外星人带走了吗？

　　刘东北边找，边哭，泪流满面了都。他淹没在从天而降的纸片中。他身后是一个背着蛇皮袋的老人，很兴奋地跟随着，把刘东北扔下的一张张纸捡起来，团成一团，扔到蛇皮袋里。蛇皮袋也越来越大……能把整个天空都收进去似的。

52号讲的故事（外一篇）

庞　滟

一个上市公司聘我做销售部主管时，对各部门大换血，摒弃了学历优先的观念，招聘了一批工作经验丰富的员工。52号应聘者小李，就是如此选出来的精英。

春寒料峭的早上。一个干净利落的女孩脱掉大衣，着一身正装，端坐在应聘椅子上，眼睛像宁静的湖水，有深不可测的吸引力。她是第52号应聘者。

"我看过了，你的文凭虽然是职业中专毕业，但你的工作经历很丰富，这是推销员必备的素质之一。给你十分钟时间，说说你前一份工作不做的原因，要能引起我追问的欲望。"我不带任何表情地说。

"我在蛋糕店做售货员时，遇到一个高中女孩带两个老人买糕点，我阻拦女孩带他们去吃面，被老板辞退了。"52号应聘者委屈地说。

"为什么?"我问。

"那天大雪纷飞，那女孩真美，像我弱不禁风的天使妹妹。自称农村来的两个老人，说钱包被一个年轻人偷了，抹着眼泪求女孩，带他们去前面的一家面馆，说吃完面好有力气走回乡下。女孩掏出所有的钱塞给老人，为难地说，她得马上走，上学要迟到了，让老人先吃些糕点解饿，再过去吃面。突然，老太太蹲下身去，痛苦地说胃疼得要命，喝碗热面汤暖暖胃才能好些，求女孩扶她去面馆。女孩终究还是同意了。我直觉，女孩要被毁掉了。"

"什么，要被毁掉了？"我吃惊地问。

"我断定，两个老人是人贩子的同伙。"她回答。

"啊？人贩子，后来呢？"

"我冲了出去，追到面馆门口，拦住那女孩，说她刚付我的是假钱，让她回蛋糕店去换。没想到，刚才还说没钱吃面的老太太，推我到一边，偷偷塞给我五十元钱，说别耽误他们吃面。我拉起女孩就跑，告诉她遇到骗子了。回到店里遇到老板娘查岗，她批评我多管闲事，会惹来麻烦。果然，第二天夜里，店就被砸了，还被泼了油漆，写上两个恐怖的血红大字。我被炒鱿鱼了。"

"泼油漆，恐怖的字？"我被女孩的故事，一层层套了进来，一路追问下去。

"蛋糕店被砸得乱七八糟，门上刷着血红大字：找死！老板娘说是我管闲事惹来的祸。您一定想知道，我是怎么认出人贩子的同伙吧？因为，我妹妹被拐卖过，比《悲惨世界》还惨哪！"

"人贩子的同伙，你怎么认出来的？找到你妹妹了吗？"我捂着胸口，急切地问。

"那两个老人的手是细腻光滑的，不是农村人粗糙的手，老太太戴着一枚金戒指，眼珠子贼溜溜地乱转，我猜他们一定是骗子。可怜我如花似玉的妹妹，被人贩子拐走，几年后才从山沟里救回来，不长时间就自杀了。我们在她的卧室里发现，所有字条上都写着'死'字。她被拐骗时就像高中女孩这么大，乌黑的长发及腰，爱笑的娃娃脸，纯真无邪地像个天使，满眼救世主的善良，可是……解救时，被折磨得没人样了，腿都被打断了……"52号讲到这里说不下去了，捂着脸哽咽。

我热泪盈眶，抚着她的背安慰道："多亏你救了那女孩。我也看过一些拐卖报道，可恨的人贩子，一定会受到最严厉的审判和惩罚！你妹妹太让人心疼了，她解脱的办法也……唉，节哀吧！"

52号应聘者深鞠一躬，恳求道："请您原谅我的叙述——这被拐卖的妹妹不是我亲妹妹，是这个城市、这个世界、整个人类中的单纯女孩，她们花朵一样含苞待放，不小心就会遭到恶魔的袭击和摧残。您能把这个故事讲给一个作家听吗？写出来，提醒更多女孩在善良帮助别人的时候，一定要好好保护自己！离黑暗和邪恶远一点，再远一点。"

我用力点头，决定聘用她，这份工作需要她的智慧、仁爱和随机应变。

微笑是种罪

一个头发散乱、脸色苍白的女孩带着微笑走进来。我一眼看出，她美丽的笑容是假的，眼里有绝望的悲伤。

作为心理医生的助手，我代华医生接待了这个女孩。她身着暗灰的随意服装，与少女的芳龄很不相配，虚弱地陷进椅子里，苍白的手指紧紧握住我递去的一杯热水——仿佛刚爬出冰河的人，牢牢抓住一片阳光。

"医生，微笑是种罪，你快杀死我的微笑吧，让它赶紧离开我！否则，我就得去死！"女孩微笑的声音冰冷又无助。

说实话，第一次单独接诊，我心里忐忑不安。我问："为什么要拒绝笑？善意的微笑没有罪。"

"从懂事起，妈妈就让我咬住一根筷子天天练习微笑，说我去国外的爸爸最喜欢爱笑的孩子，等爸爸回来好笑给他看。你知道吗，我是多么想见从未见过的爸爸呀，做梦都笑醒了！从此，我见人就微笑。"

"你见到爸爸了吗？"

"直到妈妈去世才说出实情——我还没出生，爸爸就牺牲了，他是消防员。妈妈让我练习笑，是为了我能生活得更顺利。她说悲伤是羞耻的，只有让人快乐才是最好的。笑，曾让我碰到很多好运气，很多人喜欢爱笑的我。可是，自从工作后，笑与不笑都成了我的陷阱。我恨妈妈！"女孩说到这，双臂抱紧发抖的身体，眼里盈满泪水。

我又给女孩加了些热水，抚了一下她的肩膀，心疼地说："放松，慢慢讲。"

"公司楼上水龙头跑水，把资料室冲得损失惨重。有的同事看到我笑着路过现场，就说楼上的水龙头是我没关好，故意放水淹的。"女孩沉重叹息一声，"更可悲的是，单位大领导妈妈的追悼会上，大家都悲哀着一张脸，唯独我是笑着的。有人说我是幸灾乐祸，领导见到我也很生气。他们为什么看不到我眼里的悲伤，轻易就判决我的微笑是一种罪呢？"

我不知怎样引导对女孩更有治疗效果，只好说："是呀，他们只看到了你嘴角的笑，看不到你心里的悲伤。"

"为了不让别人再看到我的笑，我用口罩蒙住脸，只有吃饭的时候才摘下来，说话不再柔声细语，我想重新做个不笑的自己。"

"这叫微笑抑郁症，你在笑，可你内心却是痛苦的。做回本真想要的自己才是对的。"我安慰女孩。

"可是，我想做回本真的自己，别人不让啊！单位的人和我的熟人开始指责我，对他们态度变冷了，傲慢无礼了。我只好摘下口罩，带着笑容走向更深的绝望。"她笑着又说，"我想过……死，可我害怕血腥的死。我想安静睡着离开，梦里的爸爸妈妈哭着求我，不要放弃他们给的生命。我不知道该怎么办！"女孩无力地垂下头，仿佛刚刚经历了一场惊心动魄的人生劫难。

突然，"嘭"的一声响——女孩手中的水杯滑落到桌子上，她打了一个寒战。

我这个经验不足的心理医生助手也紧张出一身汗，抬起头郑重地说："微笑抑郁症是'表情暴力'的一种'内伤型'。美丽的姑娘，你父母说得对，你没有理由放弃美好的生命，放弃才是一种罪过。你应该换一个环境生活和工作试试呢。"

"换一个环境，能解救现在的我吗？"女孩问。

"应该能的。等我们华医生回来，你再来一次吧，她能治好你的微笑。"我站起身，握紧她冰凉颤抖的手。

两年后。我低头在街上走，撞到一个时尚靓丽的女孩，她"嘿"地打了一声招呼，笑容美得像一片灿烂的阳光——她貌似那位患"微笑抑郁症"的女孩。

我追上她，紧张地问："姑娘，两年前我们好像见过一次面，你现在好吗？"

女孩辨认了我一会儿，感激地说："对，我们在心理诊所见过面。我去北京找了一份新工作，是我男朋友治愈了我的病。"

"他怎样治好你的？"我好奇地问。

"起初，北京的生活环境没能治好我的病。伪装的微笑长在脸上，扒下来也会伤筋动骨——当我绝望跳河的时候，是他救了我。"女孩说到这深情地望了一眼身边的大男孩，"他为了治疗我的病，重新捡起了让他伤心的心理学。"

"伤心的心理学？"我惊讶地问。

"他父亲曾是心理医生，被医治的患者误杀了。他排斥心理学，但为了我，他重新捡起了这个行业。通过催眠术和心理辅导解开了我的心结，又用针灸治愈了我脸部肌肉的僵持症。后来，他在网络开了一个心理节目电台，免费为有心理创伤的人做咨询，解救了很多抑郁病患者。"女孩讲完，幸福地偎依在男孩的臂弯里。

分别时，我再一次握紧女孩的手，她手心里流动着源源不断的温暖，不再寒凉得让人担心了。

摘 钩

万 胜

一

北窑上空有一根又细又长的天线杆儿，是李春满家的。

北窑家家房顶上都支着电视天线，就数这根天线杆儿最高，刮大风时甩来甩去，像赶马车的鞭子。李春满那根天线是用两根竹网竿接起来的。他好拿鱼，用废了好几盘扳网。按正常天线杆儿上应该顶着个"王"字，但他的天线杆儿上只有一根类似避雷针的铁杆子。我每次看见它都有一种感觉，北窑的一趟趟房子就是一纵纵马队，被李春满的鞭子赶着走。李春满是个心灵手巧的人，不然也不会弄那么一根出类拔萃的天线杆儿。我爸说弄这么个天线杆儿是要遭雷劈的。果然，有年夏天，一个风雨交加的夜晚，一只大火球撞碎他家窗户，在屋里兜了一圈，把新买的彩电干爆了。当时李春满正在看《渴望》，吓得话都说不利索了。

李春满比我爸小两岁，我爸是红砖厂修理班的机修工，李春满是出窑工。李春满出窑用的带车子坏了就送到我爸那儿去修。其实李春满自己也能修，他手巧，但是他把事情分得很清，该谁的活就得谁干。我爸和李春满的关系非常好，没结婚前常和李春满喝点小酒儿，求李春满帮忙解决技术难题。李春满一直单身，这事得从我妈说起。

　　我妈是山东德州人，十九岁那年，嫁到东北的表姐说要给她介绍个对象，是国营砖厂的二人，她便孤身一人跑到大雪抛天的关外来。在苏家屯火车站下车时，见一帮人急火火地抬着一个浑身是血的伤者赶火车，送沈阳医大去抢救的。错肩时我妈和伤者对视了一眼。这人太可怜了！我妈突然觉得应该对这个可怜的人笑一笑，就算是一点安慰吧。

　　谁知表姐说这人就是要给她介绍的对象，叫李春满，实在是不巧。我妈在表姐家住了下来。表姐夫爱看小牌儿，每晚都把牌友招家来玩儿。自从我妈住到表姐家之后，来玩小牌儿的人忽然就多了不少，还都是光棍儿小伙子。我妈发现其中一个挺精神的，跟别人不太一样，他的上衣兜里总是插着一支钢笔，显得文质彬彬，很稳重。我妈就问表姐他是谁？表姐说他是厂里的机修工，叫兰胜利。表姐说你要是对他有意思，我就帮你过个话儿。我妈脸腾地就红了。

　　表姐找兰胜利一说，他猛点头。后来他俩结婚的时候我妈问他，你咋一问同意了呢？兰胜利说，其实我就是为了你才去你表姐家看小牌儿的。

　　北窑是国营砖厂的职工宿舍，一百多户人家，五百多口人。

男同志在砖厂上班，女家属在农场干活，我妈在山东老家赶过马车，便被派到运输班赶拉黄土的驴车。我们管这种在小铁轨上跑的驴车叫轱辘马子。我妈长得好看，性格又直爽开朗，惦记他的男人不少，都愿意往她跟前凑。有个叫陈大彪的出窑工，脸皮黑厚，有一天悄声对我妈说，余香，咱俩好呗，你让我干啥都行。我妈放下大茶缸子把陈大彪拽到大伙跟前喊，哎，大家停个手儿，听听，俺身旁这个大男人说要跟俺好，还说叫他做啥都行。陈大彪的大舅哥儿也是出窑工，冲出人堆儿给陈大彪一个大脖溜子，陈大彪的脸都紫了。后来陈大彪在背后给我妈起外号"余大奶头"，传到我妈的耳朵里，她扬着铁锹追陈大彪绕北窑两大圈，差点把陈大彪的大胯跑掉了，最后还把他家的玻璃砸得一块不剩。

李春满在医大住了四个月，瘸着一条腿回来了。我爸和我妈刚结婚不久，李春满每天晚上都到我家来，在炕沿上干坐着不走，让小两口儿没法睡觉。时间一长我爸就明白了，他不是冲哥们儿情义来的，冲的是新媳妇儿。我爸就撵他，两人闹得很僵。按理说搞第三者插足是极不光彩的事，可李春满却很理直气壮，对我爸说，兰胜利我告诉你，余香千里迢迢就是冲我来的，被你个瘪犊子乘人之危了。我爸说你才瘪犊子呢，这就叫命，你活该！他俩只要到一块儿就戗起来。

我妈对李春满跟别的男人不同，像对自己弟弟。我爸可从不掉以轻心，他对付"情敌"的高招是让我妈不停地生孩子。随着我们五个孩崽子稀里哗啦满地跑，惦记我妈的男人们渐渐灰心了，只剩一个李春满还贼心不死。陈大彪劝李春满，山东娘儿们可不好惹呀，我看你也拉倒吧。李春满说我跟你能一样吗，你欠削，换我也得拿铁锹拍你，拍死你。把陈大彪噎得只翻白眼。

小蔫吧是李春满的外甥，跟我好，没事就爱提这事儿。老疙瘩，你差一点就跟我是亲戚了知道不？我说怎么呢？他说你妈要是跟我老舅结婚你就是他俩生的，你不就是我表哥了吗。说这话的时候是冬天，嘎嘎冷，我和小蔫吧沿着小铁道朝学校走。晨起的日头被冻雾锁着，哈气成霜，眉毛和帽绒都白了。我趴在地上，假装用舌头舔锃亮的小铁轨说，铁道是甜的呀！像橘子瓣糖。小蔫吧说，竟扯，我才不信呢。我说，骗你是儿子，不信你舔舔。小蔫吧果然学我去舔铁轨，舌头被铁轨粘住，疼得嗷嗷叫。我说你这样粘着一会儿轱辘马子来了就得把你的脑袋轧掉。他吓坏了，拼命挣扎，舌头的皮被扯下一块。

夏天，小蔫吧又跟我说这种话。我没理他，从草丛中撅一枝长满刺的拉拉藤放在鼻子下闻说真香，有股焖肉味儿。我让他也闻，他好奇地把鼻子凑过来，我用拉拉藤在他鼻子根儿使劲一蹭，他疼得大叫，眼泪直冒。我叹气，你咋就不长记性呢！

我知道小蔫吧并无恶意，只是想跟我套近乎，可我心里不舒服，因为我看不上李春满，他虽然聪明，但老是自说自话，像个魔怔。我要真是他生的，不就成小魔怔了吗。

二

小蔫吧家在北窑的最西面，一趟房的堵头儿，临街，因此院子比一般人家大一点，出大门斜对面就是公厕。我原来的家与他家隔了两趟房，自从我家搬走之后就一直空着。我把车停在小蔫吧家门口，先上了一趟公厕，小时候画在墙上的白道儿还在，那是一种酷似粉笔的灭虫药，时隔二十年，仍仿佛是昨天刚涂上去的。我在厕所里撞见了小蔫吧。他蹲在坑上，屁股撅得老高，像一只低头啄食的秃毛鸡。你……咋来了？他一边使劲一边问。

我来看看你。

看我拉屎呀？

我撒完尿赶紧出去了，站在公厕外面，点上一支烟，掩盖鼻腔里的臭味儿。听见小蔫吧在里面自言自语，腿咋还麻了呢，完蛋玩意儿，就是欠捶，捶你一顿就好了，是不？

我接话，你蹲的时间太长了，又撅那么老高。

他从公厕出来，扶着墙。

小蔫吧的父母早已不在，他五年前娶了一个外地农村媳妇，只过了两年就跑了，嫌他穷。如今跟一群鸡过日子，满院子都是鸡屎。进了院子，他拿过来两只黝黑锃亮的小木凳，让我坐。

我说我还是站着吧，开车净坐着了。

他把小木凳塞屁股底下，鸡婆们在他身边转来转去，他随意逮过来一只，把手指插到鸡屁眼里抠一抠，说你今天没有蛋，偷懒了呀。又逮一只抠，呦嗬，有蛋哪！我说咋看你有点嘚瑟呢。抠完了把手指头往衣襟上蹭蹭，抬头对我说，你等着，我进屋给你沏碗茶水去。

我赶紧拦住说，可别，我不渴。

真不渴？

真不渴。

他说那就抽袋烟吧。说着从左兜里掏出一沓用报纸裁的卷烟纸，把刚抠了鸡屁股的手指在舌头上蘸湿，捻出一张来，折出凹槽，从右兜里捏出一捏碎烟叶子，撒在纸条的凹槽里，卷起来，用舌头在纸边上溜一层唾液，一粘，头粗尾细的卷烟就成了。递给我。

我说我刚掐，不抽了。

他笑说，嫌我的烟不好呗？

我说旱烟劲儿太大，我降不住，尤其你还加了作料。

他没听懂我的意思，自己抽了起来。

我说最近你咋样？

他说还能咋样？还那样呗。

他现在这种生活状态跟六十岁的老头儿差不多，根本就不像是我们这个时代的人。谁也想不到他能活成这副样子。我和他上初中那会儿，红砖厂被电缆厂吞并，变成电缆厂的一个分厂。这对红砖厂的职工来说是大好事，电缆厂是全国知名的大型国营企业，老大哥中的老大哥。电缆厂也的确是财大气粗，一上来就普调工资，改善职工生活环境。把北窑的泥土路铺上了水泥，又在北面盖了几趟新宿舍。北窑的职工子弟都可以进工厂当正式工人。因此，我们对前途一点都不担忧，整天吊儿郎当的不好好学习。可是真正的职工子弟父母都得是工人。我和小蔫吧的父亲是正式职工，母亲是农工，我们的户口随母亲的农业户口。农业户口是不能进厂当正式职工的。等我们弄明白这事儿，没心没肺的初中三年时光已经过去，学业荒废，成了没班可上的街溜子。父母很着急，想让我们当上工人只有一个办法，花钱把我们的户口变成非农户。小蔫吧'他爸没得早，家境不好，根本没钱办户口。我家付出了一万多块才把户口变了，可我最终也没当上工人。

　　十多年前我家搬出北窑的时候，北窑还不像现在这样落魄。电缆厂没辉煌几年突然就不行了，工人补偿离职的补偿离职，下岗的下岗，北窑成了三不管地带。北窑的年轻人都不想窝死在这儿，能走的都走了，岁数大走不了的就在这惨淡过活。空出来的房子又以极便宜的价格或卖或租给了外地人，这些外地人有的在私人小工厂里做工，有的靠收废品捡破烂为生。北窑被糟践得像一个大破烂摊儿。小鸢吧是留下来的极少数年轻人之一，在北窑有一份属于他的工作。居委会每个月给他八百块钱工资，让他负责清理北窑的垃圾站和公厕。在北窑没人在乎环境卫生，他认真不认真，甚至干与不干，都没人当回事儿。其实这就是居委会可怜他，对他的照顾。但这些年他很敬业，每天清晨五点准时起床，拉着带车子把北窑十个垃圾站四个公厕都清理干净。白天没事的时候也在街头巷尾转悠，有垃圾就扫。我家搬走后在区里开了一家汽车修配厂，我让他在我家的修理部当徒工，怎么也比在北窑强，他说啥也不去。他脑子并不笨，手也很巧，就是做事太爱钻牛角尖儿，那点聪明劲儿全耽误在一根筋上了。

　　说心里话，我并不是专程来看他的。我家的老房子还在，我对北窑的感情还在，每年我都要回来一两次，看看老房子。回忆小时候的成长经历能让心思静下来，算是一种精神上的放松。尤其近几年，我喜欢上了写作，我想写一写北窑，但我离开北窑好多年，很多事情都已模糊，北窑后来又发生了哪些事情也不得而知。小鸢吧是我从小最好的玩伴，自始至终都没离开过北窑，他记得清楚，了解得也更多，比如傻灵子肚子里的孩子是不是真跟傻小子阿白有关；大家伙眼睁睁看着鲁麻脸的老婆从大烟囱顶上往烟囱里面跳了下去，怎么就找不到尸体了；原本是死党的高小江和冤死鬼儿为什么反目成仇；渔队抠鱼塘时抠出来的那些老物都哪去了，当时开推土机的司机老杨为什么一夜之间成了半瘫的哑巴；等等。

小蔫吧抽完了烟说，你来得正好，帮我个忙。

三

李春满不知道我讨厌他，老远见着我就笑，老疙瘩你过来，我给你好玩意儿。我想躲开，他追上来用两只大手爪子挠我的胳肢窝，我绷不住笑。见我笑了，他就高兴，从兜里掏出一两粒橘子瓣糖或者花生蘸说，我好不？我好。愿意跟我玩儿不？愿意。他这种自问自答的说话方式让我很不适应。小蔫吧是他的亲外甥，但他对我比对小蔫吧好。小蔫吧想跟他要东西，都得打我的旗号。小蔫吧经常为这事跟我生气。生气也没用，他老舅跟我舔溜须是在打我妈的主意，我一点都不领情，有便宜不占王八蛋！我不知不觉养成了一个习惯，想买什么东西，爸妈不给钱，我就去找李春满要。李春满独身一人，工资花不完。

李春满跟我爸简直就是势不两立。有一回我爸说了他一句，你就是个卖苦力的出窑工。言下之意是你跟我这个技术工人没法比。李春满一赌气，埋头一个月，用厂里一台报废的十二马力柴油机组装了一台"四不像"。这项技术革新了不得，从此"四不像"取代了毛驴。以前两头毛驴拉一辆轱辘马子，现在一台"四不像"拉一串轱辘马子，蹿得像小火车一样快，大大提高了效率，还节省了成本。驴都下岗了，我妈学会了开"四不像"，还是每天在那条铁轨上来回跑。李春满因特殊贡献被调进修理班，赶上老班长退休，我爸当了修理班班长。

李春满进修理班，干活更卖力气，一口气弄出大大小小十几项技术革新，为修理班争了光。我爸挺高兴，开会时对李春满大加表扬，说春满，你站起来跟大家谈谈心得。李春满站起来，瞥一眼我爸说，我之所以这么干，是因为有一个信念一直支撑着我，那就是把兰胜利干下去，我当这个班长。我爸架着两只手，已经准备好了鼓掌，被他的话气得直吐唾沫，也不顾身份和地位了，立即回应道，你还想把我干下去，做春秋大梦吧你。

没承想半年后李春满还真当上了班长。我爸因为修理班的业绩突出，被提拔成副厂长。任命下达当天晚上，我爸请李春满来家喝酒，我爸给李春满斟满酒，态度极其诚恳，说春满哪，以前是我不对，不该说你是做什么春秋大梦，现在我承认你的确是把好手，你这就叫长江后浪推前浪，但我希望你还得浪打浪，再努把力争取干个副厂长，把我推到厂长的位置上，来，走一杯。

春满刚开始脸色还挺平和，甚至有点感动，可是越听越不对劲儿，把端到半道的酒杯往桌上一蹾，说兰胜利，你是不有点欺人太甚了？我明天就找厂长去，我不当这个破班长了。

我爸笑得很得意，你当不当对我都无所谓，我不可能再回去当班长。

那顿酒李春满喝得很郁闷，嚼东西像有仇似的，牙齿咬得咯咯响，喝酒一口一杯，很快就醉了，旁若无人地对我妈说，余香，我这条命是你留住的，要不是在火车站你瞅我那一眼，我扛不下来。我在病床上迷糊了整整三天，别人都以为我活不了了，我那时候满脑子全是你，我就想，为了你那一个眼神儿，那一个笑，我也得活下来。我就不停地跟自己说话，鼓励我自己。怨我没福，让兰胜利这瘪犊子占了大便宜。

我爸插嘴，你是瘪犊子。

李春满没理我爸，继续说我现在不能和你好，我可以等，结婚还有离婚的呢，就算你们一辈子不离婚，我也等。他用筷头子点着我爸，看着我妈说，但你得答应我，一定要走他后边儿，留几年给我，哪怕就留一天给我也行，我就满足了。

我妈臊得满脸通红，说你说啥呢，要喝酒就好好喝，不想喝回家吧，别喝点酒就耍酒疯说胡话。

我爸想要发火，见我妈这样的态度，就把火气压下了，但说话还是没让份儿。我爸说，李春满我告诉你，就冲你这句话我也得把我的体格养得棒棒的，我高低得走你后头，你趁早死了这份心吧。

李春满嘴一咧，好像要哭，没哭出来，身子一歪，倒炕上睡着了。

那个冬夜，外面突然就下起了大雪，铺天盖地。李春满睡着，我爸给我们讲李春满受伤的事。红砖厂原来有两座砖窑，一座南窑，一座北窑。北窑最老，后来在北窑旁边盖起了职工宿舍，北窑就废弃了，在东面又盖起了一座新窑。新窑盖完烧第一轮窑，往里码泥坯时出了事故，窑顶塌了一大块，把正在码坯的李春满砸在里面，差一点命就交待了。我们看着睡熟的李春满，觉得他真是很可怜，我心想以后再也不随便占他便宜了，就算占便宜也领他的情。

李春满本来平躺着身子，突然一侧身，五官皱起，很痛苦的样子，我爸说不好，要吐。话音刚落，从李春满嘴里涌出一摊食物残渣来。我爸第一个冲下了炕，趿拉鞋跑到院子里去了。那晚，我家的门大敞四开，我们冒着大雪站在院子里，像一只老雀儿带着五只小家雀儿，等着我妈把李春满吐的东西收拾干净，等着屋里难闻的味道散尽。我突然冒出个想法，也许我妈当初应该嫁给李春满。

那晚之后，李春满不好意思再见我妈，我倒是没事就主动往他身边凑合，他对我似乎比以前更好了，像亲儿子似的，老是把我举到他的脖颈子上。他瘸着腿走路，摇摆得厉害，摇得我又怕又好玩。小蔫吧只能在旁边看着，干眼馋。

李春满当上班长开始混日子，大概是怕真把我爸顶成个厂长。我爸找他谈了两次话，他满不在乎。

你要是看着不顺眼就把我弄回去卖苦大力，显得你多能啊。

我爸没心思跟他较劲儿，那时红砖厂已经开始走下坡路，市面上出现很多私人砖窑，价格便宜，质量也不差。厂长要降低成本，把煤矸石粉当煤面往泥坯里掺，结果烧出来的砖都是黑芯子，更没人买了。我爸成天为厂子的事闹心，李春满倒是过得很自在。那段日子打鱼摸虾成了他的主业，一有空就带着我到浑河去抓鱼。李春满每次都把抓回来的鱼分成两份：一份给小蔫吧拎家去，一份给我拎家去，要是少的话就把小蔫吧家的那份省了。他也不知道从哪听说的我妈爱吃鱼。其实他弄误会了，我妈并不爱吃鱼，是我爸特别爱吃鱼。这情况我一直瞒着李春满。

四

从北窑出来，往西，是渔队，过了渔队是浑河大坝。我跟在小蔫吧的身后，发现他右腿有点跛，就问，小波，你腿怎么了？

他说可能是坐麻了吧，最近经常这样。

我说你得到医院去看看，别大意了。

他说没事儿。

我心里清楚，他既没至保也没钱，不敢看病。路过池塘边上，他看见水边有死鱼，已经臭了，过去捡起来甩到路中间。我问你这是干吗？

他说，回来时捡回去喂鸡，怕忘了。

这一路经过四个池塘，他捡了七八条臭鱼。我发现在这片池塘中间，有一个大深坑，好象露天矿。我记得小时候农场建渔队，就是抠这个池塘时抠出的古物。当时开推土机的老杨一铲子下去，推出几块糟棺材板子和骨头渣子，停下推土机用铁锹在烂泥里扒拉出一只银手镯和一对银耳钉。这事轰动了北窑，大家都拎着铁锹跑来乱挖。总厂知道了，派经警保护现场，报告给政府，上面来了几个专家，现场做了一番勘察，说只是旧社会的一座老坟，没什么考古价值，就走了，也没收缴被挖走的东西。我和小蔫吧初中毕业没着落，一起来渔队当临时工，喂过那个池塘。每次喂鱼时都害怕会从水底钻出什么吓人的东西来。

这怎么挖了这么深一个大坑？我问。

小蔫吧说，抠沙子，河套里的沙子被禁采了，现在用沙子的地方多，值钱。

我看着那个坑，粗略估计一下，能有十米深，坑底汪着水，坑壁上长了杂草，显然已经废弃了。我说挖完大坑就这么空着了？

小蔫吧说，用垃圾回填，你看那边的空地，都是挖完了沙子用垃圾填平的。他用手指了指南边那一大片破塑料袋纷飞的平地。那些垃圾埋在地下一百年都烂不了，把北窑的地下水都污染了。

他的话让我心里不舒服，北窑何以沦落到这种地步呢！

如果电缆厂依然红火，这地方就该是另一番景象，小蔫吧现在也应该是另一种活法。我记得他刚当上工人的第一天，穿着新领的工作服，工作服是灰白色的，胸口的兜盖儿和衣领都是红色的，贼精神。他求我用傻瓜相机给他照相，我故意照偏，不是缺腿就是没脑瓜顶。

他被安排在动力科，动力科有四台大锅炉，负责给整个厂区送电送汽，如果动力科出问题，全场十六个车间生产都得停摆。动力科需要大量的煤，煤是用火车运来的，为此专门铺设了一条铁路支线，运煤火车一周来一次。小蔫吧的工作就是把火车上的煤卸到煤场里。他那套新工作服很快就变成了黑抹布，他也造得像个非洲难民。他很能干，刚上班心气儿也高，第二年就被评为了先进工作者，到总厂去开表彰大会，拿奖状，戴大红花，年终奖比别人多二百块。而我却仍在渔队里当临时工，办户口的钱已经花出去了，一直没有下文，只能等。

现在这些池塘都包给了外村人。不但池塘，厂区里能卖的卖能包的包，只剩了空架子。从渔队往南望，能看见动力科的两根大烟囱和高大的锅炉厂房，都闲置着，荒草丛生。小蔫吧说动力科也被卖给了一个老板，要开水泥厂，明年就上马。

我说你也不能干守垃圾堆呀，水泥厂开工肯定招人，你去应个聘，守家在地的也挺好。

他说，我也是这么想的，坐吃山空啊。

我笑着跟了一句，你趁山吗？

他没笑，似乎没理解我是在开玩笑，我突然意识到，他是个不适合开玩笑的人。我怕他误会我瞧不起他，赶紧转了话题，当初让你到我家的修配厂去干你还不爱去。

他突然停下，盯着我说，你爸还好不？

我说还好，现在夕阳红呢，成天跟一帮老太太打小麻将。

你妈呢？他又问。

我说我妈爱旅游，老年团，不着家。

他叹口气说，这就是命！

我说啥命不命的，就是能不能看明白。

我爸很有先见之明，在电缆厂倒闭之前办了提前退休，后补偿离职和下岗的都没我爸合适。其实我爸早有打算，他利用在职期间结交了很多社会朋友，为日后自己的买卖攒了不少资源。相比之下小蔫吧就太吃亏了。此前一直哄哄说有一个大财团要盘活电缆厂，他抱着希望一直等到了工厂关门那天，最后也不了了之了。他回家的时候连补偿离职的钱也没拿到。谁承想会是这个结果呢，跟做个梦似的。小蔫吧也只能这么安慰自己，这就是命！

渔队与浑河大坝隔着一道围墙，当初是为了防备外村人偷鱼砌的。现在围墙已经东倒西歪，残破不堪，倒塌的地方胡乱堆砌着烂树枝和铁丝网，连通往大坝的大门也被封死了。小蔫吧走到围墙根儿，踩着一根戳在墙上的树墩子爬上墙头，回身再拉我上去。

站到墙头上，大坝根儿下那片坟地才呈现在眼前。

五

我爸貌似不把李春满当回事儿，其实心里放不下。他经常有意无意地打探我，老疙瘩，最近他忙活啥呢？我爸提到李春满从来都用"他"来代替。我说，没忙活啥呀。我爸说，又搞啥小发明没？我说他研究电视天线呢。他跟你提过你妈没？我说提了。我爸赶紧问，咋的？我说春满叔说我妈长得像渴望里的王亚茹。我爸问，还说啥了？我说，还说你像王八蛋王沪生。我爸照我后脑勺敲了一下子。你敢骂你爸。我说这是春满叔的原话，不是你让我学的吗。我爸说他净胡勾八扯。我说他说的哪不对了？我爸说那王沪生和王亚茹是两口子吗？扯他妈淡！

我弄不懂我爸是一种什么心理，他是李春满的领导，想要收拾他还不是很容易的事？说心里话，那段时间我一直很担心李春满，没准哪天我爸一翻脸，就又让他当出窑工挨大累去了。一直到砖窑彻底灭火，我才把心放下了。

红砖厂的窑火彻底熄灭了。我爸在熄火的第二天召开了全体职工大会，会上宣布，沈阳市第四红砖厂从今天开始就不存在了，所有的土地资产包括职工人员全部被电缆厂接收，大家伙都得等着重新安排工作。话说完了，没有掌声，也没有哀叹，全场陷入长久的沉默。当时唯一一没去开会的人是李春满，他正带着我和小蔫吧在浑河岸边抓鱼。网架好了放到河里，坐在岸边，边唠嗑边等着起网。小蔫吧跑到树林子去拉屎了。我说春满叔，你为啥对我比对小波好？他可是你亲外甥。李春满笑了一下，你说呢？我说我要是知道还问你吗。他说你像你妈，长相脾气都像，像从一个模子里抠出来的。我说你还真准备等我妈一辈子呀？他说那是当然了。他说完这话，竟满脸沧桑，起身说，起网喽。于是去拽网绳，网缓缓升出水面，升到一半时，网中间"轰隆"翻出个大水花，露出一条比我胳膊还长的青黑色鱼脊，在网底猛蹿，力气巨大，感觉都要把网撞破了。那是一条二十斤左右的大胖头，今年浑河水小，这样大的鱼罕见。鱼上了岸，李春满兴奋得不行，自言自语，这家伙！够个儿不？够个儿，李春满你小子命挺好，就是，我命就是好！老疙瘩，你赶紧的，你妈见了肯定会很高兴。我一愣，都分不清哪句话是对我说的了。他嘟嘟囔囔着把鱼装进编织袋，搭到我肩上。

我扛着鱼几乎是一路小跑。跑进家门，把鱼放在外屋地上，进里屋见我爸和我妈正对面坐着说话。我妈说人家还能用你当厂长不？我爸神情很沮丧，我听说高级干部都从总厂调，这边的人降级任用，厂长当车间主任，我这个副厂长弄好了也就是个副主任。我妈说，那春满咋办？不又得回去挨大累了。我爸的语气夹着愠怒，陡然升高，都啥时候了，你还惦记他，他今天连开大会都不露面，他活该。

在我的记忆中，我爸和我妈说话语气要是稍有不耐烦，我妈立马就会来脾气。你跟谁穷横呢，会好好说话不？可今天我妈一点脾气都没有，柔着口气说，节骨眼儿上，要是能帮他，就尽量帮他一把。我爸很含糊地从鼻子里哼了一声，有点像赌气。

第二天李春满问我，鱼好吃不？我噘着嘴说不知道。他说还没舍得吃呢？我说吃个屁，被我爸送人了。送谁了？李春满火了。我说我哪知道。他说兰胜利这个瘪犊子，那是我给你妈的，他凭啥送人，不行，我找他去。

李春满真就去我家了，一进门就冲我爸喊，兰胜利，你还是不是人，我拿的鱼你有啥权利送人？我爸正坐在炕沿上跟我妈一起包山东大包子，韭菜鸡蛋馅儿的，刚包了半帘子。我爸先是一愣，马上反应过来，一脸讪笑说，谁让你爱嘚瑟把鱼往我家拿的，鱼到我家就是我的。李春满堵着气说不出话来，浑身直哆嗦。我妈赶紧打圆场说，春满，正好来了，一会儿吃包子。我们谁都没料到，李春满竟然端起半盆馅儿，咣叽扣在了我爸的脑袋上。

我让你吃包子，吃你个王八犊子！

更想不到的是我妈条件反射一般，一巴掌甩在李春满的嘴巴子上。我爸满头包子馅儿，我妈扬着右手，李春满瞪俩惊愕的大眼珠子，全愣住了。

那条大鱼没白送，我爸当上了运输科副科长，跟车间主任平齐。原来的维修班并入运输科，李春满降为修理工。新厂上马，一切都是新的，工资比以前翻了一倍，除了李春满之外所有人都很高兴。运输科科长是总厂调来的，眼里不夹当地人，我爸想干出点业绩撑自己的腰杆儿，就准备在运输科成立一个研发小组，专门搞技术革新。他这个想法得到了厂长的支持，我爸还向厂长举荐了李春满，说李春满是个搞发明的人才，我爸想自己兼任研发组组长，让李春满担任副组长。厂长也同意了。我爸回头就找李春满。这本来是件大好事，可没想到被李春满一口拒绝。

我爸回来跟我妈说，他也太不识抬举了，我真是多余帮他，要不是你说话，我才懒得搭理他呢。我妈劝我爸，你再跟他好好说说，他就那个脾气，要不我去劝劝他。我爸说，你可拉倒吧，再劝出感情来。我妈白楞我爸一眼。

我爸第二次见李春满不是在办公室，而是直接去了他家。恰巧我在他家里看他研究电视机。自从遭雷劈后，他就对电子产品特别感兴趣，好好的电视机被他拆成一大堆小零件。我爸进门满脸和善，对着李春满的后背说，春满，我说的事你再考虑考虑，这个机会可不是谁都有，厂长非常重视这个事儿，干好了……李春满自言自语，这破玩意儿挺怪呀，这么一堆小玩意儿焊在一起就能出声出影儿，你说是不？可不咋的，挺神奇呀。他一走神儿，电烙铁杵在手指头上，他咬牙吸口气说，不疼是不？一点都不疼。我爸被晾在那儿，半晌没吭声。李春满往后瞟了一眼又说，你说这人是不有病，没人搭理还赖着不走，就赶紧走呗，你说是不是？可不是吗，还觍个脸等着上菜呀。

我爸吭叽摔门走了。

回到家我爸气得在屋里转圈，一边转一边骂，还拿自己当诸葛亮了哈，三顾茅庐，狗不吃屎活人惯的，就得让他挨大累，累出他屎来。我妈说你消消气儿，把鞋穿上，地上凉。

我爸已经跟厂长打了包票，要是推荐的人上不来，研发组开不了工，对厂长没法交代。骂归骂，事还得办，我爸只好厚着脸皮第三次踏进李春满的家门，这次还拎了两瓶小金斗酒。这回李春满的态度有所缓和，给了我爸正脸儿，语气也平顺多了。李春满说，咱是败军之将，被人家给收编了，就相当于俘虏，还争个啥脸儿啊面儿的，我告诉你老兰，人可以没傲气但不能没傲骨，我认可挨大累，也不可能跟你干，你就死了这份心吧。我爸阴沉了半晌，咬着牙说好，既然这样我就啥也不说了，你不是想挨大累吗，这事儿容易。我爸想把酒拎走，想想又放下了，说这酒你留着解乏用吧。

第三天李春满就被调到了动力科，倒煤。

六

一块墓碑被雨水冲倒了。

其实那块墓碑并不很大很沉，小蔫吧自己完全可以立起来。他一直从事体力劳动，比我可有劲儿多了，只是腿有点不灵便。今年雨水大，围墙外面的小河沟变宽，把墓地的土泡松软了。我和小蔫吧得先把墓碑前面的土垫实了。我跨过水沟，从围墙根儿扒砖头扔过去，小蔫吧用砖头垫出一块很结实的台地儿。墓碑被扶正，小蔫吧又用砖头塞在墓碑两侧，把墓碑挤住，然后培上土，踩实。整个过程小蔫吧都在自言自语。腿怎么还麻呢？使不上劲儿，给点劲儿，对，使劲儿，使劲儿……我突然产生错觉，李春满在我身边，自言自语，疼不？一点都不疼，我没事，能扛住，再加把劲儿就挺过去了。

李春满是被调到动力科一年后出的事。运煤的火车进入煤场，车厢分解，岔入两条卸煤线，卸完煤后，再挂到火车头上牵走。车厢之间的连接靠自动车钩相互碰撞。那天火车正在完成连接，车厢在车头的推动下一节节撞挂，李春满正从两节车厢中间穿越，挂钩穿透他的胸腹挂在了一起，被发现时李春满还没断气。火车司机是明白人，说不能摘挂钩，挂钩一摘人立马断气，得赶紧找领导和家属来，留遗嘱。没多一会儿，厂主管领导都来了，小蔫吧他妈也被找来了。我爸问李春满有什么话要留下，当时李春满的神志非常清醒，瞪俩大眼珠子使劲儿瞅着围观的人，眼神像两只手，在人群里乱抓，拼命想抓住点什么。我爸又问了一句，春满，留下句话吧。李春满自言自语，有点疼是不？是有点，没事，我能扛住，这点事儿不算事儿，咬咬牙就挺过去了，你说是不呢？就是，没事儿……

人群里有人开始哭了，不是小蔫吧他妈，她看第一眼就昏过去了。李春满好像没觉得自己能死，就那么一直瞪着眼睛瞅大伙，表情似乎还有点不好意思，好像自己做了错事，给别人添了麻烦。他自言自语着，我能扛住，没事儿，一点都不疼了……

我爸又说，春满，你得留句话呀，要不就来不及了。

李春满好像这才意识到自己活不成了，似乎想哭，但怕被人看着不好，努力憋着，想了想说，留话呀？那就让小波接我的班吧。

我爸一狠心说，摘。

挂钩一摘，一口鲜血喷出来，人立即死了。

李春满死后，小蔫吧按照遗嘱接了他的班。

我单腿跪地，双手扶着墓碑，就像面对面搭着一个人的双肩，这种姿势看上去一定很悲苦。墓碑是水泥浇筑的，凝固前用铁棍写上了字：

　　舅舅李春满之墓　生于一九五八年　故于一九九八年　外甥杜小波敬立。

过 霜

辛　酉

一

　　2003年10月24日这一天是霜降节气。早上不到五点，老邹就醒了。同一房间里，其他床位上的人仍在酣睡，各种节奏的鼾声此起彼伏。

　　老邹已经在这个三块钱一天的小旅馆里住了一个星期。他属蛇，刚好五十岁，是一个种甜菜的农民。甜菜的收购价格是一块钱一公斤。每天交房费的时候，老邹都会在心里默默叹息，四公斤甜菜就这么没了。这多出来的一公斤甜菜钱，是老邹付给旅馆老板的"广告费"。

　　老邹起床后去水房洗了把脸就离开了小旅馆。小旅馆大门旁边的墙上贴了一张寻人启事，不知被谁撕去了下面的一半，只剩"寻人启事"四个大字和印着一个小女孩黑白照片的上半部分还留在墙上。

"谁手这么贱!"

老邹皱了皱眉,在心里暗暗骂了一句,转身走进小旅馆。少顷,他两手捧着一张完整的寻人启事返回,寻人启事的背面满满地糊了一层厚厚的胶水,被老邹贴上墙后,不仅覆盖住原先那个只剩一半的寻人启事,还从四边溢出不少胶水,弄得老邹满手都是。

老邹一边对搓着双手,一边注视着那张寻人启事上的文字:寻人启事,邹树菊,女,小名满月,1978年农历八月十五出生,家住黑龙江丰水县邹家庄,于1983年5月8日在自家院内失踪……

邹树菊是老邹的女儿,这些年来,只要老邹出门到外地办事,都会带上几十份寻人启事。这次也不例外,小旅馆老板本来不让老邹在旅馆门口贴,但禁不住老邹一再恳求,外加一天一块钱的"广告费",才勉强同意了。

重新贴完了"广告",老邹直奔老黑山而去。自从三天前在老黑山上仅存的一棵有百年以上树龄的刺楸树下找到那个宝贝后,老邹每天吃过早饭都要上山巡查。午饭后再去一次,晚饭后还会去一次。在老邹的家乡黑龙江丰水县邹家庄,早在半个月前就已经下霜了。老黑山地处辽南地区,下霜时间要晚一些。老邹来的这个星期,早晚的温度始终在零摄氏度以上。

农民对天气总是有一种特殊的敏感,老邹心里清楚,随着每天最低温度逐渐接近冰点,下霜时间就在这一两天内。他有点等不及了,此时的他格外担心那个宝贝会被别人拿走。老邹原本是准备去小旅馆附近的油条摊儿上吃早饭的,但是他临时改变了主意,直接上山。

小旅馆和老黑山相距不远，走五分钟就来到山脚下。按照街坊胡神医的说法，曾经的老黑山，满山都是百年以上树龄的刺楸树。日本人占领东北那会儿，为了修铁路、建厂房，从老黑山上砍伐了大量刺楸树，使百年以上树龄的刺楸树数量大为减少。由于刺楸树也是做家具的好材料，多年来不断有人私自上山偷伐。到20世纪90年代中期，山上百年以上的刺楸树已经屈指可数了。老邹来到老黑山后发现，山上的刺楸树虽然数量可观，但以小树居多。老邹用了整整四天时间，把老黑山翻了个遍也没发现一棵树龄超过百年的刺楸树。后来，老邹终于在半山腰的一块巨石旁边找到一棵，并且在树下发现了宝贝。

　　清晨的老黑山被一层薄雾笼罩，空气中氤氲着泥土的芬芳。老黑山不高，老邹爬了不到二十分钟就来到半山腰。和前几天不同的是，这次老邹的脚步有些沉重，心里始终七上八下的。他担心有意外发生，宝贝会被人拿走。好在到了那棵刺楸树下，老邹看到宝贝安然无恙，这才松了一口气。

　　宝贝是一株通体青褐色的蘑菇。蘑菇的菌盖很大，边缘微微翘起，看起来像片荷叶，"荷叶"上有两个对称的像龙角一样的凸起，故而得名龙菇，是一种极其珍贵的中药材。老邹听胡神医说，在中国，只有辽南地区的山上有这种龙菇，而且它只生长在树龄百年以上的刺楸树下面。

　　老邹临来的时候，胡神医还特别叮嘱过他，龙菇只有过霜才具药性，也就是说只有被霜打过的龙菇才能入药。否则，它和其他的普通蘑菇没有什么两样。老邹牢牢地将胡神医的话记在心里，这三天来一直按捺住迫切的心情，等待下霜那一天到来。

老邹蹲下身子，小心翼翼地伸手将落在龙菇上的树叶和杂草捏掉。他的动作很轻，仿佛自己一个不小心就能碰醒熟睡中的婴儿一样。其实这对老邹来说是一个比较纠结的问题。按理说，为了避免龙菇被别人发现，他应该找东西将它覆盖住。但真若如此，一旦下霜，龙菇就无法充分过霜了。老邹必须让其充分暴露在空气之中，每天不得不提心吊胆的。

过了一会儿，老邹的两条腿蹲得有些麻了，不得不慢慢站直了身子，等两条腿缓过劲儿来后才转身离开。

老邹刚走了没几步，就隐约听到不远处传来一阵窸窣的脚步声。他不由自主地停下脚步，侧耳辨听。确定是人的脚步声后，他连忙猫着腰闪身躲到一旁的巨石后面，不时探头向脚步声传来的方向窥视一眼。

不一会儿，一个身材短粗的年轻小伙子出现在老邹视线里。小伙子看起来二十岁上下，身后背了一个黑色大书包，一边走一边低头四处踅摸着什么。

莫非遇到了同道中人？想到这儿，老邹不由得心下一紧。但是他更担心的是，那株龙菇会被小伙子发现。

小伙子一点一点地向那棵刺楸树靠近，老邹的心也一点一点地提到嗓子眼儿，两条眉毛渐渐拧到了一起。最终，他担心的事情还是发生了。

小伙子在龙菇前驻足后，迅速卸下身上的书包，从中掏出一张纸来，然后蹲下身子，将手里的那张纸伸到龙菇旁边比对了一下。旋即，小伙子突然从地上弹了起来，不停地挥舞双拳，忘情地欢呼着，仿佛运动员成为世界冠军一样兴奋。

小伙子欢呼完了，再次俯下身子向那株龙菇凑近，左手直接伸向龙菇。老邹情急之下，倏地从巨石后面跳了出来，同时大喝一声："住手。"

小伙子被吓得一个激灵，伸出去的左手也自动缩了回去。趁小伙子愣神儿的间隙，老邹一个箭步冲上前，一把推开小伙子。他挡在小伙子面前，用自己的身体将小伙子和那株龙菇完全隔离开。

"你干啥?"老邹质问道。

小伙子刚被老邹推了一个趔趄，还在发蒙，嘴唇开合了一下，却没发出声音。小伙子随即扬起右手上拿着的那张纸，老邹定睛一看，纸上赫然印了一株龙菇的彩色照片。

老邹确定，眼前的小伙子是同道中人，但嘴上还是问道："小兄弟，你知道这是啥吗? 能干啥用?"

"这是龙菇，是一种药……"小伙子刚说到"药"字时，停顿一下，他在这个时候也彻底回过神儿来，"……龙菇是一种食物。"

小伙子突然改口明显是在耍小聪明，老邹断定，这个小伙子只是一个按图索骥的外行。

老邹撇了撇嘴，不屑道："你刚才要是把它摘下来了，它还真就是一种食物。"

小伙子似乎有些不明所以，用一双大眼睛定定地望着老邹，一脸茫然，好半天才又开口道："大叔，你让开，俺要摘了它，是俺先发现它的。"

"小兄弟，你别瞎搞。它只有被霜打过，才是药材。"老邹眉头紧锁，板着脸说道。

小伙子怔了一下，蛮横地说道："俺不管什么霜不霜的，是俺先发现的，俺现在就要摘了它。"

小伙子说着就上前一步，伸出一只手去扒拉老邹，想把老邹推开。老邹下意识地抬起胳膊挡了一下，杵在原地纹丝未动。老邹严肃道："要说谁先发现的，那也是我先发现的，我三天前就发现它了。"

"那你三天前怎么不摘了它?"小伙子追问。

"我刚才说过了，它只有被霜打过才是药材。这三天我一直在等着下霜呢。"老邹争辩道。

小伙子不甘心，又朝老邹冲了过去。老邹也不甘示弱，在小伙子近身的一瞬间，猛地伸出双手狠狠地推了小伙子胸口一把。小伙子踉跄着后退了几步，才勉强站住不致摔倒。

老邹身上穿了一件旧的卡蓝布中山装，是当年结婚时专门到县城花三块五毛二分钱定做的。此时，他将衣服的两个袖子撸起，露出结实的小臂，摆出一副要打架的架势。

小伙子并没有畏惧，再次勇敢地迎了上去，和老邹怒目相向。双方剑拔弩张，一场男人间的较量一触即发，气氛骤然紧张起来。二人在胶着中对峙，却谁也没有贸然动粗。

老邹不想先挑起战争，但是，如果小伙子硬来的话，他绝不会客气，豁出这条老命也要与之殊死一战。小伙子梗着脖子瞪着老邹，心里掂量着双方的实力对比，自己虽然年轻，但个子矮，身形也相对瘦削，面前这个身材魁梧的老头儿一看就知道是个庄稼汉，身上有一把子力气，一旦真动起手来，自己很可能不是对手。所以小伙子十分清醒，采取了以静制动的策略。

二人在沉默中僵持了好半天，谁也没有退缩。老邹在气势上要更胜一筹，他将双手握拳，擎到胸前，像个拳击手一样，又像是一只在危险面前翅身炸裂的螳螂。

渐渐地，小伙子有些泄气，整个身子也松弛下来。这些自然被老邹所洞察，他赶紧趁势劝道："小兄弟，为啥非得在这一棵树下吊死？老黑山这么大，你再到别处寻寻看。"

老邹的这句话似乎起了作用，小伙子最终悻悻而去。老邹长舒了一口气，但知道危机并没有解除。他判断，小伙子很可能再回来。

老邹深深地意识到，在正式下霜之前，他必须二十四小时全天候守在那株龙菇前才能确保万无一失。可是，这看起来是一个不太可能完成的任务。老邹的肚子早就咕咕作响了，他十分后悔，早上吃点饭再上山就好了。但是老邹顾不了那么多了，只能被动地守在那株龙菇前。

老邹盘腿在那株龙菇前的草地上坐了一会儿，从肠道传来一阵便意，遂起身来到巨石后面解决问题。刚蹲下身子，老邹就觉得这个地方离龙菇有些远，万一有突发情况，想补救都来不及。于是，老邹又提着裤子来到小伙子刚才离开走过的草地上。这样就安全多了，小伙子即使折回来，老邹也能及时发现。

老邹拉完屎后，又回到那株龙菇前坐了下来，久久地望着那株龙菇出神儿。这种枯坐特别无聊，为了打发时间，老邹不得不让自己的脑细胞活跃起来。那株龙菇在老邹眼里慢慢变成了娘的脸，进而又变成媳妇的模样，最后出现的是女儿满月的面庞……老邹也顺着这个思路，回忆起了自己的人生是如何一步一步走到眼前这株龙菇前的。

二

　　二十年前的5月8日是一个星期天，老邹和媳妇一起去集上买化肥。临走时，五岁的女儿满月央求着要跟着一起去。老邹也想带孩子一起去集上，可媳妇嫌带着孩子采购不方便，把满月留在了家里由老邹娘照看。不承想，老邹娘上了一趟茅房回来后发现，独自留在院子里玩耍的满月不见了踪影。

　　后来，村干部发动全村人一起出去找了很久也没找到满月，很多人都说满月肯定是被人贩子给拐走了。满月就这样消失在了老邹一家的生活里，可老邹的厄运却才刚刚开始。先是苦寻女儿无果的媳妇承受不住精神上的打击跳河自尽。紧接着，老邹被查出得了肺癌，已是晚期。万幸的是，老街坊胡神医用家传秘方拯救了老邹的生命。

　　胡神医的药很特别，是一种贴在后背上的外用药。由多种药材打磨成粉末状，再配上五十五度的玉米酒搅拌在一起，最后像贴饼子一样贴到患者的后背上固定好。三个小时后等药饼里的酒精蒸发干净了，就把药饼揭下来再重新倒入一定比例的五十五度玉米酒搅拌。患者要每隔三个小时换一次药，而且一天二十四小时都要将药饼贴在后背上，十分遭罪。

　　老邹背了整整两年药饼才将病情稳定住，这个过程可苦了老邹娘。两年的时间，天天给老邹换药、上药，她没睡过一个囫囵觉，不仅累弯了腰，两个手掌也不知道被酒精烧掉了多少层皮。此后，娘儿俩便相依为命，勉强过活。直到2002年冬天，老邹娘也被查出得了肺癌。

　　起初，老邹自以为有胡神医在，娘的病保准能治好，大不了自己辛苦点，给娘换两年药。他还寻思着正好可以借这个机会好好报答报答娘。谁知，胡神医的药用在老邹娘身上，虽然病情暂时控制住了，却迟迟不见好转的迹象。老邹对此大为不解，胡神医后来道出了实情。原来药里缺了一种最关键的药材——龙菇。

　　世事难料，时过境迁。老邹当年用药时，龙菇还十分常见，到了2003年，却变成了珍稀药材，市面上根本买不到。老邹不能眼睁睁地看着老娘坐以待毙，按照胡神医的指点，只身一人跋山涉水，到老黑山来碰运气。胡神医交代过，只要能采到一株过了霜的龙菇，老邹娘的病就一定有救。老邹是幸运的。不过，幸运的老邹眼下却面临严峻的挑战。

　　这段时间天天和老黑山打交道，老邹已经完全摸清了老黑山的气候规律：两头凉，中间热。太阳出来后，温度逐渐升高。老邹在又饿又渴的同时，又多了一份燥热。

　　事情果然如老邹所料，小伙子四处转悠了一圈后又折了回来。他远远地看到老邹坐在那棵大刺楸树下面，顿时相信了老邹之前说的话。不过，这不代表他放弃了对那株龙菇的觊觎。他慢慢地向老邹走近，同时在心里面琢磨着接下来的对策。

　　倏地，小伙子感觉到自己的左脚踩到了一摊黏糊糊的东西上面，低头一看发现左脚陷进一摊大便里，赶紧条件反射地把脚从那摊屎中拔了出来。小伙子亮出鞋底瞧了瞧，上面沾满了鲜黄的粪便。从新鲜程度上看，显然是人刚刚排泄出来的。至于是谁排泄的，用脚后跟都能想到。最要命的是，小伙子脚上的解放鞋穿的年头不短了，左脚的鞋底下破了好几个小洞，此刻也都被屎给填满了。

小伙子感到一阵阵作呕，在气恼的同时，将鞋底反复在草地上摩擦着。他用愤恨的目光盯着老邹，盯着盯着，左脚上的动作慢慢停了下来。他忽然有了个主意，觉得有必要也恶心一下那摊屎的主人。

小伙子随后来到老邹身旁站定，他故意让自己的左脚紧挨着坐在草地上的老邹。老邹很快就闻到了从小伙子脚底下飘散出来的臭味，忍不住伸手掩住鼻息，同时将身子向一旁挪了挪。老邹本想发火，但马上就明白了小伙子刚刚遭遇了什么，不由得捂着嘴咯咯地坏笑起来。可是，手刚从鼻子上挪开，臭味旋即就往鼻孔里钻。老邹不得不重新用手掌覆盖住鼻子。

小伙子见状，没好气地嚷道："怎么？你还嫌乎自己的味啊！"

老邹斜楞了小伙子一眼，没搭腔。

片刻之后，小伙子又开口道："大叔，你就这么一直坐在这里等着下霜？"

小伙子的语气和之前相比缓和了不少，老邹大约是猜到了小伙子的意图，连头都没抬，继续沉默以对。

小伙子接着眉飞色舞地说道："俺知道大叔是个内行，也是个明白人，但一直坐在这儿等也不是个办法。不如这样，咱爷儿俩按规矩来，见面分一半。龙菇在外面有人专门收购，一株能卖五万块，咱俩一人两万五成不？"

老邹冷笑了一下，还是没吱声。

小伙子顿了一下，兴冲冲地说道："要不你三万，俺两万也成。"

老邹板着一张脸，慢条斯理地从嘴里吐出两个字："没门儿。"

话音刚落，老邹又挪了一下身子，将自己宽广的后背留给小伙子。小伙子脸上的兴奋骤然退却，颇为无奈地摇了摇头，气急败坏地喊道："成，那你就坐在这里等吧，有本事就一刻也别离开。俺就在一边躲着，你只要一走，俺就立马把龙菇摘走。俺才不管什么过不过霜的，只要能换钱就成。"

小伙子说完之后头也不回地走了。

小伙子最后说的话直接戳到了老邹的软肋，小伙子明显已经吃准了老邹进退维谷的心理。形势对于老邹来说异常被动，他不可能和小伙子分享那五万块钱。钱对老邹来说没有意义，他需要的只是龙菇，一株就足够。

面对小伙子的咄咄逼人，老邹想不出更好的应对方法，唯有继续坚持。至于能坚持多久，老邹自己也不确定。

此时已是晌午了，整整一个上午，老邹一口饭没吃，一口水没喝，早已饿得前胸贴后背。老邹抿着紧绷绷的嘴唇，起身四下巡视，以期找到可以充饥的东西。由于老邹搜索的半径十分有限，他必须让那株龙菇在自己的视线范围内，因而想找到吃的东西概率极低。搜索了一圈后，老邹一无所获，他不得不无奈地重新坐回到那株龙菇前一动不动，尽量避免体力上的消耗。

为了分散注意力，让自己暂时忘记饥渴，老邹搜肠刮肚，在记忆里寻找着过去发生的趣事，最后发现自己五十年的人生，所经历的痛苦似乎远远多过快乐。老邹也自然而然地想到了自己那苦难了一辈子的老娘。老邹临走时，将娘安顿在姐姐家里。他不知道这段时间，娘过得好不好，小性子的姐夫有没有给娘脸色看。

一只乌鸦落在刺楸树上，张开尖喙发出一阵嘶哑而又沉闷的叫声，迫使老邹中断了思绪。他本来就心烦，抬头一看是只乌鸦在捣乱，更是气不打一处来。在中国人的传统意识里，乌鸦是不祥之物，老邹觉得这时候突然冒出一只乌鸦并不是啥好兆头，遂信手捡了一块石头朝乌鸦掷去，没击中。被惊动的乌鸦张开两翅，飞走了。

老邹坐在地上的时间长了，腰有些发酸，只好站起来活动活动筋骨，顺便也查看一下周围情况。举目四望，一片寂静。但老邹却觉得目光所及之处有一种草木皆兵的感觉，那个小伙子指不定正躲在哪个角落趴着呢。不过，老邹估计小伙子也有可能正在享用午餐。

三

老邹想得没错，此时小伙子正在山脚下的一个拉面馆美滋滋地吸溜着一碗热气腾腾的拉面，额外还要了两个茶叶蛋。

小伙子一边吃一边在心里盘算着。他笃定，自己的突然出现打了那个老头儿一个措手不及。老头儿提前没有准备，又不敢离开原地，中午饭肯定是吃不上，现在怕是早就饥肠辘辘了，而自己却进退自如，有充分的时间做准备。

小伙子打着饱嗝儿离开了拉面馆后，去了一趟小卖部，买了一大堆吃的喝的，把那个黑色的大书包塞得满满当当的。他要回到那棵刺楸树下和那个倔强的老头儿打一场持久战，并且坚信老头儿最后必然会妥协，他自己一定是这场战争的胜利者。

小伙子背着大书包再次向老黑山进发。虽然身上的重量比原来沉了不少，但他的脚步却轻锵有力，虎虎生风，没用上一刻钟就来到半山腰。

小伙子看到老邹仍然坐在那株龙菇前，立即有了欣喜的发现。老邹明显有些发蔫，不再是上午那种端坐的姿势，不仅背驼了，脑袋也耷拉下来了。看来情况与预计的差不多，小伙子原想找一个老邹看不见的地方躲起来，但是此情此景让他改变了主意，索性找了一个离老邹不远的地方一屁股坐了下来。

小伙子走动时发出的声响，惊动了正在发呆的老邹。老邹循声望去，看到上午见到过的那个小伙子正在自己左侧斜后方七八米远的地方安营扎寨。

老邹心想这下坏了，从那个鼓鼓囊囊的书包就能看出来，小伙子这次是有备而来。

尽管已经吃饱饭了，但小伙子坐下来后还是从书包里掏出一包方便面啃了起来，并且嘴里故意发出很大的声音。

少顷，方便面啃完了，小伙子又从书包里拿出一瓶可乐拼命喝了两大口，喝完后立即张开嘴巴，两声响嗝儿迫不及待地钻了出来。小伙子的举动对老邹来说，无疑是一种感官上的刺激和精神上的折磨。在小伙子有意识地不断"启发"下，饥渴越来越频繁地挑动着老邹脆弱的神经。他有些撑不住了，不过，他自有办法来应对。每一次饥渴侵袭时，他就让娘那张饱经风霜的脸出现在脑海里。只要一想到老娘，老邹的身体里就会自动分泌出无穷的动力来。

小伙子这边嘴上一直没闲着，不停地吃着喝着。老邹那边脑海里不断闪回着老娘的形象。双方进行的是一场无声的博弈，小伙子一边吃着一边密切注视着老邹的一举一动。这情形有点像很多年前小伙子在《动物世界》里看到的画面：一头老野牛已饿得奄奄一息，一只秃鹫静静地立在一旁，等待着老野牛死亡的那一刻到来。

想到这里，小伙子蓦然回忆起，当初是和秀欢一起看的《动物世界》，现在自己和这个老头儿争龙菇，也是为了能和秀欢一辈子在一起。他眼前立即浮现秀欢那张俊俏的脸，小伙子两个嘴角不自觉地扬起，他的信心更足了。

就在这时，小伙子突然看到不远处的老邹身体剧烈地抖动了一下，继而又连续抖动了好几下，最后整个人栽倒在一边。

小伙子连忙放下手中的一盒饼干，起身来到不省人事的老邹跟前。只见老邹的头上和脸上全是豆大的汗珠，身上的衣服也被汗水浸湿了，身体还在不住地颤抖。

小伙子凭直觉判断老邹八成是低血糖了，心中不禁暗喜，这正是拿走龙菇的好机会。但他转念一想，自己毕竟是个外行，龙菇过没过霜在他眼里没什么区别，可那些收药材的都是内行，一旦被发现龙菇没过霜，自己不仅白忙乎一场，老头儿万一有个好歹，自己麻烦更大。不如自己先做个好人，取得老头儿的信任，再争取平分卖龙菇的钱。

打定主意后，小伙子迅速跑回自己刚才的位置，一手抓过放在草地上的那瓶喝过两口的可乐，一手拿起那个大书包，随后返回到老邹面前。小伙子将老邹扶起后，将其上半身靠在大书包上，然后赶紧将可乐的瓶盖拧开，一只手扒开老邹那快要皲裂的嘴唇，另一只手将瓶口送到老邹嘴边，瓶子里的可乐缓缓进入老邹的口中。

片刻，老邹恢复了意识。在清醒的一刹那，老邹霍地坐直了身子，两道锐利的目光直接射向那株龙菇，在确认那株龙菇完好无损后，才松了一口气。

小伙子已经猜到了老邹的心思，一本正经地说道："俺可不会乘人之危，俺没那么不要脸。"他一边说着，一边拿起自己的东西气哼哼地回到了原来的位置重新坐下来。

老邹的口腔里还残存着可乐的味道，知道是小伙子刚才帮了忙，遂朝着小伙子的方向道了声："谢谢哈。"

小伙子把头扭向一边，继续佯装生气，没搭理老邹。

老邹见状，又用十分友善的口气问道："小兄弟咋称呼，今年多大了?"

这次，小伙子回应了，"俺叫冯涛，今年二十二。"

"虚岁还是周岁?"

"周岁。"

"噢，属鸡的，1981年生人。"

冯涛点着头说道："嗯。大叔，你贵姓? 什么地方人?"

"我姓邹，从黑龙江丰水县邹家庄来的。"

老邹和冯涛你一言我一语地隔空闲聊了起来。

"小冯兄弟是啥地方人哪?"

"河北省曲山县。"

"咋跑老黑山这儿采药来了?"老邹不解地问道。

冯涛深深地叹了一口气，道："俺家有个远房亲戚住在这边，早些年借了俺家两千块钱一直没还。俺二姐最近得了心脏病，得用一大笔钱做手术。俺娘让俺过来找那个亲戚要钱。结果俺到了这儿才知道，那个亲戚前年就去世了。钱没要到，俺就准备回去，结果在火车站附近的一个集市上瞎溜达时，路过一个收中药材的地摊。上面全是各种药材的照片和收购价格。听那个摊主说，龙菇以前在老黑山上有的是，最近几年才绝迹。俺就跟摊主要了张龙菇的照片，寻思着上这儿来试试，没想到还真遇到了。"

"小冯兄弟，不瞒你说，叔也是有难处……"老邹愁眉苦脸地说道，将自己的处境和盘托出，"……我现在缺的就是这株龙菇，这株龙菇就是我娘的命。要不然，我一定和你平分那五万块钱。小冯兄弟，你和叔不一样，你缺的是钱。但话又说回来了，寻钱的路子多的是，你又年轻，再寻寻别的法子行不?"

话说到最后，老邹几乎是用哀求的语气和冯涛商量。

冯涛面露难色，嗫嚅道："大叔，俺也难哪！说句实在话，俺但凡是有点别的法子，都不会在这儿和你争这株龙菇的。你说的话不假，俺只是缺钱，但俺缺的是急钱，俺二姐的心脏病挺严重的。大夫说得赶紧换什么瓣膜，要不然俺二姐就没命了。可做那个手术得七八万，俺家是农村的，没有医保，全得自费，一个农民家庭一下子上哪儿弄那么多钱！俺二姐现在就躺在医院里等着俺拿钱救命啊！"

冯涛的一番话说得不仅入情入理，还特别诚恳。老邹不由得对冯涛心生怜悯，却也无能为力，一时不知道该说啥好了，但他不知道的是，冯涛说的不全是实话。

冯涛的二姐确实得了很严重的心脏病，心脏里的四个瓣膜需要全部置换。由于费用太高，冯涛家负担不起，只能先换两个。手术已经做完了，花了将近五万块钱，不仅把冯涛家的家底掏了个空，还欠了一屁股外债。冯涛和同村的姑娘秀欢相好多年，早就定了亲，两家原本商定，等冯涛到了能领结婚证的年龄，就拿着彩礼钱去秀欢家将秀欢接走。

秀欢家开出的彩礼钱是三万，冯涛和爸爸这两年一直在城里打工，本来彩礼钱已经攒够了。谁知冯涛二姐这一病，钱全都搭进去了还不够。为此，秀欢家放出话来，明年元旦之前，如果冯涛家拿不出彩礼钱，这门亲事就算拉倒了。眼瞅着时限马上就到了，冯涛急得火上房，想尽一切办法筹钱，却没有任何进展。

冯涛见老邹这边没动静了，也无话可说。场面在窘迫中重新归于平静，但是气氛却比之前还要紧张。看来在那株龙菇前，老邹和冯涛的矛盾是不可调和的，他们二人也都意识到了这一点。两人彼此之间又开始了沉默，很长一段时间里，谁都没有再说一句话。

不知不觉中，太阳偏西了。阵阵秋风吹来了凉意，山上本已泛黄的各种植物被掩映成炫目的金色，在秋日下摇曳着身姿，闪闪发光。形势对老邹来说越来越被动，这从他和冯涛小便次数的对比上就能看得出来。冯涛中午回来后就已经尿了两次尿了，而老邹因为一直没怎么喝水，一次也没尿。身体里唯一有机会转化成尿液的一点体液，也在那次昏厥中以汗液的形式离开身体。

天色一点点暗了下来，冯涛在一番大吃二喝之后，悠闲地点上一支烟抽了起来。从冯涛鼻孔里喷射出来的烟气，顺着微风慢慢飘向老邹那边，还没等飘到老邹身边，就被空气稀释得无影无踪。但是，老邹却是切切实实地闻到了烟的味道，这促使他强打起精神来。脑海里再次闪现老娘的脸，老邹不停地在心里告诫自己：一定要挺住，绝不能放弃。

夜幕慢慢降临，刺楸树周围不时响起鸟鸣、虫鸣，唯独一直没人说话。随着夜色加重，气温骤然走低。这和老邹提前关注的天气预报相吻合。老邹坐在草地上的体感温度似乎已降至冰点之下，等到了下半夜还会更冷。看起来真的要下霜了，可是老邹却高兴不起来，和饥饿、口渴相比，寒冷才是此时的他要面对的最大敌人。而不远处的冯涛为抵御寒冷，已将事先准备好的一件旧军大衣穿在身上。冯涛的大脑一直处于高速运转的状态，经过反复演练，他已经盘算好了一套对付老邹的方案。

黑暗中响起了冯涛的声音，他不失时机地开口了。

"大叔，天儿越来越冷了，你穿得那么少能扛得住吗？到明天早上，就算你不吃不喝饿不死，也肯定得被冻死，不如……"冯涛故意停顿下来，显然是想让老邹知难而退，同意和他分享那五万块钱。

老邹铁青着脸站起身来，面朝冯涛的方向站定。尽管眼前黑乎乎一片，并不能看清冯涛的面部表情，但老邹猜测，冯涛此时一定是一脸得意，等待老邹的投降认输。

老邹不想认输，也不可能认输。但是，如果不认输就意味着死路一条。俗话说"穷则思变"，老邹非常清楚自己眼下的处境，这么耗下去自己必输无疑，必须想办法扭转不利的局面。

老邹思索了一会儿，想到了一个好办法，却又犹豫不决。因为这个好办法需要借助谎言来实施。老邹这个人实在了半辈子，从没撒过谎，从小娘就教育他："做人要诚实，骗人遭雷劈。"但是眼前的形势，又由不得他考虑太多。万般无奈之下，他一咬牙，忽然朗声大笑起来。这笑声来得非常突然，在寂静的夜色中显得格外突兀。冯涛吓了一跳，心里有点发毛，很好奇老邹接下来要干什么。

大笑过后，老邹故作轻松地问道："小冯兄弟，你太天真了，你以为拿到这株龙菇就真能换到五万块钱吗？我问你，你碰到的那个收中药材的人是不是一个干瘦的小老头儿？六十多岁，秃瓢，一脸麻子。"

闻听此言，原本也是盘腿坐在草地上的冯涛眉头微蹙，迅速站了起来向老邹走了过去："大叔，你是怎么知道的？"

"不只这些呢，我知道得多啦。我还知道那个小老头儿姓魏，对不？"老邹问道。

冯涛懵懂地应了一声："对呀。"

"实话告诉你吧小冯兄弟，你跟老魏头儿要的那张龙菇的照片就是我给老魏头儿的。我让他也帮着我找龙菇，还答应他如果真找到了给他五万块钱。其实我是骗他的，我根本拿不出那么多钱，我这次出来，身上总共就带了不到两千块钱。所以说，就算你得到了龙菇也拿不到五万块钱的。"

老邹的一席话令冯涛呆若木鸡，惊大的嘴巴好半天都没合拢上。他感到难以置信，却又不得不信，老邹话里的许多细节和实际情况都能对应上。不过，冯涛的脑子灵光得很，反应也快，迅速找出了老邹话里的破绽。老魏头儿在给冯涛那张龙菇的彩色照片时，曾随口说过，照片是老魏头儿在五年前自己亲自照的。这和老邹刚刚的说法有出入。

但是，冯涛没动声色，立即在心里调整了应对方案。片刻之后，冯涛猛然扑通一下滑跪在地上失声痛哭起来，凄厉的哭声回荡在空旷幽静的山谷中。

老邹心里堵得厉害，有种说不出来的难受。他误以为自己的小伎俩得逞了，冯涛认输了。

老邹的确跟那个收中药材的老魏头儿见过一面，不过是向其求购龙菇。老魏头儿手头上并没有龙菇，当然了，即使手上有，老邹也拿不出那么多钱来买。

"俺媳妇的命怎么那么苦呢！来俺家后净遭罪了，没享过一天福……"冯涛貌似悲悲戚戚地哭诉着。

老邹有些于心不忍，想安慰冯涛，又不知道该说啥好。

冯涛表现得很难过，哭诉时断时续："俺俩摆完酒席后，她就总喊着喘不上气，特别是下地干活儿的时候。刚开始俺娘还说她偷懒，后来去县医院检查才知道是得了大病……一听说做手术要花好几万，俺媳妇马上就说不治了，俺答应她，拼了命也要弄钱给她做手术……"

冯涛痛哭流涕地说着，老邹却越听越糊涂，忍不住插嘴问道："到底是你二姐病了还是你媳妇病了？"

"俺二姐也是俺媳妇。"冯涛不假思索道。

冯涛语出惊人，也让老邹迫切地想知道下文。

冯涛调整了一下情绪，继续倾诉："俺两岁那年，得过一场大病。俺娘听算命的说，俺的病得冲喜才能好。得找一个比俺大三岁，还得是八月十五中秋节出生的女娃给俺当媳妇。后来，俺娘通过一个人贩子买来了俺姐。今年春节，俺俩正式摆了酒席。俺姐进俺家整整二十年了，这二十年来，俺二姐从没出过俺们村，俺娘总怕她跑。俺俩办喜事那天晚上，俺二姐和俺说想到外面看看。俺答应了，可俺娘一直拦着不让。没想到……没想到俺第一次带俺二姐出村，却是去县医院瞧病。呜呜呜……俺对不起俺二姐呀！"

冯涛说着说着就又开始抽泣起来，并且愈演愈烈，最后发展到哭天抢地的程度。

冯涛的这番话让老邹惊诧不已，尤其是听到冯涛媳妇的生日是中秋节时，仿佛有一颗地雷在心里炸响。表面上虽然是目瞪口呆的表情，脑海里却飞快地将这几个关键信息延展、拼接到一起。冯涛是1981年出生的，比他大三岁就是1978年出生，而女儿满月就是在1978年中秋节那天出生的，所以才取了"满月"这个名字。冯涛的二姐是在二十年前被人贩子卖到冯涛家的，而二十年前也就是1983年，这和满月失踪的时间正好吻合。天底下会有这么巧的事情吗？想到这儿，老邹感到血脉贲张。遽然间，他想起了什么，猛地上前双手揪住冯涛的衣领，直接将冯涛拎了起来，用颤抖的声音问道："你媳妇左边脖子上是不是有一块小手指甲盖那么大的红痦子？"

冯涛顿时停止了啜泣，像是被吓傻了，没有马上做出回应。

老邹急了，大声喝道："你说话呀！"

冯涛定定地望着老邹，好半天才吞吞吐吐地嘟囔出一句："你……你……你是怎么……怎么知道的？"

老邹颓然松开了双手，像一个漏了气的气球一样极速瘪了下去。他自己一如刚才的冯涛一样滑跪到地上，面如死灰，嘴里反复喃喃自语："咋会这样！咋会这样！"

此时此刻，老邹深刻体会到了娘教育他的那句话："做人要诚实，骗人遭雷劈。"老邹确信，冯涛身患重病的媳妇就是自己失踪多年的女儿满月，此时的满月正躺在医院等着冯涛给她筹集救命钱。另一头，老邹的老娘也在苦苦等待龙菇续命。可眼下龙菇只有一株，它无法同时挽救两个人的生命。

经过了大半天的钩心斗角，老邹才在与冯涛的缠斗中险胜。可是，在老邹的内心深处，另一场惨烈且异常残酷的思想斗争才刚刚开始。无论最终结果是什么，老邹的余生都注定要在懊恼和自责中度过。

老邹又重新坐回到那株龙菇前，冯涛也拿着自己的全部"家当"凑到老邹身旁，两个对手终于坐到了一起。冯涛拿出一袋面包和一瓶矿泉水放到老邹面前，同时脱下身上的军大衣披在老邹身上。老邹像一座雕像一样任由冯涛摆布，在冯涛的再三催促下，老邹喝了几口水后就又恢复了雕像状态。那袋面包他自始至终没碰过一下，一整天没吃东西的老邹似乎已经忘记了饥饿。

见老邹久久不发一言，冯涛心里清楚老邹已经上当了。中午下山吃拉面的时候，冯涛曾路过老黑山下唯一的那个小旅馆，小旅馆面前的那个寻人启事，他虽然只看了个大概其，但通过老邹的自我介绍，马上就对上了号，这才有了刚才的那番声泪俱下的表演。

冯涛还得继续演下去，又拿出烟来，装作垂头丧气的样子独自抽了起来。

"给我来一支。"老邹面无表情地说道。

冯涛忙不迭地将一支烟递给老邹，再帮其点燃。

烟点燃了，老邹却开始剧烈地咳嗽起来。他已经整整二十年没抽过烟了，当年查出得了肺癌后，老邹就戒烟了。久违的烟气突然串入口腔，身体一时不能完全适应。好在这种不适很快就消失了，老邹和冯涛在缄默中各自吞云吐雾，老邹抽完一支后又向冯涛要了一支，第二支抽完后又要了一支，如此反复，老邹一支接着一支，接连抽了七支后，冯涛干脆把剩下的连盒带烟和打火机都塞到老邹手里。

从老邹嘴里吐出来的烟像雾一样朦胧，被这份朦胧笼罩下的头脑却越发清醒和理智。老邹明白，要尽快在这场痛苦的抉择中做出自己的选择。毕竟，时间是不等人的。

冯涛自知自己今日的戏份儿演得差不多，可以放心睡大觉了。他倚着那个书包很快就睡着了，半张着嘴巴发出细微的鼾声。老邹兀自一人抽着闷烟，黑暗中烟头忽明忽暗。老邹的心绪也在郁结和左右为难中起起伏伏。最后一支烟抽完了，老邹在撚灭烟蒂的同时，也给出了那道选择题的答案：先救满月！

夜里，真的下霜了。等到天亮，落下来的霜又变成了一个个细小的露珠，静静地附着在龙菇的菌盖上，尽情享受着阳光的沐浴……这一系列过程被一宿没合眼的老邹完整地见证着。

老邹觉得是时候采下龙菇了，他唤醒了仍在一旁酣睡的冯涛，然后亲手将那株龙菇小心翼翼地连根摘下。他手上的动作很轻很慢，使得龙菇根部能够完整地从泥土中一点点暴露出来。

冯涛揉着惺忪的睡眼，在一旁目睹了整个过程，当老邹面色凝重地将那株伴着泥土清香的龙菇递给他时，冯涛心中狂喜，但他没有伸手去接龙菇，装作很茫然的样子望着老邹，静待老邹接下来要说的话。果不其然，在老邹承认自己之前撒了谎，又将自己认为的实情全部说出来之后，冯涛最重要的一戏场终于上演了。他犹如一尊塑像一般呆立着，喃喃自语："怎么会这么巧！怎么会这么巧！"

见冯涛一直没伸手接龙菇，老邹急了，强行将龙菇塞到冯涛手里，并且怒吼着命令冯涛找东西把龙菇包好。

为保险起见，老邹决定陪冯涛一起去找那个收中药材的老魏头儿换钱，然后再和冯涛一起去一趟河北省曲山县，去看一看重病之中的满月。

四

事情办得非常顺利，老魏头儿看到那株龙菇后，十分痛快地拿出五摞百元大钞，冯涛下意识地伸手去接，却被老邹抢了先。老邹把那五万块钱用一张报纸包好，直接塞进了自己的旅行袋最下面。

紧接着，老邹和冯涛又赶往火车站，在火车站附近简单吃了点饭后，于当天晚上六点踏上了一列开往河北曲山县的火车。

硬座车厢里人声嘈杂，老邹和冯涛慢慢挪了好一会儿，才来到他俩的那排座位前。老邹不敢把那个装着五万块钱的旅行袋放到行李架上，坐到自己那个靠窗的座位后，紧紧地抱着那个旅行袋。冯涛的座位紧挨着老邹，在三人座的中间。伴着无尽的颠簸，老邹不停地询问这些年来冯涛二姐的各种情况，他对女儿的记忆只停留在满月五岁那年，现在非常渴望通过冯涛的描述，将满月成年后的形象具体化。

冯涛心不在焉地搪塞着，始终是一副心事重重的样子。他并不是在表演，而是内心的真实写照。他现在满脑子想的都是该怎样拿到那五万块钱，又该怎样甩掉老邹。

后来冯涛被老邹问烦了，索性把头倚靠在座位靠背上闭眼装睡。老邹见状，只好无奈地收了口，将目光投向车窗外。

天已经彻底黑了，老邹眼前掠过的景象尽是黑洞洞的各种物体，无尽的黑暗似乎要把一切都吞噬。对向驶来的一列火车呼啸而过，重重地将老邹的思绪撞出一道裂缝，沿着这道裂缝，他又想到了老娘，鼻子不由得泛起酸来。那是一种难以名状的痛，老邹强行中断了自己的思绪。

老邹强迫自己必须清空大脑里的各种念头，他本想用睡觉来解决问题，然而看到怀里的那个旅行袋，又觉得还是保持清醒比较稳妥。为了转移注意力，他把目光锁定在冯涛身上。望着冯涛那张圆圆的、有些微胖的脸，老邹情不自禁地发出了感慨。满月的命运无疑是不幸的，但能遇到冯涛这样一个真心爱她、疼她的丈夫，也算是不幸中的万幸了。经过一天多的朝夕相处，老邹已经打心眼儿里喜欢上了虎头虎脑的冯涛。这对此时的老邹来说，也是一种莫大的慰藉。

冯涛原本是装睡，后来实在扛不住，直接斜趴在面前的桌子上呼呼大睡起来。夜里十二点，周围的旅客以各种不同的姿势睡着了，只剩老邹独自枯坐。车厢里响起阵阵鼾声，老邹也被这种氛围感染了，脑袋倚靠在车窗上闭目假寐，恍恍惚惚中渐渐睡着了。他做了一个梦，梦一开始的场景是村口，老邹远远地看到一支送葬的队伍缓缓经过，无数纸钱被扬到空中，又慢慢落下，同时夹杂着各种不同音调的哭声。老邹很好奇是村里谁家的老人去世了，靠上前打算一探究竟，却赫然发现，在队伍最前头打幡的人正是自己……老邹大叫了一声从梦里醒来，也惊到了身旁的冯涛。二人相顾无言。此后，老邹便再无睡意，一直坐着挨到下车。冯涛虽然继续保持埋头趴在桌子上的姿势，但其实也一直没睡着。他在心里苦苦思索着之前的那两个问题。

第二天早晨六点，火车到达曲山县。二人下了火车后，冯涛想在附近随便吃点早饭，但老邹迫不及待地想马上见到满月，执意要求直接去医院。冯涛见状，也没再坚持，领着老邹坐了半个小时的公共汽车，终于来到了曲山县人民医院。

百感交集的老邹刚走进医院，眼窝就不自觉地有泪水涌出，身体也颤抖得厉害。见老邹已激动得不能自已，冯涛轻轻拍了拍老邹的肩膀："大叔，别激动，俺这就带你去见俺二姐。"

老邹伸手胡乱抹了一把脸上的泪水，稍稍平复了一下情绪后，紧跟在冯涛身后走上楼梯。

冯涛脚下的步伐很快，老邹几乎是一路小跑跟着来到三楼，这倒比较符合老邹此时迫切的心情。冯涛把老邹引领到两扇紧闭的大门前停下脚步，大门上方写着"重症监护病房"几个大字。

"大叔，俺二姐就住在这个重症病房。人家医院有规定，家属一天只能进去探望两次，上午八点一次，下午四点一次。俺看现在离八点还有半个多钟头，不如咱们先把手术费交了，早交就能早点做手术不是。"

冯涛话刚一说完，不等老邹回答，转身就走。还没完全回过神来的老邹只能再次紧跟在冯涛身后，又是一路小跑，回到了一楼大厅。

此时，挂号收费窗口前已经排起了长龙，冯涛望着那条有二十多米长的队伍，紧蹙着眉头对老邹感叹道："这么多人，要等到什么时候才能交上费！"老邹还沉浸在即将见到满月的亢奋之中，不觉有些走神，嘴上喃喃自语："人再多也得排呀。"

冯涛突然狠拍了一下大腿，仿佛想起了什么，兴冲冲地说道："咱们去自助机上交费，不用排队，速度还快。"冯涛说着就拉住老邹的衣角，向大厅的一个角落走去，没留给老邹一点思考的时间。

　　角落里摆放着一台黑色的大机器，机器比人还高，上面还有一个"小电视"。冯涛先是警觉地四下张望了一下，然后从裤兜里掏出一张卡捅进机器里，又飞快地在机器上鼓捣了一番后，"小电视"下边蓦然张开了"大嘴"。

　　"大叔，快把钱放进去吧。"冯涛低声催促道。

　　"五万全放进去吗?"老邹问道。

　　"嗯，都放。"

　　不明所以的老邹顺从地将旅行袋里的那五摞百元大钞掏出来，交到冯涛手里。冯涛把那五摞百元大钞一摞一摞依次送进那张"大嘴"里。每放进去一摞，机器就会发一阵刺耳的轰鸣声，感觉像是进入人的消化系统里一样。眼见那五万块钱全被机器吃进"肚子"里，冯涛又着急忙慌地对老邹说道："大叔你先在这儿等着，俺去找大夫开张票盖个印。"

　　话音刚落，冯涛就疾步离开，仍然不等老邹回应，仍然不留给老邹琢磨的时间。

五

　　冯涛这一去就没了踪影，老邹站在那台比人还高的机器旁左顾右盼了好一会儿，始终没在人群中寻到冯涛的身影。这时，一个二十多岁的年轻姑娘走到那台机器前，从钱包里取出一张卡捅进机器里，一如刚才的冯涛一样。

可接下来的过程却和冯涛刚才正好相反，"小电视"下边的"大嘴"还没张开，机器就发出了轰鸣声，轰鸣结束后"大嘴"突然张开，年轻姑娘从里面掏出一沓百元大钞数了起来。这个过程被一旁的老邹看得真切，他立马急了，一个箭步冲上去，紧紧攥住年轻姑娘正在数钱的那只手的腕子，同时高声喊道："这是我的钱，你不能拿走。"

"大爷，你有病吧！这是银行的自助存取款机。"

"这里咋成银行了？明明就是医院嘛。你取钱我不管，就是不能取我的钱。"

一场由误会引起的纠纷，不可避免地上演了，引来了一大群人围观，也惊动了医院的保安。众人在听完老邹"义正词严"的控诉后哭笑不得，一个身材微胖的保安一边告诉老邹被骗了，一边吩咐另一个保安赶紧报警。老邹还蒙在鼓里，任凭其他人如何劝说，死活不肯松手，更不相信自己被骗了。后来，在一位工作人员耐心的解释下，老邹又回想了一遍事发的整个过程，逐渐有些回过味来，终于松开了紧攥姑娘手腕的手。但是他还是不愿意面对现实，强烈要求到重症监护病房去探望满月。当被问及满月现如今的名字时，老邹沉默了。

等警察赶到的时候，老邹正坐在大厅的地上老泪纵横，嘴上不住地讷讷道："他咋能骗人呢！他咋能骗人呢！"

冯涛十分狡猾，当初和老邹互报家门时，留了个心眼儿，只报到县，不像老邹那样精确到村。而且警方对冯涛说过的话，以及冯涛这个名字是不是真实的，都持怀疑态度。

老邹在曲山县公安局做完笔录后，就被告知回去等消息。老邹跟跄着走出公安局时已是晌午，他那一头茂密且黑白相间的头发像鸟窝一样，在微风的吹拂下显得更蓬乱了。老邹举目望天，天空中的暖阳用强光直刺他的眼睛，像是在故意惩罚犯错的人，老邹下意识地低下了头。老邹恨自己白活了五十年，让一个毛娃子耍得团团转。这份自责犹如一把利剑直接插在心窝上：本来龙菇已经找到了，又没了，娘的病也没的治了；本来以为失散多年的女儿满月马上就要找到了，结果却空欢喜一场，那五万块钱也没了。老邹彻底绝望了。有一点他始终想不明白，那个自称冯涛的年轻人咋能忍心骗自己，那株龙菇就是娘的命啊！老邹欲哭无泪，纵然悔恨到无以复加的程度也是徒劳，只能带着万分沮丧的心情黯然返乡。

　　老邹回到邹家庄时，已是翌日下午两点，他没有回家，而是径直来到胡神医家门前。

　　在胡神医家大门正上方，挂着一块斑驳的牌匾，"救死扶伤"四个大字隐约可见。胡神医的老伴五年前过世，儿子都住在县城，只剩胡神医一个人居住在邹家庄的老宅子里。

　　老邹抬手轻叩了两下大门。半晌，一个白头发、白眉毛的老头儿开了门。这个老头儿便是胡神医，他的个子本就不高，背又驼得厉害，看人基本是抬头仰祝的姿势，看起来老态龙钟的。

　　"啥时候回来的?"胡神医面无表情地问道。

　　"刚回来，还没回家呢，就直奔您这儿来了。"老邹有气无力地说道。

　　随后，胡神医把老邹让进了屋。胡神医家只有里外两间屋，外屋的陈设既简单又古朴。一个大屏风将外屋一分为二，老邹来过胡神医家无数次，知道屏风后面堆满了麻袋，麻袋里面装着各种药材。屏风前面摆放了一张破旧的八仙桌和三个条凳，在八仙桌上有一个竹子外壳的暖水壶和一大一小两个旧茶缸。门口是一个大灶台，灶台上放着一口农村常见的大锅。屋子里弥漫着一股浓浓的中药味，似乎也是在昭显主人的特殊身份。

胡神医佝偻着身子从里屋拿出来一个崭新的玻璃杯，老邹连忙上前接过杯子放到八仙桌上，拿起暖水壶，为玻璃杯和胡神医常用的那个大茶缸倒满水。之后，二人坐在八仙桌前的条凳上开始了交谈。

老邹向胡神医简要叙述了自己到老黑山后的一系列经历，胡神医听得非常认真，不时插话询问老黑山目前的一些情况，面色逐渐凝重起来。

当听说老邹被骗时，胡神医嗔怪道："大福，你就是太实诚了，实诚得缺心眼儿了。世上咋可能有那么巧的事，不用猜就知道，那小子肯定看过你那张寻人启事。"

老邹叹了一口气，颓丧地摇着脑袋。

"你手里现在总共有多少钱？"胡神医问道。老邹一愣，马上隐约猜到了胡神医的意图。

"满打满算能凑出个一万，还能从我姐那里再借点。"老邹回答道。胡神医略微琢磨了一下，又说道："你姐家也不宽裕，就算了吧，我这里还有两万，明天再让思广和思远各送一万过来，帮你凑个五万，你赶紧给那个姓魏的送去，把那株龙菇换回来。"

"使不得呀，胡叔……"

胡神医不耐烦地摆了摆手，直接打断了老邹的话头："别废话了，救命要紧。"

"那行，算我借……"老邹话刚说了一半，就被胡神医再次打断，"行了，行了，快去你姐家看看你娘吧。"

"攉"走了老邹之后，胡神医猫着腰准备去里屋给两个儿子打电话要钱。他的大儿子胡思广在县城开公交车，二儿子胡思远是县一中的语文老师，两个儿子虽说不是有钱人，但都十分孝顺，胡神医家的电话就是两个儿子十年前共同出钱安的，到现在也是全邹家庄唯一的私人座机。

胡神医刚挪进里屋，放在炕桌上的座机却先响了起来，是药材厂的王厂长打来的电话。王厂长一直给胡神医提供药材，是很多年的合作伙伴。

"老伙计，告诉你个不好的消息，下个月杜生要涨价了。"

"涨多少?"

"一公斤涨四十五。"

"咋涨这么多?"

"广东那边上半年非典闹得凶，影响了播种，今年产量比往年少了四成。"

胡神医叹了一声："有总比没有强，行了，我知道了。"最近几年，类似的消息听得多了，他已经有"免疫力"了。

"老伙计，别总自己为难自己，涨多少直接加到药钱里不就完了嘛。"王厂长好心劝慰道。他知道胡神医每次遇到药材涨价，都会拿出自己的存货缓冲，尽量减小药钱涨价的幅度。

"不关你事。"

"你这个老家伙，好赖不知。"

"行了行了，别啰唆了。"胡神医挂断电话后，忧心忡忡地来到外屋的那堆麻袋前。他打开了其中的一个麻袋，里面装着半袋子杜生。杜生外形酷似黄豆，主要产地是广东。

胡神医捧了一把杜生放到鼻子前闻了闻，杜生的味道把他带回到六十多年前。胡神医刚开始跟父亲学医时，就是辨识各种药材。在父亲的耳提面命下，胡神医进步飞快，在父亲眼里，他是一个颇具天赋的好苗子。胡神医也没有浪费自己的天赋，通过不懈的努力，终于青出于蓝。每次胡神医得意地向父亲炫耀自己的成绩时，父亲都不吭声，只是一个劲儿地用手掌用力拍打他的肩膀，以此来告诫胡神医，他是站在先人的肩膀上取得的成就。

随着年龄的渐长，胡神医逐渐变得内敛起来，他把全部精力用在治病救人和对医术的潜心研究上。不过，他心里一直深藏着一个小小的愿望，希望有朝一日，他能像父亲当年那样，用拍打肩膀的方式告诫自己的后代。可惜现实却事与愿违，胡神医膝下的两儿三孙都没继承他的衣钵，各自从事的职业和中医行业相去甚远。起初是儿孙们嫌不赚钱，都不愿意学，后来胡神医也不愿意教了。个中原因，胡神医一直缄口，不被外人所知晓。

胡神医一想到儿孙，思绪马上回到现实中来，想起自己忘给两个儿子家里打电话了。

老邹从胡神医家离开后，就直接去了邹家庄十公里外的姐姐家。老邹在姐姐家里屋见到娘时，娘正盘腿猫腰坐在炕中间，姐姐正在帮其换药。多日未见，娘看起来胖了，气色也不错，老邹看在眼里，心里宽慰了许多。

娘用混浊的双眼望着老邹的脸，以为老邹是来接她回家的，高兴得像个孩子一样，让老邹姐姐快点换药，然后收拾东西走人。

老邹心里有点难过，只得照实说道："娘，我这次来就是看看您，明天还得走。您还得在姐这儿住段日子。"

老邹娘顿时不高兴了："还折腾个啥？"

老邹的回答简单明了："缺的那种药材有眉目了。"

说话间，药换完了。在姐姐的帮助下，娘一边整理衣襟，一边对老邹说道："别奔忙了，我不想治了，我就想回家。"

不想治病的念头，娘一直都有，之前每次老邹都能劝说住。老太太此番旧事重提老邹并不感到意外，但是这一次与以往有很大的不同，娘的侧重点在于回家。人老了，对家的念想格外重，老太太如今一门心思只想回家，直言就是死也要死在家里头。老邹和姐姐好说歹说，无论怎样安抚，老太太就是油盐不进。万不得已之下，老邹最后只能"逃离"姐姐家。

回家路上，老邹的心情特别沉重，他在心里默默地告诉自己，无论如何都要将那株龙菇带回邹家庄。

第二天中午，胡神医送来了四万块钱，加上老邹自己的一万块，正好是五万，老邹带上钱再次上路。

老邹日夜兼程，转天上午九点半，返回到老魏头儿的地摊前。可令老邹始料不及的是，在他到来前的半个小时，老魏头儿已将那株龙菇脱了手，卖给了一个姓赵的老板。老魏头儿告诉老邹，赵老板是接到老魏头儿的电话，专程从吉林赶过来的。赵老板马上还要赶回吉林，此刻应该正在火车站。

老邹向老魏头儿简单询问了一下那个赵老板的体貌特征后，立即前往火车站。在候车室里的人群中，老邹四处寻找一个穿了一身红色西装的中年男人。一番寻找无果后，老邹又来到厕所，终于在一个蹲坑前发现了正在大便的赵老板。在赵老板前面放着一个黑色的拉杆箱，老邹猜那株龙菇此刻就在拉杆箱里。

老邹顾不得太多，强忍着扑鼻而来的臭气向赵老板说明了来意。赵老板看起来四十多岁，一头板寸，长得胖头大脸的，说话声如洪钟。他皱着眉头让老邹先到厕所外面等着，老邹只好依言退出，耐着性子守在厕所门口。

过了一会儿，见赵老板拖着拉杆箱从厕所里慢悠悠地走出来，老邹立即迎了上去。新的问题随即出现，虽然赵老板同意老邹拿钱换回龙菇的想法，但赵老板付给老魏头儿的收购费用是十万，而老邹现在手里只有五万，这中间差了五万。

老邹登时就傻眼了。

赵老板对老邹的遭遇深表同情，但他也表示绝不可能做赔本的买卖。他最后说道："老哥，我也不为难你，只要你能拿出十万块，我马上把龙菇给你。否则，一切免谈。"

见老邹伤神地默然良久，一旁的赵老板试探性地问道："老哥，刚才听你话里提到的那个胡神医是不是叫胡令举？"

老邹随口应道："是呀，咋啦？你也认识他？"

赵老板摇了摇头说道："不认识，但在东北中医圈里，谁不知道胡令举的大名。他可是治癌症的高手，老哥跟他熟吗？"

赵老板刚才听老邹说，老邹现在手里的这五万有四万是胡神医主动借的，猜测老邹和胡神医关系肯定非同一般，所以才这么问。

老邹心不在焉地说道："太熟了，他家就住在我家房后，他是看着我长大的，我打小就叫他胡叔。"

赵老板顿时眼睛一亮,兴奋地说道:"太好了,老哥,我给你出个主意吧。你带我去见见胡老先生,只要你能帮我说服胡老先生把治癌症的秘方卖给我,不仅龙菇我还给你,你手上的五万块钱也不用还给我。老哥,你看怎么样?"

老邹刚刚被吊起的胃口瞬间跌落回原位,他喟叹道:"这咋可能呢?"

对于任何一位中医来讲,家传秘方都是命根子,都是秘不外传的。胡神医虽说和老邹一家是多年的老街坊,胡神医本人又是十里八村远近闻名的大善人,但要让他交出家传秘方,在老邹看来简直比登天还难。

相较之下,反倒是说服老魏头儿将刚刚挣到手的五万块钱拿出来的可能性大一些,至少老邹是这么认为的。

老邹把自己的这个想法说给赵老板听,赵老板连连摇头,直接向老邹泼了一盆凉水:"但凡是老魏头儿吃进嘴里的肉,是绝对不可能再吐出来的。"

但是,与老魏头儿素昧平生的老邹却仍然抱有一丝幻想,执意要试一试。"你愿撞南墙就自己去撞吧,保准一会儿还得回来找我,我就在这里等着你。"赵老板信誓旦旦地说道。

老邹思前想后,还是决定去老魏头儿那里碰碰运气,遂又折回老魏头儿的地摊前。现实正如赵老板预料的那样,任凭老邹如何苦苦哀求,老魏头儿那光秃秃的脑袋始终像拨浪鼓一样摇个不停。

老邹蔫头耷脑地返回火车站候车室,远远地就看到赵老板正悠闲地坐在座椅上跷着二郎腿,轻蔑地朝自己微笑着,心里顿时生出一股无名火,但老邹必须选择隐忍,勉强接受了赵老板的提议,一起回邹家庄帮赵老板说服胡神医同意卖出家传秘方。

就在老邹和赵老板在候车室一起等火车的时候，老邹忽然看到了冯涛的身影，在冯涛身旁还跟着一个中年妇女。

六

冯涛那天将老邹的五万块钱骗到手之后，先来到一家商场，买了一双心仪已久的白帆布鞋，把那双曾沾过老邹大便的解放鞋扔进了商场的垃圾桶里。随后，冯涛找了一家农业银行，从自己的农行卡里取出三万元现金，然后一溜烟地跑回老家凤阳镇东泉沟村。

冯涛回家时正值中午，胡乱扒拉了几口饭后，换了一身干净衣服，拿上那三万元现金就直奔秀欢家。东泉沟村刚刚下过雨，空气湿漉漉的。冯涛手里拎着装有三万元现金的手提袋，穿着新鞋，迈着轻快的步伐踩在泥泞的土路上，脚底下软软的感觉，特别舒服。路过村西头的那口老井，向北再转个弯，秀欢家的院子出现在冯涛的视线里，心急的他边走边踮起脚向秀欢家的院子里张望，正巧看到秀欢拿着一把大扫帚在打扫院子。

冯涛的脸上马上荡漾出幸福的欢愉，兴奋地喊了一嗓子："秀欢。"谁知，秀欢听到冯涛的声音后，愣了一下，没应声，扔下扫帚径直进了屋。

冯涛有点摸不着头脑，心里隐隐约约产生了一丝不好的预感，不由得加快了脚下的步伐。等走到秀欢家大院门口时，被从里面出来的秀欢妈直接堵住。冯涛笑嘻嘻地问候道："婶，俺来了。"

"你来干什么？"秀欢妈面若冰霜，语气也冷冰冰的。

自从冯涛二姐生病之后，秀欢妈对冯涛一家的态度就变得冷淡起来。但今时不同往日，冯涛现在有那三万块钱在手，腰杆子硬了不少，说话底气也足了："俺来送钱哪，一分不差，正好三万。"

冯涛说着就将装有三万元现金的手提袋递给秀欢妈，手提袋上醒目地写着"中国农业银行"六个字。秀欢妈眼皮都没抬一下，并没有接过手提袋："这钱俺可不敢要，你还是拿回去吧，跟谁借的赶紧还回去，晚了还得给人家利息钱。"

冯涛知道秀欢妈误以为钱是借的，欣然道："这钱不是借的。"

"不是借的，难不成是从天上掉下来的？以前只觉得你小子有点油嘴滑舌，自从和你家老子去城里干了两年活儿回来后，说话一屁俩谎。" 秀欢妈没好气地说道。

冯涛脸上有点挂不住了，又不能照实说钱是骗来的，若说钱是自己挣的，连冯涛自己都不相信。遂只好忽略这个问题，继续赔着笑脸道："婶，您不是说只要元旦之前俺家能拿出这三万块彩礼钱，秀欢就跟俺办事儿吗？"

"你家现在饥荒那么多，想让俺家秀欢嫁过去喝西北风啊！"

冯涛还想张口争辩什么，秀欢妈却不给他机会，直接抢白道："你俩的事儿，就这样吧，以后再别来俺家了。"

秀欢妈说完话就转身欲关上大门，冯涛手疾眼快，伸出一只脚跨进门里，阻拦秀欢妈关门的动作："婶，您是长辈，说过的话可不能当屁闻。"冯涛情急之下话里带脏字，秀欢妈当即就火了，指着冯涛的鼻子破口大骂。冯涛也不甘示弱，和秀欢妈据理力争。双方你来我往，好不热闹，迅速引来了一大群人围观。

冯涛和秀欢妈争执了半天，也没有任何实质性的结果。秀欢始终躲在屋里，没露面，这让冯涛更来气，他忍不住高声喊道："婶，俺不和你说，你让秀欢出来，只要她亲口说跟俺拉倒，俺就认。"

"好，这是你自己说的哈，到时候可别不认账。"秀欢妈转身进到院子里，过了一会儿，又和秀欢一前一后来到院门口。

冯涛看到，秀欢手里拿着一把旧伞，整个人一下子就蔫了，眼神也霎时涣散下来。因为按照当地习俗，定完亲的恋人，若是一方送给另一方伞，就代表分手。

"快给他。"秀欢妈命令秀欢。

秀欢犹豫了一下，缓缓走到冯涛面前，将伞递向冯涛。冯涛没接，一双眼睛直勾勾地盯着秀欢的脸发呆。秀欢妈见此情形，上前拿过秀欢手中的伞，狠狠地扔到冯涛身上，冯涛像个木偶一样，没有任何反应，那把旧伞在击中冯涛后又掉落到地上。

秀欢妈拉着秀欢就往回走，这时，冯涛突然喊了一句："秀欢，咱俩这么多年了，你就忍心?"

闻听此言，秀欢定住了，她挣脱了妈妈的手，转身慢慢走到冯涛跟前，两个大眼睛里噙着的泪水摇摇欲坠，最后终于滑过脸颊。秀欢哽咽道："涛子，你别怪俺，俺不想过苦日子。俺打听过了，你二姐那病要想全治好，还得好几万呢。"

冯涛的眼圈红了，凝望着秀欢动情地说道："俺不会让你过苦日子的，俺现在有钱了。"

秀欢摇着头说："别自己骗自己了，除非……"秀欢止住了话头，眼巴巴地盯着冯涛，这让冯涛又看到了希望，急忙问道："除非什么? 秀欢，你快说呀。"

秀欢停顿了片刻，才继续说道："除非你愿意做上门女婿，和你家断绝关系。"

冯涛刚刚还很明亮的眼睛瞬间黯淡了下去，他颓丧地蹲下身子，双手抱头，缄默了。

"你做梦！"人群中突然响起一个掷地有声的女高音，冯涛的妈妈带着一脸的愠色从人群中走出来，径直来到自己儿子跟前。

"做人要有骨气，跟俺回家。"冯涛妈义正词严地说道，不容分说，拉起冯涛就走。

冯涛妈拉着冯涛头也不回地走了，留下秀欢一个人掩面而泣。

回到家里，冯涛先是把手提袋往炕里一扔，然后整个人横躺在炕上生闷气。

冯涛妈紧跟着进屋，严肃地向冯涛询问那三万块钱的具体来历。此时的冯涛由于情绪低落，也懒得再撒谎了，干脆来了个实话实说。最后惹得冯涛妈勃然大怒："涛子，这么伤天害理的事你也干得出来！"

"要不是二姐心脏坏了，俺也不能这么做。"冯涛不以为然地辩解道。

"你别总拿你二姐说事儿，心脏可以坏，良心可坏不得，这钱你必须给人家送回去。"冯涛妈是家里的主心骨，一贯说一不二。冯涛从小到大，一直挺怕妈妈的。这时候他又耍起了心眼儿，表面上同意把钱送回去，心里想的却是拿着钱出去转一转，散散心。

冯涛妈心里不托底，坚决要求和冯涛一起去。冯涛这下傻眼了，只好心不甘情不愿地和妈妈一起上路。他们母子的具体行程分成两段：先去老魏头儿那里换回龙菇，再拿着龙菇去黑龙江丰水县邹家庄，将龙菇交到老邹手里。

老邹前脚从老魏头儿那里离开，冯涛和妈妈后脚就赶到了。从老魏头儿那里得知了老邹当前的处境后，母子二人又马不停蹄地赶到火车站候车室。

七

老邹见到冯涛的那一刻，心中的怒火一下子蹿升到极点。他霍地一下从座椅上弹起，直接冲到冯涛跟前，重复了在那棵刺楸树下做过的动作，双手用力揪住冯涛的衣领，怒目圆睁，一字一顿地吼道："你他娘的还敢露面！"

一旁的冯涛妈连忙进行劝阻，在得知老邹就是受害者后，她立即说明了此行的目的。

老邹大喜，马上兴冲冲地将冯涛妈和冯涛拉到赵老板面前，准备用两个五万合成的十万换回那株龙菇。岂料，赵老板却变卦了，坚称只有胡神医同意卖秘方才能交出龙菇。

老邹的心情像坐过山车一样，没经过任何过渡又直接坠入深渊，他硬着头皮低声下气地将好话说尽，赵老板却始终不为所动，后来老邹甚至跪下来乞求赵老板，也无济于事。

冯涛在一旁见到这般情形，附到妈妈耳边低语道："咱把钱还了就行了。"然后拉着妈妈的一只胳膊就想开溜。冯涛妈一把甩开了冯涛的手，面朝着赵老板，扑通一声跪下，动情地说道："大兄弟，这可是人命关天的大事儿，你就行行好，收了这十万块钱行不？"

冯涛妈这一跪，让冯涛心里很不是滋味，尤其看到赵老板满不在乎地哼了一声后，不禁怒火中烧，愤恨地朝赵老板骂了一句："你他妈的，说话当屁闻哪！"并且抡起拳头就要打赵老板。他没等近赵老板的身，就被妈妈和老邹合力推到一边去了。

赵老板被激怒了，给老邹下了最后通牒：要么自己回吉林，要么由老邹带路二人一起去丰水县邹家庄。老邹只能无可奈何地选择和赵老板一起踏上回黑龙江丰水县的火车。

在火车上赵老板一直向老邹询问胡神医的各种情况，当他听说胡神医虽然医术精湛却后继无人时，一下子来了兴致，对于此次去邹家庄找胡神医买秘方表现出一副志在必得的架势。老邹却断定，赵老板在胡神医那里一定得不到秘方，正如自己在老魏头儿那里的遭遇一样，只不过换个场景，换了人物。

晚饭后，老邹和赵老板对坐在卧铺车厢。赵老板继续口若悬河，老邹情绪始终不高，不怎么搭腔。慢慢地，赵老板也觉得索然无味，直接躺到他自己的下铺睡觉了，并且很快打起了呼噜。老邹见状，也爬到上铺抱着自己的旅行袋躺了下来。现在旅行袋里有十万块钱，老邹却并不觉得沉重。

老邹习惯了硬座车厢的嘈杂，对相对安静的卧铺车厢有些不太适应，加上上铺空间十分逼仄，他翻来覆去怎么也睡不着。

人晚上一旦睡不着觉，就容易胡思乱想。老邹开始不自觉地在记忆里搜索胡神医以前做过的善事，也回想了一些自己家对胡神医一家的帮助，尝试着探寻胡神医交出秘方的可能性。尽管明知道希望渺茫，但老邹还是这么做了。

老邹想起，胡神医曾经因为治好了县城一位大老板妻子的乳腺癌，得到了那位大老板给的十万元奖励，胡神医把那十万元全部捐给了村小学盖新校舍。老邹还想起，村里的刘大娘是孤寡老人，得了胰腺癌后，既无钱医治，又没人帮其换药。胡神医不仅倒贴钱给刘大娘治病，还每天亲手帮刘大娘换药，坚持了整整三年。老邹依稀记得，娘以前念叨过，胡神医的大儿子小时候喝过她的奶。老邹还回忆起，胡神医的大孙子在县城里的工作，是姐夫托了关系帮忙联系的……可是，无论老邹在心里怎样掂量，都觉得这些事情的分量并不足以让胡神医同意卖家传秘方。况且老邹还清晰地回忆起，以前有很多人上门求购胡神医的家传秘方，其中不乏上百万元级别的"天价"，但无一例外全都被胡神医断然拒绝。

想到这里，老邹更沮丧了。赵老板随着睡眠的深入，呼噜声越来越大，整个车厢里都回荡着赵老板如雷的鼾声。老邹被吵得心烦，更睡不着了。

老邹的目光无意间落到和上铺平行的行李架上，赵老板那个精致的拉杆箱正静静地躺在上面。老邹忽然动了将龙菇从拉杆箱里偷走的心思。这个念头只是一闪而过，却不时反复闪现，但老邹始终没有付诸行动。不过，正是从那时候开始，老邹的眼神一刻也没有离开过那个拉杆箱，即便是熄了灯之后。

夜里三点半，卧铺车厢里的灯又亮了起来，火车也停了。广播里连续播送了两遍"列车已到达长春站"的消息，一些旅客背着行囊陆续下车。在这个过程中，一直保持清醒的老邹突然惊奇地发现，冯涛竟然混迹其中，在路过老邹那排铺位时，冯涛冲老邹朝出口的方向飞快地挥了两下手，而后又貌似很随意地搬下了赵老板的拉杆箱，径直拖走了。

老邹心里一惊，马上明白了冯涛的意思。下意识地探头朝下铺望了一眼，见赵老板仍在酣睡，老邹赶紧抱着旅行袋从上铺跳了下来，顾不上穿鞋，光着两个脚板直接朝冯涛离去的方向追去。

在候车室的时候，冯涛妈眼见那五万块还给老邹却没能解决实际问题，心里非常内疚，坚持要去丰水县邹家庄亲自求胡神医同意卖秘方。即便希望不大，也要争取一下。她觉得既然事因冯涛而起，就要负责到底。

冯涛一向不怎么听话，过去无论是说话还是办事，即便是慑于妈妈的威严，勉强听命，心里多半也是不认同的。可此时的他却十分赞同妈妈的想法，妈妈对赵老板跪下来的那一幕，触动了冯涛内心深处最软弱的地方，他想不到强势刚毅了大半辈子的妈妈会向一个陌生人屈膝。不过，冯涛坚决要求自己一人前往丰水县邹家庄，他不愿意再看到妈妈给人下跪的场景，要跪也是他自己跪。

冯涛妈最后同意了，临别时再三叮嘱冯涛，务必帮助老邹拿到龙菇，不然良心一辈子不得安生。

就这样，冯涛独自一人悄悄地上了老邹和赵老板乘坐的那列火车，先是在硬座车厢，后又补了一张卧铺票。因为冯涛苦苦思索了半天，认为无论是让胡神医交出秘方，还是让财迷心窍的赵老板突然良心发现，可能性都微乎其微。想要拿回那株龙菇，只能走旁门左道。

下了火车，老邹看到冯涛在五十米开外的地方，蹲着鼓捣着赵老板的拉杆箱。待老邹走近时，冯涛站起身来，嘟囔了一句："妈的，箱子带密码，打不开。"

冯涛原想从拉杆箱里取出龙菇后，再把箱子还回去，如今看来已经是不可能的了。冯涛心里一横，对老邹说道："干脆咱们把箱子直接拎走算了。"

老邹的目光迟滞了，夜里的风格外冷，吹在身上似刀尖划过。老邹光着脚伫立良久，冯涛选择在长春站下手是经过深思熟虑的，长春站是大站，火车停靠的时间较长，也留给了老邹充分的时间思考。

见老邹迟迟下不了决心，冯涛催促道："大叔，别寻思了，快来不及了。"

"那总得把十万块钱给他送过去吧。"老邹总算开口了。

"俺想过了，他找不到箱子，你人又不见了，肯定知道是你拿走的。他一定会去邹家庄找你的，到时候你再把箱子里的别的东西和十万块还给他就行了。"冯涛分析道。

"那他要是报警了咋办?"老邹又问。

"哎呀，大叔，现在顾不了那么多了……"

冯涛话刚说了一半，就看到赵老板不知道什么时候已经站在老邹身后了。

冯涛的计划失败了，三个人又重新回到火车上，赵老板并没有向乘警声张此事，也没有过多地责怪老邹。他有自己的小算盘，毕竟为了胡神医的家传秘方，他还有用得着老邹的地方。

身心俱疲的老邹重新躺回到自己的上铺，火车又开始了颠簸。在火车重新启动的那一刻，老邹突然对自己刚才的选择有些后悔。过了一会儿，他又释然了，就这样反反复复，直到临近天亮时坠入梦乡为止。

　　冯涛回到自己的铺位后一直没合眼，刚开始他还在心里暗自埋怨老邹拖泥带水，贻误了"战机"。后来，他脑海里开始不断闪回妈妈跪在赵老板面前的那一幕画面，耳畔不时响起妈妈在候车室里叮嘱自己的那些话。这让冯涛陷入沉思之中，也逐渐改变了想法。他觉得老邹的选择是对的，人来世上走一遭，终归都要埋进黄土，不管有钱还是没钱，不就图一个心里踏实嘛！意识到这一点之后，冯涛在心里默默地对老邹说了一声："对不起。"

八

　　火车站前的小广场上，赵老板直接叫了一辆出租车，老邹喊冯涛一起坐，赵老板却虎着脸让老邹快上车，明显是不同意捎上冯涛。冯涛也不愿意蹭赵老板的车，摇着头对老邹说道："大叔，你先走吧，俺自己走，咱们一会儿在邹家庄见吧。"

　　老邹点了点头，向冯涛交代了自己家大概的方位后，就上了出租车。

　　在去邹家庄的路上，老邹和赵老板坐在出租车后座上默然无语。在车子即将驶进邹家庄地界时，赵老板忽然想起什么，侧头对老邹一本正经地说道："老哥，我丑话说在前头，我这次就是冲着胡老先生的家传秘方来的，要是胡老先生就是不肯卖秘方，你可不能仗着在你的地盘上，耍赖抢我的东西。"

　　老邹十分鄙夷地瞟了赵老板一眼，嘴角咧了咧，轻蔑地冷笑了一下，不咸不淡地说了一句："我活了五十年了，说话办事，丁是丁卯是卯，从没含糊过，不像有些人。"

赵老板讨了个没趣，脸上的表情很不自然，扭头将目光投向车窗外，再没吭声。

出租车最终在胡神医那间破旧的土坯房前停下。老邹注意到，在胡神医家门前停了一辆看起来十分气派的大轿车，至于具体是什么车老邹不认识。老邹猜测，肯定是哪个大老板来找胡神医瞧病或者拿药了。

赵老板从出租车里钻出来后，从上到下端详了土坯房好几遍，他不敢相信大名鼎鼎的胡神医竟然住在这样的房子里。赵老板用手指着胡神医家房门正上方的那块牌匾问老邹："这块匾是个古董吧？"

"嗯，快两百年了。"老邹回答。

老邹和赵老板走到胡神医家门前，老邹发现，门是虚掩着的，露出一道缝。透过那道缝可以看到，胡神医侧身站在八仙桌前，整个身体看起来像一个问号。在他面前并排跪着一男一女两个衣着考究的人。

老邹知道此时不便进去，就收回了目光，静静地候在门前。赵老板见状，探头通过那道缝向胡神医家外屋窥视。

"胡神医，您可是神医呀，怎么可能治不好我儿子的病呢？"男人问道。

"世上哪有啥神医，也没有能包治百病的药，人各有命，你们认命吧。"胡神医不卑不亢地说道。

"胡神医，您千万不能给我儿子停药哇。"男人哀求道。

"是呀，才用了一个月药，怎么就知道不行呢？"一旁的女人附和道。

"没用的，你们儿子已经用了一个月的药，肚皮还没有变色，就证明对我的药根本不吸取。"

"变色了，变色了。"女人抢着说道。

"别自欺欺人了，你们刚才还说，你们儿子这几天后背疼得厉害，这说明癌细胞已经侵入骨头里了，不信你们可以去医院拍片子看。"

"胡神医，不管您的药现在管不管用，都请再试一试好吗，我们愿付十倍的药钱，不，愿付一百倍的药钱。可怜我儿子还那么小，才五岁半……"女人说着说着就呜咽起来。

"没必要了，我肯定不会再给你们儿子出药了，你们走吧。"胡神医的回答非常果断，甚至有些冷酷无情。说完之后，他背着手进入里屋，再没出来。晾在外屋的夫妻俩，跪在地上不禁抱头痛哭，两人凄厉的哭声交织在一起，顺着房梁飘荡到屋顶，长时间萦绕在半空中，让门外几乎是同样心境的老邹，也情不自禁地红了眼圈。

眼前看到的这一切，令赵老板隐隐不安，他担心一会儿进入他的正题时，胡神医会因为心情不好，拒绝出售秘方。

那对苦命的夫妻最终还是落寞地离开了，接下来终于轮到赵老板登场了。在老邹为赵老板和胡神医引见了一番之后，三个人就围坐在外屋的八仙桌旁交谈起来。

老邹简单讲述了自己刚刚经历的一系列事情，在这个过程中，赵老板的眼睛一直死死地打在胡神医的脸上。胡神医始终平静如水，脸上没有任何表情变化。老邹一直讲到赵老板在候车室面对十万块钱又出尔反尔为止。赵老板终于等到了自己开腔的时刻，迫不及待地接过话头，补充剩余的内容，重点讲明了他此行的来意。他最后表示，愿意拿出四十万来买胡神医治癌症的家传秘方，同时，先前对老邹的承诺也不会变。

赵老板原以为老邹会在一旁帮着敲边鼓，但老邹却始终置身事外，局外人一样冷眼旁观，未发一言。赵老板说完了他自己要说的话后，两只眼睛又死死盯着胡神医的脸。

胡神医思忖了一会儿后，缓缓开口对赵老板说道："四十万就不必了，你只要能兑现对大福的承诺就行了，我可以把方子给你。"胡神医轻描淡写的回答令赵老板瞠目结舌，也让老邹大为错愕。

"胡老先生，您不是在逗我玩吧?"赵老板疑惑地问道，而且面有愠色，仿佛他眼前的胡神医是个骗子一样。

胡神医静静地望着赵老板，脸上仍然没有一丝波澜，少顷才冷冷地说道："我说到做到，你也一样，我这就把方子找出来给你。"胡神医说罢，起身走进里屋。老邹紧随其后，他和赵老板深有同感，觉得其中必定有诈。

"胡叔，这个玩笑可开不得呀。"刚一进里屋，老邹就焦急地说道。

"你啥时候见我开过玩笑。"胡神医一边说一边坐到炕沿上打开炕柜，从里面翻出一个红色的长方形木匣子。木匣子打开后，露出了一张泛黄的折叠成长方形的宣纸，胡神医将宣纸掏出后就往炕下挪。

"这个方子是……真的吗?"老邹站在一旁支支吾吾地问道。

"当然了，这可是胡家老祖宗几辈子的心血。"胡神医正色道。

老邹来到胡神医身旁追问："那为啥还要交给那个姓赵的？又凭啥不要他给的四十万？"

胡神医叹了口气，并没有马上作答。老邹急了，又加重语气问道："到底是为啥呀，胡叔？"

"为了门口牌匾上那四个字。"胡神医的这句回答中气十足，不像往常那样每次说到句末就给人气不够用的感觉。

老邹还是不解其意，疑惑地望着胡神医。胡神医没再理会老邹，拿着方子来到了外屋。他将手里的宣纸递给赵老板，赵老板赶忙接了过去。

赵老板将宣纸一层一层慢慢展开，由于折叠的层数太多，宣纸全部展开后竟铺满了整个八仙桌，整张宣纸上密密麻麻地写满了蝇头小楷。

赵老板不禁皱起了眉头："这么多字呀？"

胡神医不紧不慢地回应道："每一种癌的药方都不一样，癌长在不同的地方，药方又各有区别，男人、女人、年岁大的、年岁小的各种药材的配比也不尽相同，一年四季的用药比例也都不一样，几乎是一个患者一个方子，你说这些字多吗？"

赵老板重重地点了一下头，感慨道："果然是名不虚传哪！但有一点我不明白，想请胡老先生赐教，您为什么不要我开出的四十万，就愿意把方子交给我呢？"

胡神医沉默了，眼神渐渐迷离起来，过了好半天才怅然说道："因为这张宣纸很快就是一张废纸了。你们只知道龙菇现在已经基本绝迹，但面临灭绝危险的药材可不止它一个。不出五年，方子里的好多药材都将消失。我拿这样的方子换赵老板的四十万，不是在骗人吗？况且老祖宗的智慧是无价的，人命更是无价的。我们老胡家世代行医，就是为了救死扶伤。与其坐等这张秘方彻底变成一张废纸，不如只重眼下，能多救一个人就多救一个人。毕竟，我也起不了几天作用了。"

说到最后胡神医已经哽咽了，眼圈也有些发红。这还是老邹头一次见胡神医这么激动，他望着胡神医那张写满沧桑的脸出神，陡然发现自己以前对胡神医的了解太肤浅了。

赵老板也若有所思地点了点头，心灵深处被一种前所未有的震撼重重地冲击着。他忽然觉得，和无私的胡神医相比，自己的一些做法太过卑鄙。不过，在经过一番认真的考量后，他还是拿走了秘方。这一次，赵老板兑现了自己的承诺，留下了那株龙菇，老邹手上的十万块钱他也没要。

临走时，赵老板郑重其事地对胡神医说："我回去后，一定发动身边所有的关系，让那些药材得到保护。我知道这很难，但我一定尽我所能。您的这个方子，我也不会转卖的，我要把它发扬光大，让它永远造福人间。"

赵老板给胡神医深深地鞠了一个躬后，才拖着那个黑色拉杆箱踏上了归途。

临近傍晚，老邹回到自己家里。他伫立在窗前，眺望着天空中刚刚升起的那轮弯月，心里犹如沸腾着一壶开水，久久平静不下来。这段时间经历过的大喜和大悲，以及遇到的各色人等，像过电影般在他眼前不断闪回。他恍然想起，昨天冯涛的妈妈曾向他解释："俺儿说的并不全是谎话，俺二闺女确实得了很严重的心脏病，治病需要一大笔钱。"

老邹遂在心里打定主意，要将冯涛还给自己的那五万块钱用在给冯涛二姐治病上。他也正是在这个时候才发现，冯涛一直没来。不过，他坚信冯涛一定不会食言。

　　可是，冯涛真的食言了。老邹还不知道，冯涛和他在丰水县火车站的小广场上分别后不久，就被一辆警车带走了。

那不勒斯的国王

姚宏越

地中海上的日出

小王子是搭乘了一艘小型邮轮离开西班牙而去往意大利的。不过，即便是小王子已经站在了邮轮的甲板上，小王子依然还不知道他去意大利要寻找的人叫什么名字。

这时，也不知道从哪里钻出来一只老鼠，蹦到了小王子面前。

"你好。"老鼠说。

"你好，"小王子正觉得海上的时间无聊，"你是谁?"

"我是一只老鼠。"老鼠回答。

"我曾去过一颗星球，上面住着一只老鼠和一位穿紫红色大皮子礼服的国王。"小王子说。

"在这个星球上，有一百亿只老鼠;但在这艘船上，只有我一只。"老鼠说。

"幸好有你在这艘船上，否则我真不知道该做些什么。"小王子对老鼠的出现感到庆幸。

"当你登上了这艘船，我就发现了你是与众不同的。"老鼠接着说，"除了你，所有的人都讨厌我，他们甚至为了消灭我而特意在这艘船上养了一只猫。"

"一只猫?"小王子感到诧异。

"是的，人们养这只猫是想把我吃掉。"老鼠向小王子解释说。

"那后来呢?"小王子问。

"起初，猫一心想抓住我，有几次我差点就被它吃掉了。后来，我对猫说，如果你把我吃掉了，你也会被人抛弃;而如果你不再抓我，你不仅可以一直待在这艘船上，享受这地中海的风光，我每天还可以送一条鱼给你。"老鼠对小王子说。

"它同意了?"小王子问。

"当然，不过每天它还要追逐我几次，这样人就会认为它在这艘船上非常必要。实际上，人们每次看到的都是我。"老鼠不无得意地说。

小王子和老鼠正聊得起劲儿，船上又传来了歌声:"看，这美丽的大海，欢乐在心中油然而生，旖旎的风景，使人陶醉。看，这可爱的果园，长满了金灿灿的蜜橘，散发着清香，让人温暖……"

"有人唱这支歌了，太阳要出来了!"老鼠说。

"可是，我更喜欢看日落。"小王子说。

"日出有日出的美。人老是说我们喜欢黑暗，其实我们也喜欢阳光，我们只是不喜欢人。"老鼠说。

在老鼠的劝说下，小王子站在行驶在地中海海面的邮轮上，认认真真地看了一次日出。

"太阳升起来了，我也该走了。"老鼠对小王子说。

"谢谢你，让我在海上观看了一次不同寻常的日出。再见！"小王子说。

"再见！"老鼠说完就消失在小王子面前了。与此同时，小王子所在的邮轮顺利地穿越了博尼法乔海峡。

在 南 方

头顶上的阳光灿烂辉煌，小王子来到了他意大利之行的第一站：那不勒斯城。那不勒斯城位于亚平宁半岛的南部，是意大利南部的第一大城市。

虽然，那不勒斯有很多值得骄傲的地方：

比如，你或许听过《我的太阳》这首歌吧，至少你知道世界上有这首歌，而它正是诞生于阳光明媚的那不勒斯；

比如，你曾经品尝过比萨这东西吧，至少你望见过街边的比萨店，而比萨最初也是由那不勒斯人发明的；

再比如，那位欧洲最伟大的诗人、《浮士德》的作者，乔装打扮成一个画家，悄无声息地来到了那不勒斯，然后说："见到那不勒斯，我的心总算安了。"

但是，在意大利，很多北方人却瞧不起包括那不勒斯人在内的南方人。原因只是因为北方比南方更富裕！

正如日后马拉多纳在他的自传中写的那样："1984年9月16日，我算是在意大利足球舞台上露面了，我们首场进行了对维罗纳队的客场比赛……他们用一面旗帜欢迎我们，我突然明白了那不勒斯队的战斗绝不是简单的一场足球比赛。旗子上写道：欢迎你们到意大利来。我知道了在意大利，足球还代表着南、北部的战争，贵族阶级和穷人的战争，以及大牌球星之间的战争。"

亲爱的读者，在这里，我不小心说出了"马拉多纳"这个名字，事实上，马拉多纳正是小王子从巴塞罗那千里迢迢来到意大利所要寻找的人。

当小王子日后在和我讲马拉多纳和那不勒斯时，我起初并没有意识到，这是一个多么重大的问题。现在，当我正在把这些事情写下来，我发现这个话题确实不是简单的足球，它也不是简单的富人瞧不起穷人，而是作为穷人的那不勒斯人的精神。他们从来没有"贫穷难耐凄凉"，他们正如歌德在《意大利游记》中说的那样："那不勒斯本身预示着欢乐、自由和活跃。"

而出生于阿根廷布宜诺斯艾利斯贫民区的马拉多纳，正与欢乐、自由和活跃的那不勒斯人心灵相通。

那不勒斯的国王

1984年7月5日，对于所有那不勒斯人来说，是一个即将开始扬眉吐气的日子。就在这一天，为了一睹马拉多纳的风采，八万多名那不勒斯球迷涌入了球队的主场圣保罗球场。在圣保罗球场举行的马拉多纳加盟仪式上，面对现场八万多名观众，马拉多纳郑重宣布："我真心地希望成为那不勒斯所有穷孩子的偶像……"

随着马拉多纳的到来，作为意大利南方代表的那不勒斯队，终于找到了一种打败北方的方式，这种方式就是足球。

在马拉多纳来到那不勒斯队的第三个赛季，意大利南方人的梦想就照进了现实。1987年5月，在马拉多纳的带领下，那不勒斯队历史上第一次获得了意大利足球甲级联赛的冠军，同样这个冠军也是所有意大利南方球队的第一个冠军。

那不勒斯人甚至开始把自己的房子涂成了蓝色——那不勒斯队球衣的颜色。

所以，当小王子三十年后来到那不勒斯城的时候，他还能够见到一些天蓝色的房子。

"这些房子虽然是天蓝色的，可是也太破旧了，旧得连一点光泽都没有。"小王子自言自语，语气里充满了失望。

可是，当小王子走到了位于那不勒斯城中心的那不勒斯王宫时，小王子反倒开始怀念起刚刚路过的天蓝色房子了。

那不勒斯王宫修建于1600年，是一座米黄色的三层建筑。在阳光的照射下，显得庄严而辉煌。王宫正面的拱门中，放置了八座那不勒斯历史上重要国王的雕像。这些雕像雕刻得栩栩如生，却丝毫提不起小王子的兴致。

小王子对王宫的看门人说："你们这里虽然有八个国王，可是还不如我之前认识的一个国王好玩。"

"我完全认同你的看法。"看门人对小王子说，"对于每一个那不勒斯人而言，那不勒斯真正的国王并不在这座王宫里。"

"哦?"小王子不明白看门人的意思。

"你觉得你刚刚路过的那些天蓝色的房子和这座王宫相比，哪一个更壮丽?"看门人问小王子。

"我喜欢那些天蓝色的房子。"小王子回答。

"任何设计师都设计不出那些房子。唯有马拉多纳可以，随着他的到来，那些房子被赋予了生命。"看门人说这句话时，眼睛为之一亮。

"马拉多纳? 他是一个建筑师吗?"小王子问。

"不，他是那不勒斯真正的国王，圣保罗球场就是他的王宫。"看门人对小王子说。

小王子忽然问道:"他是来自巴塞罗那城吗?"

"啊?"看门人被小王子突然间的提问问愣住了。

"请你告诉我，马拉多纳是从巴塞罗那城来到那不勒斯城的吗?"小王子又问了一遍。

"是的。"看门人回答。

"那就对了，我来这里就是想找马拉多纳。"小王子兴奋地说。

马拉多纳在那不勒斯城待了七年，共为那不勒斯队赢得了两座意大利甲级联赛冠军、一座欧洲联盟杯冠军、一座意大利杯冠军，以及一座意大利超级杯冠军奖杯。这些奖杯虽然不及他在阿根廷国家队时举起的世界杯那样耀眼，但是对于那不勒斯人而言，马拉多纳就是他们真正的国王。正如一位出生在那不勒斯城的学者所说:"当马拉多纳开口说话时，他不需要发出太大的声音，因为所有的意大利人都会洗耳恭听。"

维苏威火山

小王子问看门人："我知道马拉多纳很伟大，可是请你告诉我，为什么他在巴塞罗那队时无法取得成功？而同样是出生在阿根廷，梅西却可以？"

在听到了小王子的这个问题后，看门人皱了皱眉。他并不喜欢这个话题。

在一段短暂的沉默之后，看门人抬起头，用手朝着东边的方向指了指。

小王子乖乖地顺着看门人的手所指的方向望去。

"我什么都没有看见。"小王子说。

"那是维苏威火山的方向。"看门人继续说，"维苏威火山是最伟大的，然而当它发起脾气的时候，它就只能成为别人的麻烦。马拉多纳在巴塞罗那队时，正是没有控制好自己的脾气。"

"维苏威火山？"小王子问。

"维苏威火山是欧洲大陆唯一的活火山，也是世界上最著名的火山之一。"看门人解释说。

"我有三座火山，其中的两个可以为我热早餐。我每周都打扫它们。"小王子骄傲地说。

"维苏威火山能够用来热早餐吗？"小王子继续问道。

看门人被小王子彻底问糊涂了。

"早餐算什么！维苏威火山喷发的时候，庞贝都能让它煮熟。"

看门人愤愤地说。

"庞贝是什么？能吃吗？"小王子问。

"庞贝曾经是那不勒斯城东南方向的一座繁荣的小城。公元79年，维苏威火山喷发了，火山所喷出来的灰土瞬间就将小小的庞贝城埋在了下面。从此庞贝就完整地与世隔绝了，直到一千多年以后，考古学家发现了它。"那不勒斯王宫的看门人就像一个导游，几乎无所不知。

"什么是考古学家？"小王子又问。

"考古学家专门在地下面找东西，他们寻找房子，寻找壁画，寻找瓶子，寻找马车……"看门人说。

"寻找这些东西有什么用？"小王子问。

"哪个国家的地下这些东西更多，就说明哪个国家在地球上存在的时间更长。"看门人回答。

"目前，经过意大利考古学家们的努力，意大利已经成为世界上地下的东西被发现得最多的国家之一。"看门人继续说。

"我还没有见过一位考古学家，我只知道一位地理学家。"小王子对看门人说。

"如果你想知道更多的关于考古和地理方面的知识，我建议你去一座城市。"看门人说。

"不，不，我不是那个意思。我来到这里，只是为了了解这里的足球。"小王子说。

"那里也是一座足球之城。那里有两支不错的足球队，还举办过世界杯足球赛的决赛。"看门人向小王子建议说。

"看起来，那里很值得一去。请你告诉我，那座城市叫什么。"

小王子说。

　　"罗马。"看门人说。

　　"谢谢你，再见！"小王子向看门人告别。

　　"再见！"看门人也向小王子告别。

整个世界都在下雪

曾　剑

一

车行在山路上。山像一只张开的蚌，夹着一条公路，一条浅水河。

一女子站在河中，河水没及她小腿，她裤腿挽起，身体曲成一张弓，脸贴向水面，长发随水流而动。青山如黛，碧水浅流，夕阳斜照，女子沐浴，一幅迷人的乡村图画，我却感到脊背发冷，双脚生寒，毕竟已是初冬时节，空气中透着寒气，何况水乎。

我或许该把她叫上岸。我将车停在路边。我顺着公路旁的坡地，下到河畔。我朝女子喂了一声，河水撞击着山石，低吟浅唱，淹没了我的呼喊。喂……我的喊声大而悠长，这次她听见了。她抬起头来，湿淋淋的头发贴着头皮，露出白牙朝我笑，继而"嘻"的一声。她的笑刀刃一样在我身上划过。

我毛骨悚然，浑身战栗，我不让自己战栗。我以为看到了水鬼。我是个唯物论者，我说，不，那是一个人，一个痴呆的女子。

我喊她上岸。我问她的家在哪里，我想把她带回家。她朝我歪着头，翻着白眼，眨巴两下眼皮。我周身鸡皮疙瘩骤起。

河对面是狭长的稻田。它在冬日里是荒芜的，稻茬像无数的剑，刺向天空，也刺向我。我逃离浅水河，上车，继续前行。时间不长，我到了杨家蚌。

我是到杨家蚌村去搞扶贫工作的，我被任命为这个村的扶贫第一书记，任期一年。

杨家蚌隶属七里坪镇。七里坪是革命老区，地理条件所限，那里依然很穷。镇四面环山，山高崖陡。从这独特的地理位置，能感知昔日革命者生活之艰苦，当然，也能感知其存在的意义。

杨家蚌依山傍水。山叫蚌山，因形得名；水是倒水河，河道浅，据说下雨的时候，水流不出去，在山谷漫涨，形成倒流。

杨家蚌村民都姓杨，我也姓杨，生我养我的那个村庄也都姓杨，这让我觉得特别亲切，像是回家探亲。

二

需要帮扶人的名单，在杨家蚌村委会的名册上，帮扶者去挑选。我是最后被安排到杨家蚌的，其实没的选，早被人选过了，只有"剩男剩女"。我矬子里拔大个儿，选了三户，一是杨宗府，光棍。另一户户主是杨万才，独腿，有家，儿子在外打工，四十岁了，未婚，几乎走进了光棍的系列，女儿远嫁。

我的名额是三户。我突然想起村头那个在冷水里洗头的女子，她的笑刺痛着我。

杨家蚌的村书记叫杨柳村，像一个村庄的名字，不少人把杨家蚌叫杨柳村，闹出一些笑话。

我问杨柳村，那个洗头的女子是谁。杨柳村说，是他的村民，因为爱情受挫，得了精神疾病。她也是村里的一个贫困户，是扶贫对象，上面来结对子的扶贫人士，嫌她是病人，都没选她。杨柳村说，我们只等来个女干部，把她交出去，哪知这次来的，还是男的，看来她还得等。她常到河边洗头，冬夏无阻，冬天河水结了冰，她破冰而洗。

我问，为什么是这样，总会有什么原因吧？

杨柳村说，她与他的男朋友，是在倒水河边认识的。他的男朋友是县一中的美术老师，喜欢画画。那时是夏天，临近黄昏，那个老师在我们杨家蚌采风，拿着个木板夹子，画蚌山，画倒水河。后来画她，让她站到油菜地里画，一画就是一下午。不久，他们就处上了。两年前，他们说要结婚，整个村的女孩子，都羡慕她，说她命好，恋上了城里人，眼看就要嫁过去了，那个美术老师突然提出分手，她就崩溃了。

她为什么要没完没了地洗头呢？我问。

杨柳村说，她清醒的时候说过，他们分手时，美术老师对她说的一句话是：你的头发真脏。

这话对一个女孩子来说，的确很伤人，但也不至于疯掉吧，我想，我陷入沉默。

我想帮扶她，她的痴笑刺痛着我。我想让她恢复成正常女子的笑，让她笑脸如花，我不愿她的痴笑留在我的脑海深处，这会折磨我。

她叫什么？我问。杨柳村说，名字好听，叫杨花。

我说，杨花能好起来，她只是受了伤，她需要疗伤。我这么说是有根据的，我们村一个女孩，被退婚后，把自己关在屋里，上吊自杀，没死了，疯了。邻村一个老光棍，是个理发匠，不嫌她疯，把她接过去，给她理发，把她收拾得干干净净的，不久她就好了，正常了，给那个老光棍生了个儿子。

杨柳村说，她怕是好不了。她中间好过一次，又犯了。她有家族史，遗传，她爸就是个疯子。杨柳村说，他爸是知识分子，村里的民办教师，多年来，一直盼着转正，眼瞅着这个愿望就要实现，名额被顶了，上面说让他再等一年，他没等到，就疯了。很儒雅的一个人，疯了之后，就打老婆，把所有的怨气，都撒在老婆身上。老婆受不了折磨，喝农药，死了，杨花就没了妈。她爸后来也摔死在悬崖下，也不知是跳崖，还是失足掉下去的，三天后才被人发现，很体面的一个人，摔坏了，好像还遭了野狗撕扯，秃鹫啄食，那样子，看不得。

我的心，像塞进一团湿淋淋的破抹布，疲于呼吸。我问，她家再没别人吗？杨柳村说，有个姐，出嫁了，上有老，下有三个仔，顾不过来。偶尔过来看看她，帮她拆洗被褥，收拾屋子。

天暗下来，山的影子黑压压的。村部的电灯，在无边无际的黑暗里，像萤火虫，努力地放着光亮。

我在杨家蚌住下来。我脱产参与扶贫工作，按文件，每月在村里不少于二十天，每天在村部指纹打卡。

来扶贫的干部，大都在村民家搭伙住。杨柳村说，你就住村部吧，村部有个计划生育协会，休息间，里面有张床，你睡那里，不用上村民家，省得惹摆难。对了，计划生育协会有现成的医疗床，有成箱的避孕套。他说到避孕套时，朝我扬眉一笑，我却觉得一点也不好笑。

　　村部没有食堂，我就在杨柳村家搭伙，早晨八块，以面食为主；中午和晚上各十块，都是米饭，保证两个农家菜，逢家里有客人，有鱼有肉，不用加钱，算是捡着了。不准喝酒。

　　杨柳村的孩子在武汉读大学。她的女人保持着山里女人特有的习惯，做好饭菜，摆到桌上，自己不上桌，去干喂猪扫地的活。我和杨柳村边吃饭边谈工作。杨柳村说，剩下一户，你选谁？我说，就杨花吧。杨柳村说，杨花是女同志，不太方便，要不你看看杨德胜？我问，杨德胜什么情况？杨柳村说，六十多了，糖尿病，一个人。我问，也是光棍？杨柳村说，有老婆，儿子，也有女儿，都走了。我问，都走了？这么惨？我以为他说都走了，是死亡。他说，不是的，他的儿子好好的，十八岁那年，不知中了什么邪，就痴呆了，到乡里县里治，没治好。几年前，他说带儿子到武汉去看病，两人去的，就他一个人回来了。他说他在武汉上了个厕所，出来儿子就没了，后来听说，他是故意把儿子丢了，儿可是妈身上掉下的肉，当妈的心里怎么过得去，女儿也生他的气。虽说痴了，也是亲哥呀。他的女人就带着女儿，去了武汉，一边打工，一边找孩子。他是死是活，媳妇和女儿都不过问。也不能怪人家，他这事做得太绝。

　　我说，我不帮扶他，这种人，我见都不想见。杨柳村说，理解，谁都不选他，那就留给村里吧！他生活暂时能自理。

我将杨得胜从我脑子里删除，我说，还是选杨花吧。

杨柳村说，随你，他们需要帮扶，你是来扶贫的，你有选择的权利。

我其实没得选择。杨花的痴笑刺痛了我。我了解我自己，她的痴笑永远不会在我眼前逝去，它会一直在我脑子里折磨我，除非她好起来。

我要让她好起来，为她，也为我自己。

一股寒意袭来，我打了个冷战。才初冬，山里气温到底低一些。杨柳村说，咱们农村没有取暖设备，我们习惯了，你怕是不行，你早早地钻到被窝里去吧。我说行。杨柳村起身送我，出了他家的屋，一股更冷的夜风袭来。我想起杨花。我问，杨花应该回屋了吧？杨柳村说，回了。自个儿的屋，她还是晓得回的。

杨柳村好像突然想起什么，停下脚，说，你知道吧，杨花洗头洗脚的那块，不只是她与她男朋友认识的地方，还是电视剧《铁血红安》里的一个外景地，就是卫生队那几个红军女战士洗衣的地方，你记得吧，她们还唱了《八月桂花遍地开》？

《铁血红安》我看过，他这么说，我倒有些印象。我说，多么浪漫的地方啊，却是悲伤的爱情故事。杨柳村说，是呀，想着就心痛。

我们不再说杨花，接着往村部走。我在计划生育协会住下，它的前称是计划生育办公室。我打开灯，透过铁皮柜门上的玻璃，我看到柜里果然如杨柳村所说，都是避孕套，五颜六色。

三

天还在黑暗中，我就醒了。其实，我一直半梦半醒。杨花的痴笑，和她在冷水里冻得赤红的双腿，轮番在我脑子里出现。鸡鸣狗吠，应该是清晨了，只是冬日的天亮得晚。我披衣起床，想出去走走。多年养成习惯，醒了，就不再睡，再睡，也只是梦，睡不踏实的。而梦，又有几多是美好的呢？不如在现实里，多做一些事，不受虚幻的梦的缠绕。

打开门，有狗冲过来，它好像专门在门口等着我这个陌生人。我不得不撤回。无事可做，躺在床上看书。阅览室的书，没有能进入我视野的。说好的要少玩手机，百无聊赖，只得靠手机，打发黎明前的黑暗。

窗外透过一丝光线，终于盼到天亮。

我推开门，这次，我以主人的傲慢姿态，挺胸，大跨步。那只狗仰头望了我一眼，耷拉着尾巴，远去了。杨柳村走过来。我问，怎么这么早。他说，你也早嘛。他说，不知你睡得好不好，过来看看。

这是客套话，当不得真。我说，很好。我说，去看看杨花吧。杨柳村说，她的家破烂不堪，进不去人，让她到村安置房住，她不去。等她到村安置房，你再见她。我说，咱们这就去让她搬。

杨柳村疑惑的目光审视着我。他问，你确定要帮扶她？我点头。他没有争辩，让我跟着他走。他边走边说，看看也行，不适合，你再换杨德胜。我不喜欢听他说杨德胜，一个没有人性的人。

相反，疯癫的人，往往都是太压抑、太敏感、太脆弱、太善良，他们把苦痛埋在心里，不愿伤害别人，就伤了自己。

杨花家的院门是虚掩着的。我们推门而入，见她坐在院子中央，像是知道我们要去，特地坐在那里等我们。杨柳村好像窥探到我的内心，小声说，你别自作多情，她除了睡觉，做饭吃，到河边洗头，就坐在这里等。她不是等你，是等她那个叫陈世桃的前男友。

杨花站起来，头发蓬松，较之湿淋淋的紧贴着头皮，这样的发型要好看很多。没了痴笑，一丝惊慌，使她看上去有几分羞涩。她双眼皮，双眸明亮躲闪，像有话想说。她的嘴不大，很秀气。她整个人偏瘦，像过度减肥的女子。她显然不是因为减肥，而是营养不良。

她原来是一个长得不错的女子。

杨柳村向杨花介绍我，说这是杨鸣书记，我们村的第一书记。杨花说，第一书记好。她向我问好，这让杨柳村吃惊不小，我看到他脸上的惊喜。他向杨花纠正她对我的称谓。他说，他是第一书记，你叫他杨书记就行。她说，杨书记好。

她似乎全好了。

杨花让我们进屋，她要给我们烧茶。她家的瓦屋阴暗，潮冷。我坐不住。我说，杨书记让你到安置房去住。她的脸上立刻出现惊慌。她说，我不去，我去了，陈世桃回来，该找不到我了。说话间，她便陷入沉默，像是在追忆往昔。杨柳村说，走吧，人家陈世桃逃了，不会回来了。她惊恐万分，立刻跌坐在凳子上。杨柳村的话，像子弹击中了她。我略懂精神病患者，他们害怕刺激，活在幻想里。不如意的现实，会加重他们的病情。杨柳村显然也知道自己的话欠妥，急忙往回收。他说，杨花，住到安置房去吧，把你的电话号码写在门上，陈世桃回来，他找得到你。

杨花跟在我们身后。安置房离村部不远，离杨花的住处有一段距离，我说，上车吧。杨花不上车，坚持步行。她脸上出现恐慌，好像车会把她带上遥远的不归路。

杨花与我们保持着三五步的距离。我们快走，她就跟上，我们放慢脚步，等她，她也慢下来。这种距离适合杨柳村继续介绍她。杨柳村说，奇怪，谁叫她去安置房，她都不去。你让她去，她就去了。你们认识？我说，你这玩笑一点不可笑。他说，我没开玩笑，我说真的。我说，说真的就不要开玩笑。

拿一个精神病患开玩笑，搁谁都不舒服，这是在亵渎我的同情心。我们长时间不再吱声，走在土路上，河畔的雾飘然而至，我们的脚步声，听上去湿淋淋的。

杨花突然停下，说她的枕头没带。我们到底是男人，想得不周到。杨花把她的棉被塞给我，这让我难为情。我说，还是开上车吧。我走向我的车，把她的棉被放在车上。被子很新，干净，色彩明亮，不像是一个病人的被子。

我和杨柳村在车里等她。杨柳村说，我发现一个问题，即便是疯子，她脑子里也有一根神经是清醒的。你看，她什么都可以丢，却从未丢过手机。她怕她的那个陈世桃找不到他。这个陈世桃！

我对杨柳村的话表示赞同。我们村就有个疯女人，无论怎么疯，却始终不离开她的儿子。村子里哪个小孩子动手打了她的儿，她会像一头愤怒的狮子，去撕扯那个孩子。整个村子的孩子都怕她。

安置房共五户，离村部不远。安置房都是新房，外墙上贴着白色瓷砖，看上去就干净。房屋前面是一片水泥地，水泥地四周，几棵桂花树依然葱绿，葳蕤生长。这样一块宽敞之地，在这个山村，是奢侈的。

家具灶具都是村里统一配置，除了有些灰尘，倒还整洁。屋里久未住人，一股霉味，打开窗，清爽的空气袭来。透过窗户，能看见河水流淌，就是那条倒水河。这里河床窄，没有田和地，只有几小块菜园，菜园里青菜长势旺盛。

杨花留我们吃饭，是一句客套话，当不得真。她的安置房里，锅凉灶冷，无米无菜。杨柳村却为她这句话感到欣喜，说她思路清晰，知道客套。

我上午就让人把柴米油盐送到，杨柳村说。杨花说谢谢，谢谢杨书记的帮助。她说这话时，并没有看杨柳村，也没看我，她看着门外那片水泥地，这使得我并不知道她说的杨书记，是我还是杨柳村。

四

一个早晨，就做成这么大一件事，我和杨柳村都很高兴。在杨柳村家吃面条。杨柳村家那个圆脸女人，还在我碗里埋了鸡蛋。那鸡蛋的颜色黄亮黄亮的，带着粉，像盛开的南瓜花，是笨鸡蛋。近两年，县城省城的人，喜欢开车到乡村买笨鸡蛋，抓土鸡，笨鸡蛋在乡村，也成了稀罕物。我对杨柳村的圆脸女人说，你不要给我埋鸡蛋。圆脸女人说，你是客。我说，我长期在你家搭伙，不是客。

圆脸女人说，那也不差一个鸡蛋。我说，你要再给我碗里埋鸡蛋，我就加伙食费。圆脸女人说，行，不埋。

杨柳村的圆脸女人后来果然没再在我碗里埋鸡蛋，也没做特别的菜，家里吃什么，我吃什么，不过，油放得厚。

早饭后，我和杨柳村去村部，杨花在门口堵住我们。她手里拎着两个塑料袋，是一把香蕉，五六个苹果。

她局促不安，颤声说，谢谢杨书记帮助我。她说话的时候，依然不看我，也不看杨柳村。这使得我俩，还是不知道她是要谢谁。我想，既然水果拎到杨柳村家，就是感谢人家杨柳村吧。

杨柳村的圆脸女人让她坐，她不坐，就那么站着。可能是嫌水果沉，她把水果放在凳子上。圆脸女人说，你看你，还买水果做啥，太客气。

是上班时间，我们不能像村妇坐在家聊天，我们得去村部。我们往村部走，杨花跟上来，她手里竟然还拎着水果。圆脸女人、杨柳村，还有我，我们都有些尴尬。

杨花把水果袋往我手里塞，我才知道，她所言的"杨书记"是指我。我说，你把水果放杨书记家吧，我中午过来吃。她就把香蕉放回去了，苹果依然拎着。我怕伤着她，就把苹果接过来。

她脸上带着羞涩，悄然离去。

我问，她哪里来的水果？杨柳村说，村子里有一家粮油店，也卖水果，卖得贵。

我们来到村委会门口，回望杨花家的方向，已经有青白色的烟，从她安置房的烟囱里冒出来。我说，杨花看起来很正常嘛。杨柳村叹息道，唉，猫一阵狗一阵，不要太乐观。她这种病人，受不得刺激，一根羽毛砸向她，都可能使她旧病复发。

杨柳村年轻时读过农业高中，在那时的乡村，是个文化人。他的话，方言里夹杂着书面语。

杨柳村说，杨书记，你准备一下，你别老惦记杨花，你还有两户人家，我带你去。我说，行。

杨柳村用的是"惦记"二字，这让我有些不快，觉得他亵渎了我的同情心。

我坐副驾驶，杨柳村开车。我们向另一座山的方向行驶。通向远方的，是细石子马路，说是要铺水泥路，还没批下来。杨柳村说，只有拖拉机，或者像他这样的吉普，才能走这样的路。他说我的轿车，一个来回，不散架，也得上大修厂。我说，有这么夸张。他说，你自个儿体会吧。

时间不长，我就体会到了。久不犯的腰椎病、颈椎病，全颠出来了，屁股像分裂成无数瓣。尽管这样，我眼前还不时浮现杨花的那张脸，一会儿痴笑，一会儿文静羞涩，这不是惦记，又是什么？

五

我没想到杨家蚌村面积这么大。

生我养我的那个村子，也是山村，但住户都聚集在一个山坳里，这家到那家，抬脚就到，端着碗都可以串门。

这里完全不一样，我们到我的第二个帮扶对象家，车竟然行了四十五分钟。车行在路上，弯弯转转。杨柳村说，这是开车，若是步行，上坡两个半小时，下坡两个小时。

他叫杨宗府，住在大别山南麓，天台山半山腰。

杨宗府是一个寡汉，三十五六岁，却不是寡居，与他住在一起的，还有他哥杨宗城，快五十岁了。我们去的时候，没见着他哥，他哥下地了，地在更高的山上。杨宗府在黑暗里，神情木讷，行动迟缓，不像三十多岁的人。我小声问，他是有什么病吗？杨柳村压低声音，说，懒病。

黑漆漆的瓦，黑漆漆的墙，黑漆漆的灶。我们完全就是跌入一个漆黑的世界。杨柳村把他家后门打开，屋里才有些光亮，光线落在一张双人床上，那被子是黑的，我以为是沁了水的颜色，伸手摸，被子潮，但并不湿，像猪油般光滑，我明白了，那是他脖子上、腋上的污垢摩擦使然。这个发现，让我震惊。

我难受，浑身不适，像爬满了螨虫。我说，这样的地方怎么住人。杨柳村说，安置房有他一套，他死活不下去。我问杨宗府为什么不下去，他不吱声，像一截木头。

又懒又犟，杨柳村小声说。

我随后见证了他的懒和犟。我知道，要教育感化这样一个人，没有别的办法，就得磨，与他死缠硬磨，但这要花时间。时间有的是，我不就是脱产扶贫驻村来了嘛。我只是觉得愧对家人。我说，双休日我一定回去，现在看来，怕是顾不上了。

我性格坚忍，一件事，不干便罢，要干，不达目的不止。

我决定改变杨宗府，我知道，这需要时间，我得一趟一趟地往山上跑，每次得大半天。我还舍不得用我的车跑山路，它不是豪车，却掏光了我的积蓄。

我决定买一辆二手车。

我在我的那辆轿车前站立。我原本是想买一辆宝马，钱不够。徐丽敏说，那就买便宜点的吧。

徐丽敏是我老婆，她的话，我得听。

双休日，我回了趟县城，花了一万二，从朋友处购得一辆二手吉普，在这山路上，造去吧。徐丽敏起先不同意，说，去扶贫，还得自己投资，不是有交通费吗？坐公汽。我说，你让我为了那点交通费，把时间都花在山路上？时间就是金钱，你是老师，体验比我深刻。徐丽敏在红安县第六中学教书。她望着我，我愁眉不展，徐丽敏犹豫了一下，把银行卡递给我，说，告诉你，只准取一万二，一分不多。

我很快拿到车，车手续齐全。我到商店，给杨宗府买了一条军被，花了八十块。显然，是假的，但假得靠谱，被面的布很绿，里面的棉絮也柔软，不是垃圾棉。

二手车行驶在柏油路上，像手扶拖拉机。到山路，就显示出它的优势。被枝丫划擦，被石子磕碰，或是跨过一个小水沟，你只会心疼自己的腰，不会心疼车，这与开新车的心理完全相反，似乎它越被折磨，就越是觉得自己英明。

在村口，我看见杨花。她不知道我换了车，所以没认出我。我的车开过去了，在后视镜里看到了她。我停下来，打开窗，朝她喊，你怎么在这里？她说，是杨书记呀，我等你哩。我问，有吗事？她说，我向你汇报我的病情。她说，你上我家坐吧。她和她那个潮湿的屋，我不想面对。我说，我还有别的事。她说到安置房。她竟然知道我排斥她的旧屋。我说，我先到杨宗府家，晚上同杨书记一起去看你。她说，谢谢你，我的病好多了。我说，好，按时吃药。

一脚油门，后视镜里的她消失了。

六

山路曲折，向山顶盘旋。峭壁处，人会惊出一身汗。我一边开着车，一边寻思，我要是坠下崖去，算因公牺牲吗，会不会被评为烈士？

见到杨宗府时，他在屋子里发呆。他哥杨宗城在天井里，手拿一只锄头，这儿挖一锄，那儿耙一下，眼睛却并不看地面，目光斜视我们。他像一名地下工作者。

我把被子给杨宗府，他接了，并未说声谢。

杨宗城放下手中的锄头，进屋，把锄头靠在墙角，从杨宗府手中接过军被，像抱一捆柴火那么自然。他走到屋角。屋里光线昏暗，我努力辨认出墙角是两只木箱子，他用腰间绿色鞋带上拴着的钥匙，打开一只箱子的锁，把被子放进去，复将锁锁上。这是一对老式木箱，借助明瓦透过来阳光，我勉强看了它的颜色，深红，油漆斑驳脱落，能看出它木头的纹理。

杨宗城把收被子这件事做得很严肃，好像我做错了，他是在纠正我的错误。我同他开玩笑，想让这屋里紧张凝滞的空气动起来。我说，被子是给你兄弟拿来盖的，你留着做什么，娶媳妇？他不笑，也不应我，一脸死板，像对我有了怨恨。

他莫不是嫌我只买了一床被？他弟是帮扶对象，他不是，我没有理由给他买。

我回到村部时，太阳往西山洼落下去。我把杨宗城锁被子的事，同杨柳村说了。他说，你慢慢品吧，这些人，能把你气死。

我说，看杨宗府，没心没肺，也没个脑袋瓜子搞这些阴谋。杨柳村说，都是他哥指使，他哥不是贫困户，但他哥靠他搞钱，搞物。杨宗府每月四百二十块钱的低保，都在他哥手里。还有医保卡里的钱。他哥不是个东西，可是，我们也没办法，他听他哥的。这兄弟俩，说分家吧，还纠缠在一处，说没分家吧，当哥的也不管他弟。哥哥炖肉吃，弟弟清水煮菜，一点油星子都没有。

我不理解杨宗府，四肢健全，怎么能什么都不干呢。我对杨柳村说，让他到村安置房吧，这样，我们也可督促他做点事，自食其力。杨柳村说，只要杨宗府下山，村里就给他安置房。杨宗府不说去，也不说不去，就是不动身。我把他往车上拽，他躲。他说他山上有地，有菜园。杨柳村说，安置房附近也有地，也有菜园，按人均该得的面积给你。杨宗府还是不下山。杨柳村说，不去算了，这种人就这样，吃不得苦，也享不了福。我无奈。我是杨蚌村扶贫第一书记，杨宗府是我的帮扶对象。他不去安置房，是他的事，可是，他住的屋黑乎乎像一个大灶膛，那就不只是他的事了。我到镇上，购得一桶白石灰，将他黑乎乎的墙粉刷一新。

我自家的房屋装修，我都没伸过手。

既然杨宗府说他要种地种菜园，那就让他种吧。怕打消他积极性，我第二天就把他要的东西买来了。我买了土豆、大蒜，还有萝卜白菜籽。我说，杨宗府，你好好种，我下次来看你种的园和地。

六七天后，我去看杨宗府，我放在他墙角的葱没了，蒜没了，土豆也没了。我惊喜，眼前出现嫩绿的蒜苗，钻出地面的土豆芽，那将是充满希望的图景，然而，现实令我气愤，他门前的菜园，他后山坡的地里，什么也没有。他们弟兄二人，把葱种和蒜种，当菜吃了，土豆也吃了，那么多，半蛇皮袋，他们既当菜，也当饭。

我彻底失望了，我想放弃，但我内心有悲悯。我知道，可怜之人必有可恨之处。可是我们不能只有恨，恨只能让杨宗府更加堕落。他需要的是帮助。他若是一个自强自立的人，何至于让我来帮扶？

我带着杨宗府耕地。冬小麦有些晚，油菜好像还可以。我问他有没有油菜种，他说没有。他说，他不想种油菜。我以为他是懒，他说，不能种油菜，春天油菜花一开，杨花就会犯病，就会到倒水河里洗头，那么冷的天。

杨宗府这么说，我竟然有些感动，觉得他虽然懒，良心并未泯灭。

杨宗府不爱说话，我就说。我说十句，他总得回一句吧。我终于从他嘴里套出了话。他说，是他哥不让他下山，不让他去住安置房，也不让他种地种菜，种了，有收入了，照顾就没有了。

什么人！我脑袋有些大。我想骂人，想想是他亲哥，骂杨宗城的娘，他也不好受。

还有比这更恶毒的。一次，省扶贫攻坚组来检查，杨宗城故意让杨宗府吃玉米饭，撒点盐，无菜无汤。哥儿俩端着碗，蹲在屋檐下的阴影里，像两个叫花子。我和杨柳村挨了批评。我拉着扶贫攻坚组组长的手，好说歹说，才没被通报。

兄弟俩屋里只有一张床，原来这对难兄难弟，是同床同被而卧。冬天可以抱团取暖，那么夏天呢，太别扭了。

我要杨宗府下山，我说，你必须下，你不能再给我们杨家蚌扶贫工作拖后腿。你这是给我和杨柳村书记脸上抹锅灰。杨宗府不应，头低着，身子蜷着，"树林幽鸟恋"，他活成了山上的一只鸟。

杨宗城说，我去吧，我弟的安置房我住，我上山可以给我弟带粮带油带生活用品。杨柳村递我一个眼神，暗示我别答应。杨宗城说，让我下山住安置房吧，山上不方便，到村里，我就可以到镇上去做工。不到镇上做工，我年底纯收入就达不到三千二百八，村里就会多一个贫困户。

杨柳村摇头，皱眉，有怨气，又无可奈何。杨宗城若住到山下村里，能给杨宗府捎米捎菜，不用我来回上山，我倒省事。我这么想，心里窃喜。我说，那就让他下来住吧，反正是要给他弟住的。杨柳村说，上面来检查怎么办？我说，没事，我就是上面来的。如果省里来人，就把杨宗府强行接下山。如果突然检查，把杨宗城堵在安置房，就说杨宗府上山种地去了，杨宗城是来帮他弟取东西。

杨柳村很勉强地点头，说，只怕杨宗城会把事情越搞越糟。他没再说什么，毕竟我是扶贫工作第一书记。

我们准备离开时，杨花出现在我们面前。我问，你怎么来了？你搭谁的车？她说，没坐车，走的。我说，这么远的山路，走来的？她点头说是，抄近路。我说，这山路弯弯转转，哪有什么近路。

我飞过来的，她说。之后她笑了，我也笑。都会开玩笑了，这是个好现象，表明她内心轻松，我也随之轻松了。

我问杨花找我什么事？她说，药没了，让我带她去检查一下，顺便开些药。我说，行。药没了，对她来说是大事，她不能停药。可她也犯不着这么远走来。我说，药没了，你打个电话不就完了。她说，手机没电。我说，你咋不充电。她说，充电器没了。我说，充电器怎么没了呢？她说，掉倒水河里了，让水冲跑了。我说，你又去倒水河洗头了。她说，嗯。她说，陈世桃说我头发脏。

我刚松弛下来的神经再次绷紧。我大声说，没有陈世桃！我几乎是吼，把她吓了一跳。她哭了。我知道她受不得刺激，语气缓和下来，我说，行了，陈世桃说你头发脏，你该洗，可是，你就在家里洗呀，家里有热水。现在是冬天，你知道不？她说知道。她说，我在河边洗。他就在河边，他说我头发脏，我要让他看着我洗。

她又进入了那种虚幻世界。

杨宗府在我身后，幽灵一样冒出一句话：她喜欢你。我吓了一跳，像哑巴一样的他，突然冒出这句话。我回头看他，他露着一嘴大黄牙，傻笑。我朝他喊：把你的牙好好刷刷。他咧着嘴说，没牙膏。我说，行，我给你买，我上辈子欠你的……

杨柳村打断我的话，他说，杨书记，我们走吧。说话的同时，向我递了个眼神，暗示我息怒，我就明白了，他是怕这些人向上反映扶贫干部工作态度不好。

杨花脸上飞起红云，可能是杨宗府说她喜欢我的话起了作用。我尴尬，但同时欣喜，这说明她的病情在好转，知道害羞。我说，你要按时吃药。药快没了时，提前告诉我，别等到现上轿现扎耳朵眼。

她红着脸笑。

回到安置房前，杨花下车，我也下车。她不进屋，站在门前问我，我的头发脏吗？我说，不，你的头发很好看，有一股油菜花的香味。

她便闭上眼，陷入自我陶醉之状。我唤醒了她，她是不适合长期处于这种状态的。我说，进屋吧。我也跟了进去。男女授受不亲，我拽上杨柳村。

桌子上，治疗抑郁症的药还有，她显然撒了谎，但我没有揭穿她。

我把她的淋浴器电源打开，觉得淋浴器慢，用电热壶给她烧了一壶水。我说，你洗个头吧。我所以盯着让她洗头，是怕她又上倒水河洗。

那个夜晚，我许久未眠。我一次次想起她的那双眼睛，那惊慌的眼神。我得设法让它们镇定，它们镇定了，她也就安静了，这是我的工作，一年的工作，它是衡量我业绩的标准，胜过一切。

我凝望窗外，随着夜越来越黑，远山离我更近，好像朝着我压过来。此刻，我是那么孤独，黑色的孤独。

七

一年前的一个雨夜，杨家蚌的杨万才摔坏了腿骨，他当时没太当回事。其实是有感觉的，疼得厉害，但山路远，他没去医院，只贴了几天膏药。十来天后，痛得睡不着觉，到红安县医院检查，骨头已坏死，转到武汉同济医院截肢。

他截去的是右腿。

一个男人，家里的顶梁柱，上有老下有小，媳妇还有糖尿病，长期吃药。

杨万才感到天塌下来了。

杨万才的儿子年近三十，姻缘未动。儿子的婚事，像一座山压在他心上。

杨万才听说我要去看他，早早地在门口迎接。他倚着墙，拄着拐杖，右腿空荡荡的，到大腿根处什么也没有，那根拐杖成为他的右腿。

她的女人一直在笑，那笑脸背后，是愁苦。

进屋坐。杨万才的坐姿，让人心痛。我们坐了几分钟，谈到生活，谈到收入。他没吱声，只是憨厚地笑。他的女人说，哪有什么收入，犁不了田，耕不了地。外出做工，又没人要。

女人总喜欢叫苦，杨万才倒是一脸平静。杨柳村说，他其实是个顽强的人，他拄着拐杖能做饭，炒菜，屋子里收拾得干净。犁田耕地的事，他的女人去做。她的女人个子大，风吹日晒，黑而粗糙，有着男性的特征。

这一家人，其实并未向生活屈服，但毕竟少了一个劳动力，还是贫困。

我说他可以种些果树。果树一年收一次，不像收庄稼那么匆忙，劳累。我说，你养蘑菇、黑木耳吧，这样在房前屋后就可以收，不至于一条腿两根拐杖，满山满坡跳来跳去。

杨万才后来果然栽培起蘑菇和黑木耳。

可是，新的问题来了，山路长，弯多坡陡，路难行，收山货的人不愿进山，山货运不出去。到镇上五十里地，一个正常人都难得走出去，何况他，一个拄着拐杖的"三条腿"。

杨万才有一台拖拉机，失去右腿前，他是开拖拉机的。失去右腿后，他开不了。

　　若是右腿还在，倒是可以开。右腿没了，没法踩制动，杨万才说。我说，这个你不用担心，我每周上一次山，帮你到镇上去卖干货。

　　那天我正在村委会写材料，听见嗵嗵嗵的声音，接着有人喊杨书记。我和杨柳村，不知他喊哪一个，都站起来往外走，是杨万才，他找我。说蘑菇和木耳他拉下山了，让我开车，带他到镇上卖去。

　　我望着蘑菇和黑木耳，说，这么快。他说，不是，纯山货。人工的刚培上，还在发酵阶段。

　　他坐在手扶拖拉机上，车座旁，立着他的一只拐杖，他唯一的一只脚，踩着车踏板。截去右腿后的臀部，显得肥大而突兀。我脑子里涌出个词，"金鸡独立"。我吓出一身冷汗。我问，你还能开拖拉机？他说，能开，我改装了，把制动移到了左边，这样，我左脚就可以踩制动了。只要制动控制好，不会有事的。

　　我说，你莫乱来。你要卖山货，给我打个电话，我开着吉普上山。他说，哪能总麻烦你呢？我说，你要是翻车了，那才是给我找麻烦呢！

　　我们去镇上时，杨花飞身而来。她穿着运动服，像一位长跑爱好者。我这几天事多，几乎将她忘记了。

　　她说她要到镇上买衣服，这是个好现象，说明她知道打扮了。

　　我陪杨万才在集市上卖山货，她独自去逛商场，我不放心。她没犯病时，行事倒还稳重，万一在哪一刻，如杨柳村所言，某根神经"搭错了"，走丢了，我罪不可恕。我说，我同你一起去。

杨花在镇上那家唯一的商场，买了一件上衣，配她身上那件牛仔裤，人一下子鲜亮了。

她跟我跟得紧，这让我觉得别扭。我有同学在镇里上班，我怕碰见他们，说不清。怕鬼，鬼就来了，我们被一位王姓同学撞见，他朝我挤眉弄眼，眼神邪恶。我追上去，小声说，不是你想象的那样。他笑着反问我，哪样？我说，我是到杨家蚌村扶贫的，她是我帮扶的对象，你别瞎想。他说，我什么也没想啊。

我觉得这事一句话两句话解释不清，抬腿去寻杨万才。杨花跟上来。我回望，王姓同学在街角拐弯处，回头看我们，他的眼睁得大，在阳光下闪着骇人的光。

回到杨万才家，我从车上拿出一只钳子，卸下了他手扶拖拉机的制动。我说，这拖拉机，你不能再开了，再开，就要出人命了。

他愁苦地望着我，我说，你不用愁，卖山货时，找我！

天完全黑了，山路我不敢走，也不敢驾车，就在杨万才家住下。

杨万才家有只狗，误踩捕兔子的夹子，瘸了一条腿。杨万才走到哪儿，它跟到哪儿，跟得那么艰难、执着、忠诚，不离不弃。它跟在杨万才身后，像是对杨万才的模仿，嘲讽，但杨万才并不在意。他和它让我感动。

柴火饭很香，吃得饱。夜宁静，我很快睡去，半夜里，身上痒，像有小虫子在肚皮上爬，不知道是不是虱子，我没去管它。太累了，很快又睡着了。

有狗吠，分不清是梦里的狗，还是杨万才家那只瘸腿的狗。

八

七里坪镇上有好几家织布厂，织红安土布，手工作业。我想，这样的厂子没有污染，设备也不复杂，我把我的想法告诉杨柳村，他说，这里偏僻，没人愿意来投资，就说你吧，你是不是每天都想逃。他说得没错，若不是工作，我早跑了。

我说，先别说我，说他们。扶贫也要扶富，对企业的老板，给够好政策，他们就来了。

杨柳村说，"扶贫也要扶富"，这倒是个新思路，咱们到镇上走走。

我们去镇上，找了几个老板，一个吴姓老板说，杨家蚌青山绿水，他早就想来开个分厂，不为挣钱，就是喜欢这个地方，若有现成厂房，投资小，他愿意来。

杨柳村说，蚌山洼有一个新盖的养猪场，怕猪粪污染倒水河，环保局没批，你若同意去，不收租金，把杨家蚌的闲散人员安排一批进去即可。

那老板说，行。

有一句没一句，像是闲聊，事却成了。正月初八就开业，大织土布。

杨花的病情好转，不适合总在屋里待着，得走出去，杨柳村让她就在织布厂上班，三天后，吴老板说她有悟性，将来能胜任领班之职。就近上班，杨花若能坚持下去，年底就能过贫困线。

杨宗府不爱做事，懒，不愿出山，杨柳村让他在土布厂看大门。穿上保安服，杨宗府有了责任。查进工厂的人，查得细，像问贼。

车到杨家蚌时，天近黑。我老远看见一个身影立在道边，远看像一棵大树旁的一棵小树，近看，是个人，再近了，看清是杨花，她瑟瑟发抖。我问她，你什么时候来的？她说，给你打完电话，我就在守望。

她等了几个钟头，她用的词是"守望"，我鼻眼酸涩。我让她赶紧上车，她身体像木头一样僵硬，但她头发干爽，没到倒水河洗头，已是万幸。

杨花情绪激动。我把她送到安置房，她让我进屋坐。她给我沏好茶，在我身边坐下。她什么也不说，什么也不干，就那么坐着看着我，这让我很担心。她的目光不能盯着同一人或同一物，时间长，它们就会没有内容，空洞，那是抑郁症患者特有的眼神。

我伸手去开门。她说，倒水河边的油菜花开了。我说，没有，气候还早，油菜花不可能开。

杨柳村说过，油菜花怒放的季节，杨花最容易犯病，她病后的两年内，杨柳村不让村民在倒水河畔那片狭长的地里种油菜花，怕她睹物思人。

她说，开了。

我不知怎么回应，呆在她面前。她说，你嫌我头发脏？我这就去倒水河洗。我急忙说，不，不脏，你的头发有着油菜花一样的香味。我明知在她面前，要少提油菜花，但我这次不得不提。我不能说她头发脏，有味。

她说，油菜花开了，明早你同我一起去看油菜花。

我说，没有开。她说，开了，就一朵，你明天同我一起去看。

九

第二天清晨我醒来，到村委会门口活动身体。乡村与城里的差别在缩小，村委会门口也有广场，有健身器材，晚饭后也有大妈跳广场舞。

我两脚踏上器械，身体刚晃荡开，杨花出现在我身边，像我的影子静立一旁。她说，走哇！我问，去哪儿？她说，陪我去看油菜花。

我说，油菜花还没开。她说，开了，有一朵开了。

我就跟着她走。我知道，她这种人，不见棺材不落泪，见不到油菜花，她也就死心了。

她不让我开车，她说，我们走着去吧。

我们走到倒水河畔，天已完全亮了，霞光满山野。坡地是一片麦田。麦田往里，我们果然看到了一朵油菜花，那是唯一的盛开的油菜花。

我说，这么多野生的油菜。她说，不是野生，我特意种的，过几天就全开了，满坡都是。

我怕她进入幻觉，又想起她心里那个陈世桃，我说，走吧。

我们迎面碰到那只狗。狗看到她，狂奔而去，这情景刺痛了我，这比我看见狗朝她吠叫，更令人心痛。

狗的身影快要消失的时候，突然停下。它慢慢地，像是下了很大的决心，慢慢地跟上来。

都说它是一只疯狗，其实不是，它只是一只流浪狗，杨花说。她说到"疯"字，我不悦，像吞了一只苍蝇。我一直避免提那个"疯"字，她却那么坦然地说出来。我的表情被她察觉，她说，你嫌弃它？我说，没有。她说，那你是嫌弃我？我说，没有。

那你抱我一下，她说着，我后躲，她迎上来，紧紧地抱住我。

光天化日之下！我想推开她，推不开，她的手，像两根钢绳，紧紧地将我捆住。我扭转头去。我看见了流浪狗，它仰着头，认真地凝视着我们。片刻，它吠叫一声。我趁机推开她。我说，来人了。

我本是撒个谎，却真的有个人，那人看上去很老，是我见过的最老的人。他说，要出事了，杨家蚌要出事了。

他的声音尖细，像皇宫里的公公。他弓着腰，像一只站立起来的大虾。他老同我打招呼，好像我们认识：我说嘛，这个村子要出事。一个女子，换了一件又一件新鲜衣服，让那个后生伢画，把魂都画走了，不死也得疯哩。我说的哩，都从我嘴里过哩。

杨花的脸，陡地蜡黄。她浑身颤抖着。我急忙去抓起她的手，安抚她。

他还有话说。他说，还要出事呢。看着吧，都得从我嘴里过哩。

我抓杨花的手，被烫似的松开。

杨柳村出现在拐角处，他可能听见了那个老人的话，他说，你快回去。你不回去，照顾不给你，饿死你！

老人就向着拐角处慢慢地消失了。我问杨柳村，他是谁？我怎么从来没见过。杨柳村说，聋大，村里八十多岁的老光棍，一个活着的死人。

活着的死人？

杨柳村说，是的，几年前，他死过一回，送葬的路上，又活了过来。乡里已经开了死亡证明，再去开活着的证明，很麻烦，比补办出生证都难，于是他就这么在"死亡"里活着，倒省了事，他要是"活着"，村里就多了一个贫困户。

我毛骨悚然。

我不知道这一天是怎么过的，脑子里乱，心也乱。不知不觉间，昏黄的薄雾把太阳赶下山去，夜来了。我害怕黑夜，黑夜里，杨花的脸，总在我眼前飘，挥之不去。一会儿是痴笑，一会儿平静恬淡，一会儿表情虚无。

我去了土布厂，去了解杨宗府的近况。我其实不想见他。我到杨家蚌后，黑夜变得特别漫长，我去见他，就当将漫长的黑夜，砍去一截。

在门卫室，我见到了杨宗府。他变了，人干净了，待人接物，也比先前强。他的话语多起来，不只是"来了""走啦？"也不再是问一句答一句。

他向我谈及他的哥，谈他的自私，霸道，这是个好现象，说明他有主见了。我们正谈着，杨花来了，她很有礼貌，轻轻地敲门。杨宗府让进，她悄然探进头来。杨宗府说，杨书记，她找你，你去吧，明晚你再过来玩。我说，我不是过来玩的，我是了解你的情况的。杨宗府说，那你先了解杨花吧，明天再了解我。

他说着，挑着眉毛冲我笑。我陡然觉得，他其实很刁蛮，老实是他的假象。

我问杨花，什么事这么急，她说，她到处找我。她梦见陈世桃了，梦见他给她写了一封情书。我来气。我想说，你满村子找我，就是要告诉我，一个抛弃你的人，给你写了一封情书？我还想告诉她，梦里的事，得到应验的，几乎为零，现实常常与梦境相反。可是，我不能说出来，我怕她受刺激。

十

天热起来。是夏天了，杨柳村的圆脸女人说，可以吃辣子炒河蚌了。我就在她家吃辣子炒河蚌。杨柳树的女人心眼好，她说，把杨花叫来吧，她也怪可怜的。她姐多些日子都没来看她了。杨柳村的女人说，过一阵子，给她找个人家。杨柳村说，你可别多事，先缓一缓。她再受点刺激，还得患病。

倒水河畔的泥地里，河蚌随处可见。我和杨柳村提着桶，在倒水河畔捡了一些。那些河蚌，有的静静地躺在鹅卵石旁，自己也像鹅卵石；有的在泥面，把蚌壳张开，红白的肉露出来，像要展翅飞翔。

河蚌蛋白质高，脂肪少，堪比海蛎子。咱们这里没有海，没有海鲜。我们这里遍布河沟，有河蚌，河蚌就是我们山里河鲜，当然，还有小虾，细鱼。红安城有道名菜，辣子炒蚌肉，好吃得很。蚌肉汤也鲜，武汉的人开着车来吃，走的时候，还不忘打包。

杨柳村的圆脸女人，从菜园里摘了些朝天椒，绿的，红的，黄的都有。那是最辣的一种辣椒，能把人的嘴唇辣起泡，让人爱恨交加。

杨柳村的圆脸女人手艺不错，蚌肉炒韭菜，蚌肉炒辣椒，炒蒜薹，蚌肉炖萝卜，蚌肉丝瓜汤，很多种，是河蚌宴。为了表示对村书记那圆脸女人的感谢，我把这些菜照下来，发了朋友圈，还有各阶段同学群。我照相时，没把杨花照进去，这点警惕性我还是有的。

我们的饭局设在村书记家门前，我们身后的背景是蚌山和倒水河。朋友圈点赞的达二百多，每个群都因我的河蚌宴而沸腾，纷纷问怎么走，都要来。

第二天，周末，正午一过，十几辆私家车出现在杨家蚌。村委会门口停不下，在山道上排成队。他们纷纷要杨柳村的女人给他们做蚌肉宴，主打辣子炒蚌肉。他们给杨柳村女人的钱，不比扔在城里饭店的少。杨柳村的女人像一只飞入林子里的鸟，欢快地叫唤着，但毕竟接待不了那么多人，就把他们分配到邻居家。为了体验农家乐，我那些朋友和朋友的朋友，还有我同学和同学的同学，亲自下河拾蚌。

整个杨家蚌，飘荡着辣子炒蚌肉的香味。天傍黑时，他们像一群吃食的鸡，咯咯咯欢笑着驱车而去，下一个周末，他们又来了。他们带来更多的人。村民看到商机，开始大张旗鼓地做起蚌肉菜，有的人家，还在门前挂起了幌子。

一个月后，倒水河畔的泥滩上，已找不到河蚌了。我那些朋友和朋友的朋友，我同学和同学的同学，便到河心去用网捞。没有暴雨和洪水时，倒水河并不深，他们站在河心，露出头来，脚在水下的泥地踩。碰到河蚌了，断定是河蚌而不是石头，便用手中的长把网，到脚下捞。最多的时候，河心达三十多人，清澈的河水一片浑浊。

我知道，这是河蚌的灾难，是倒水河的灾难，也是杨家蚌人的灾难，但是，没有人站出来说话，是我带来的朋友，我是他们的第一书记，他们不便说。而面对我的朋友，我朋友的朋友，我也难以开口。

谁也没想到，杨花站了出来。也不知她从哪儿弄来一把长把镰刀，刀刃寒光闪闪，她双眸如电，杀气腾腾。

起来！你们把倒水河的水弄浑了，倒水河就不美丽了，她朝着河心的人喊。

没人理她。她咆哮着：我要用镰刀，像割小麦一样，割下你们的脑袋！

我急忙喊我的朋友和我朋友的朋友上岸。我说，杨花不让，不是我不让，这成为我拒绝他们合理的借口。

那一刻，我明白了，倒水河、油菜花，已成为杨花生命的一部分。站在岸上，杨柳村说，若不是杨花，这倒水河的河蚌，怕是要绝种呢。

我在杨家蚌土布厂碰见杨宗府，他说，杨书记，我跟你说个事。他说着，转着头四下看了看，确定无他人，他说，杨书记，你少跟杨花在一起。你跟她在一起，早晚要出事。你知道她的那个陈世桃，为什么把她甩了吗？我想说，是因为杨花的头发脏，但这个理由显然不成立，也有损杨花的名声。我摇摇头。杨宗府说，我告诉你，她是蚌壳精。他压低声音，翻着白多黑少的眼睛说，你知道吗？陈世桃受不了她，他身上的血，都快被杨花吸干了。

我不相信倒水河里有蚌壳精，但他说话的样子，让我顿生寒意。

杨宗府说，杨家蚌都传开了，说杨花喜欢你，她的头发为你盘起，她的高跟鞋为你穿上，她打扮得漂漂亮亮，都是为了你。

我说，胡说八道！

杨花盘着头，穿着得体的时装，高跟鞋踩在倒水河边的乡村公路上，这情景成为杨家蚌的一个事件，但这一切与我有关的说法，我不能苟同。

十一

赶走我朋友和我朋友的朋友之后，某个夜晚，杨花让我去她家吃饭。我有顾虑，我叫上杨柳村，他不去，他说人家请你，又没请我。我说，你去吧，你若不去，我也不去，不方便。

我们走在村街上。杨柳村问我，杨花要把你当成陈世桃，你当吗？他语气生硬，但似乎并不突然，因为我自己也往这方面想过，只是我没敢往深处想。我说杨柳村，你是村支书，要讲政治，不要这样胡乱想象。他说，不是胡乱想象，她好像把你当成了陈世桃。我说，怎么可能。杨柳村说，反正她很在乎你。三年来，她的精神状态从没这么好过，也从未这么长时间未犯病。

杨柳村说的好像有一点道理。现在的杨花，头发不那么蓬松，很干净，没有草屑沾在上面。头发像拉直过，很顺畅地向着两肩垂下去。她的衣服也干净，一贯的黑色换成粉红。她突然注重打扮，成为杨家蚌村的一个事件。如果处于陌生人中间，谁能看出她是一个爱情受挫，继而疯掉的人。

今天，她将头发盘起，平跟布鞋换成了高跟鞋，羊绒套裙，气度非凡。我和杨柳村，都被她惊艳到了。

我们走进她的屋，刚要落座，她对杨柳村说，杨书记，我今天是单独请杨鸣书记吃饭，下次请你。

杨柳村神情尴尬。他笑，笑得勉强。他转身，离开杨花的安置房。我追出来，我说，我也走。杨柳村小声说，你不能走。

他自己给了自己一个台阶下，他说，我说过的，我不来，我是送你。他又说，她是病人，我不跟她计较。整个杨家蚌，也就她敢这样跟我说话。我说，你还是计较了。她是个病人，你莫生她的气。话说完我就后悔，吐了一下舌头。这话，这语气，好像我是杨花的什么人。

我一直跟着杨柳村，我说，我也不吃她的晚饭。杨柳村说，你得去，你不回去，她以为是我把你带走的，她别再一生气，一激动，我们前功尽弃。

他说得有道理，我停下脚步。

杨花给我做的，也是羬子炒蚌肉，蚌肉韭菜汤。外有霉干菜扣肉，清炒红菜薹，莲藕粉蒸肉，好像她事先问过我，知道我最爱吃这几种菜。

她把碗筷摆好。她说，你吃吧，我做的，不比杨书记的女人差。

我坐下。沉默。凝重的空气令我紧张。我紧张，倒不是怕她，不是。我接触过女性疯者。我们村里有一个疯女人，她大部分时候很正常。她爱自己的儿子。她疯了的时候，只不过头发凌乱，衣衫不整，但她并不伤害人。我紧张，是因为我，一个中年油腻男，独自面对一个二十多岁的漂亮女孩。我说得没错，今夜，她的确漂亮。

她让我吃酒，我说我不会。她说，红酒总是可以喝一点的。她拿出一瓶红酒，两只高脚玻璃杯。酒瓶木头塞子，她轻轻地就起开了。她显然提前做好准备。

她与我喝酒，她与我碰杯，她的语气越来越强硬，她说，吃蚌肉！她说，喝！她说，干！

她自己先干了。我不敢喝，我不知怎么，想起电影《白蛇传》，想到杨宗府说她是蚌壳精，脑子里就有了更怪的想法，我想，这杯酒下肚，她莫不会现出原形？她的原形又是什么样子？披头散发，咧嘴痴笑？

杨书记吃菜，她说。她把我从幻想中拉回现实。她自己扒拉一口菜，这个动作让我脊背发冷，因为她碗里除了空气，什么也没有。她把那除了空气，什么也没夹着的筷子往嘴里送。她张了一下嘴，咀嚼了两下，也许是三下。她的这些动作把我吓坏了。她这个动作告诉我，她又犯病了。她的脑子是不是出现了幻觉，她那个叫陈世桃的人莫不又回到她面前。

陈世桃是坏人、恶人，他把她甩了，我想。可是，我又想，如果是我呢，如果我是那个陈世桃，我该怎样？一定会与她白头偕老？

既然我不是陈世桃，就不必去做无谓的假设，我就是我。为了照顾她的情绪，我干了那杯酒，匆忙吃了几口辣子炒蚌肉，推说有事，起身告辞。

我伸手去拽门的那一刻，有一双手，从我身后抄过来，紧紧地箍住我。是杨花，这个屋里没有别人。我说，小妹。我故意叫她小妹，我说，小妹，别闹了。她没有回应，就那么紧紧地抱着我。她贴着我的腰，但我没有感受到她的温热，相反，恐惧像洪流一样涌来。"蚌壳精"不足以使我惧怕，我惧怕的，还是她的病。我静静地在立在那里，不敢拒绝，也不能接受，脑子里翻江倒海。

我最终选择了拒绝，动作很轻柔地拒绝。我说，小妹，我得走了，我还有个汇报材料要写。

她的手稍微松开，我冲了出去。我跑回计划生育协会，杨柳村在门口等我，问我什么情况，我说，没什么情况，就是吃饭，话也不多，就那么坐着，让我陪着她坐，别的没什么。

他说，啊。

他显然不相信我的话，也没做更细的打探。他说，那行，我回去睡觉了。

我把门关得紧紧的，灯也不开。我惊魂未定。我在黑暗里坐着。我关了手机，坐了很长时间。我就是想让自己静一静。我感到脸上痒，像有虫子在爬行。我伸手去摸。我摸到了我的眼泪。是的，我哭了。我被我自己气哭了。我当时为什么要惹这个麻烦，明知是个烫手的山芋，非要去接下。我狠狠地抽自己的耳光。我本只想抽一下，教训一下自己，让自己长点记性，手举起了，挥动了，就停不下来。一只手带动着另一只手，左右开弓，发泄着自己对自己的深仇大恨。

人生真的没法预测，不知明天会发生什么事，不知道会有什么麻烦找上门来。

我想逃离。第二天是周末，我该回家一趟了。

十二

父亲母亲的家，在县城南部，去武汉的方向。清晨，天有微光，我驱车行驶。车行经倒水河畔，杨花的影子在我脑子里晃动，我努力让自己不去想。清晨车少，我把车开得快，我想甩开杨花。我果然把她甩到我身后——她从我身后双手包抄，她拥抱我的感觉，依然留在我的后背。

我快速驶过杨花洗头的那段河湾。倒水河依旧，通向县城的公路顺河而建。倒水河在眼前不逝，杨花就在我身后不曾离开。我穿过七里坪镇，穿过红安城，接着向南，正午过后，我才到家。父亲母亲迎出来。母亲不断地说话，重复着：怎么这么长时间才回？怎么这么长时间才回！父亲在一旁看着我笑。他笑得很勉强，很苦涩，是强装笑脸。我离开的时间并不特别长，他们看上去却像是苍老了很多，这让我免不了心酸，差点落泪。

母亲进灶屋给我煮面，煎土鸡蛋，这是招待客人的"午时茶"。父亲拿出一条新毛巾，是我上次带给他的，他没舍得用，给我留着。他让我洗手抹脸。我走出去了，回不到故乡了，每次回来，父亲母亲都把我当成客人，我心里五味杂陈。

吃过面，母亲往电饭锅里下米，她是要给我做午饭。我说，不吃了，吃不下，晚饭一起吃。

我与父亲唠着家常，电话响起，是杨柳村的，他问我，到家了吗？我说，我到父母的家了，你放心。杨柳村说，你那边我放心，这边不放心哪。我问，怎么回事？他说，你回来吧，杨花自杀了。

我拿茶杯的手一抖，烫了我的手腕。是右手。我放下茶杯就往门口走，父亲追了来，拿白色的纱布。他说，把手包上，这纱布上浸了肥皂水。他将我的手腕包上，扎紧，父亲年轻时当过兵，学过急救。之后，父亲紧张地望着我，却不多问，这是他一贯的风格。

他叮嘱我别急，慢些开车。母亲追过来说，怎么刚坐下就要走，不住一夜？我说，单位有事。父亲母亲便都不再吱声，站在门口送我。

车启动，杨柳村追了个电话过来，说，杨书记，我刚才着急，没说清楚，杨花自杀未遂，你不用着急，慢点开。

杨花用半只玻璃杯，割破了自己的手腕。她只割破了皮肉，并没破坏动脉，也未伤及筋骨。血是流了，流的是表皮的血，但到底是流血事件。她被割的是右手，手腕处缠着厚厚的白纱布。见此情景，我急忙退回车里，把手腕上的纱布撤掉。都是右手，部位相同，好像我们约好似的。

杨花自杀，涉及另一个人：杨宗府。杨宗府在村部，处于半关押状态。杨柳村说，他强行亲吻杨花，杨花蒙羞，回家就割了腕。杨宗府被几个村干部看着，只等我拿主意，要不要经官，是否让派出所来抓人。

这事与我有关。我清晨就逃离，并未让杨花知道。中午时，她满村子找我，在土布厂门口，碰见杨宗府出来倒垃圾，杨宗府说，杨鸣书记在我门卫室哩。他把杨花骗到门卫室，强行吻了她。不只是亲脸蛋，据说是吻了嘴，还是舌吻。不是杨花大声叫喊，他怕是会做出更恐怖的事。

杨花回到安置房后，不断地刷牙，刷了一个小时的牙，直刷得满嘴流血。之后，她漱了口，呆坐在安置房。妇联主席刘桂霞怕她出事，看着她。刘桂霞出门接个电话，她就割了腕。

所有人都怨恨杨宗府，只有我心里清楚，绝不只是杨宗府强行拥抱她，吻她，才造成她割腕，或许我才是罪魁祸首——她拥抱我，我拒绝了她。

我说，关于杨宗府，我认为还是不要经官，给他一个改过的机会。

杨柳村也不同意经官，他觉得这事丢人，丢了整个杨家蚌的人。

家丑不外扬，算了，村里自己教育，自己处理，杨柳村说。

杨花瞟我一眼后，不再搭理我，自顾自低头哭。她哭得很伤心，这倒让我放心了。她知道哭，知道悲伤，是好事。怕就怕她满脸茫然，脑子里一片虚无。

杨花并非左撇子，却用左手拿杯子的碎片，去割右手，这让我怀疑她并不是真的想自杀，我猜测她表演的成分多。她或许只想吓唬人，用表皮的鲜血做个样子。然而，即使是这样，也不能大意，她郁郁寡欢，她神经太敏感，容易受伤。万一再次割腕，且割到动脉，她的生命，我的前途，都完了。

以后的日子，杨花平静了，状态好起来，完全像变了一个人。她的声音甜美，微笑恬淡、自然。二十六岁的她，的确是一个很漂亮的姑娘。

她不但把自己打扮得干净利落，她的房间也收拾一新，明显不同于其他几处安置房。她给我们沏茶，留我们吃饭，给我们削水果。

隔一段时间，村里就带杨花到医院检查身体，叮嘱她按时吃药。每次去医院，妇联主席刘桂霞跟着，这次，她说，她不喜欢人多，只要我。我既是她的司机，也是她的陪护。她精神状态良好，看上去完全正常。我说，该给她张罗对象了吧，她因爱受挫，应该用爱来疗伤。有了爱的滋养，她定然会好起来，并且会与常人一样，过上幸福的生活。杨柳村说，给她介绍对象，标准甚至要比正常人还高，男方一定要靠谱。她再也不能受伤，遭受打击。

刘桂霞就试探着，把我们的想法告诉她，她情绪激动。她说，我有陈世桃。她喊出陈世桃时，目光却投向我。

莫非她把我当成她虚幻世界里的陈世桃？

一束阳光从明瓦射向地面，尘埃在光柱子里翻飞。光柱子的那边，我看见她的脸。她在笑，不是痴笑。

我心略为平静。

除了那只狗，我们的拥抱，一定被人看到过。这种猜测，几天后被证实，脱贫攻坚督查组下来检查，一个督查员问我，你与你帮扶的对象，那个叫杨花的，是不是走得太近。

我说，是的，除了她是我帮扶的对象，我还把她当我的妹妹。你们知道的，我们同姓杨。

可你们没有血缘关系，我了解过，她老家是麻城那边过来的。我说，没有血缘关系，所以她不是我妹妹，我只是把她当成我的妹妹。他说，有人反映，你们关系不一般。我说，我说过，我们是兄妹。

督查员说，但愿你们只是兄妹。

他的语气令人不快。

而黑夜将至，我害怕黑夜。

我其实是害怕黑夜之后的黎明。我不知道，我每天怎么去面对那新的一天。我有一个同学的哥哥在县中医院，精神科，主任医师。我问他，我怕是抑郁了。他说，没有，就是压力大。要学会释放自己，不然很麻烦。

十三

我又见到了那只狗。那只狗在捕捉一只耗子，它扑了个空，耗子没了踪影，它扑倒在地上，发出沉重的夯实的声音。

它让我想到了我自己，继而想到了命运。

我焦虑，觉得日子难熬，时光到底还是悄然前行。进入深秋，清晨或傍晚，倒水河面，升起一团一团的雾，杨家蚌在我眼里越来越朦胧。

夜幕渐渐而来时，杨花会在倒水河畔伫立。河面有雾，似雨非雨。她的眼睛，沿着河畔的路，只向村子向外望去。偶尔，她的目光转向那狭长的油菜田。没有油菜花开。

而我，有时会在河畔，有时我不去河畔，我站在村部门口，遥望她的那间安置房，远远地望。烟囱里冒出白烟，我就知道，她在给自己做饭，她没事了。我内心趋于平静。

冬天来了，一直没有落雪，水面只是结了很薄的冰。听说山里温差并不大，很少冰冻，但今年，现在，倒水河结冰了。

杨花走向倒水河，用捣衣槌把冰敲碎。冬日的水更清澈，能看清里面的鹅卵石，它们看起来大致相同，其实形态各异。

还好，她只是在水边洗衣服，并未站到水里，并未用冰冷的水洗头。水里雾气缭绕，她站在水边，像身处仙境。

还有一周，我的工作就结束了。我帮扶，治好了她的病。自上次割腕，大半年了，她再未犯过。如果不受大的刺激，她应该是不犯了。但愿她不再犯，这样，她好，我也好。

我站在倒水河畔看着她，我怕她踏进水里，我怕她用冷水洗头，我怕她顶着湿淋淋的头发笑，那样，我将前功尽弃。我看着她，保护她。她洗完衣服，怅然望一眼河套，坡地。我庆幸没有油菜花开。她转过脸来，怀抱着脸盆，里面是她新洗的衣服。她走近我，她问我，你要走了。我说，是的。她问，还有一周？我说，是的。我惊讶于她知道我离别的日子。我竟然有些难舍，鼻子酸涩，眼角也酸涩，那一刻，我完全忘记了她是一个病人。

我是喜悦的，我就要完成任务了。还差七天，我到这里整一年。我高兴。今天是双休日，下个双休日，我就要走了。我对杨柳村说，咱们到镇上去吧，快一年了，净在你家吃饭，我想请你和嫂夫人到镇上喝酒，表示对你们的感谢，也是庆贺我顺利完成帮扶任务。杨柳村说，现在庆贺还早，如果杨花有个闪失，不能正常上班挣工资，不能脱贫，年底，咱们村的贫困户不但不减，反而要增加。我问为什么，杨柳村说，杨旺盛，也是个单身汉，每年忙完农活，到县城做短工。前天他回来，说他明年不想出去了，说杨宗府成天睡大觉，有吃有喝。他出去做工，也就混个吃喝。我说，我去会会他吧。杨柳村说，没用，他铁了心要当贫困户。

明年的事，与我无关。

十四

我是谁？她是把我当成陈世桃，还是把我当成我，那个叫杨鸣的国家公务人员？我来扶贫的，我以为我是救世主，我错了，我才是那黑夜里的一个孤儿。

闪电，我害怕她脑子里出现那种闪电，可就在那一刻，我自己的脑子里，一道闪电从高空而落。这道闪电很亮、很细，像一柄日本刀的刀刃。

我闭了眼，眼前漆黑一片。闪电还在，我知道，它并非来自头顶的天空，它只是我脑子里那根白色的神经。

我害怕它断裂，害怕它像杨花所言，断裂成白色的树杈。

我被两只手箍得更紧，舌头被更强烈地吸吮，我疲于呼吸。那闪电越来越明亮地闪动，我脑子里白茫茫一片，好像整个世界都在下雪。

吉 日

张鲁镭

　　周末早晨的长虹街有些冷清，这是铺在闹市褶皱里的一条街，平日那些匆忙的脚步焦虑的面孔还有乌泱乌泱的车这时候大都歇在家里。可不，人困马乏劳碌一个星期，也该睡个懒觉了。今天风大，几个白色塑料袋被吹成大气球在地上翻几个跟头又升上天空。北方的冬日就是这样，要么雪要么风，不过有什么关系呢？穿戴严实啥事都不耽误！

　　长虹街拐角城市银行那边已人头攒动，他们帽子围巾口罩恨不能把两只眼睛都包起来。从对面望过去黑压压一片，一个个袖着手抱着肩，彼此寒暄聒噪，把清静的周末街头划开一条口子。

　　人们聊完菜价聊肉价，还说家里那缸酸菜居然烂掉一半！还不是今年暖气给得足！大冬天的，屋里穿衬衫都冒汗。话又说回来，宁可热得流汗也不愿意守在阴冷的冰窖里。头几年他们几乎都挨过冻，在屋里穿着棉袄吐白气，去年市里面给旧楼整体换上新管道才得以改善。有人往这边来，大家把目光投过去，对方包裹得密不透风，等走近扒开帽檐儿，你这家伙干脆戴个头盔算了！该死的风都能把人吹个跟头。看那边……

有人推着轮椅打马路对面过来，推车的用大棉袄把自己裹得像只笨熊，坐车的身上缠着一条脏兮兮的厚毛毯，头戴一顶浅黄色绒线帽，帽子顶端悠荡着一个硕大的绒球，那帽子几乎覆盖了整张脸，只留下发紫的嘴唇喘气。遇到个小土坡，推车的左右摇摆调整方向，坐着那位帽子上的绒球便在头顶活蹦乱跳。推车的心里一点都不急，手上却虚张声势地对着小土坡使劲。她知道大家都在往这边看，也知道眼前这个土坡只是时间问题，她朝坐着那位说了句什么，大家停下七嘴八舌，一起朝他们看过来。

人群里走过去一个穿军大衣的帮忙推轮椅越过土坡。他把轮椅安顿到一边又走进人群。这家伙坐轮椅有五六年了吧？哪止！七八年都有！那女人还挺能坚持。不坚持去哪儿？换了我就是要饭也不伺候他。有人指着军大衣，你王大个儿就是菩萨心，下次别管他，推不上来他就老老实实在家待着了。

看，虎子来了！有人喊。一个穿枣红羽绒服的人，身边蹦着一只小白狗。小白狗身上套着枣红毛衣，头上扎个羊角辫。看模样是个京巴。人们笑，今天你和虎子穿的情侣装？孙女给织的，她把虎子的照片发到网上参加宠物选美大赛。还有奖金呢！虎子本事，都能给奶奶挣钱了！虎子过这边来，我这有香肠！还是到我这儿，这有鸡腿。虎子这个脚下停停，那个身边站站。它知道这群抠门鬼，别说鸡腿，鸡毛都没一根。虎子对生活要求不高，有君子之风，一箪食一瓢饮就很满足，就是说平日里给狗盆添满水和狗粮即可。当然如果有人向它抛去橄榄枝，虎子也不客气。

虎子冲出人群扑向一个正朝这边走的女人，女人打扮蛮时髦，豆沙色民族风棉袍，领口那儿缠着白丝巾，耳朵上迤逦着一对金光闪闪的耳环，大冷的天都没戴帽子，也是，戴帽子还能看见耳环吗？倒是给这晦暗的街头添了一点颜色。她蹲下拽拽虎子的羊角辫，从兜里摸出个什么塞到它嘴里。虎子摇着尾巴跟她跑。秦美人来了！给虎子带什么好吃的了？秦美人抱起虎子又从兜里拿出吃食，原来是小包装鸡肝，虎子，这可比你亲奶奶大方。它亲奶奶都快喝西北风了！

有人问，秦美人还去跳舞吗？当然去！过一阵还要参加春晚排练！秦美人要上春晚了！人群里像被扔进去一颗炸弹！中央台的？大年三十那个？歌伴舞？给多少钱？区里搞的晚会，倒是有一些补助，但谁也不是为了钱，关键是娱乐。区里的呀！那跟咱厂子以前的工会演出差不多！比那级别高多了，天天有鱼有肉的盒饭，还白给两套舞蹈服！秦美人辩解。人越聚越多，天上忽然飘起雪花，有人说马上马上还有五分钟。大家把头望向天空，雪花一片片蝴蝶一样在天上飞，落到脸上凉冰冰的！

哗啦，门开了！人们挪着笨重的身躯鱼贯而入！真是春风扑面，门口那两盆青枝碧叶的龟背竹正玉立着和大家打招呼。人们开始卸掉装备，帽子围巾口罩以及厚厚的棉衣，一层又一层，剥粽子似的。假如这时候有人打外面进来，忽而会一愣，怎么清一水儿的枯萎与晦暗？把两盆茂盛的龟背竹都映得灰头土脸。一堆迟暮的老人，一片凌乱的白发，一脸纵横的皱纹，一排沉重的步伐……平时他们不大出门，儿女再三叮嘱，没事别乱串，果真摔坏了瘫在那儿，我们更没法过了。

今天就算拼了老命也要出来，他们拖着摇摇欲坠的身子从大街小巷潮水般涌到银行，开支？废话！这身子骨还能暴动打劫不成？今天是个关乎生存的好日子，恰逢周末。每月的今天都是他们的黄道吉日，还有什么比开支更让人高兴的事？他们换上干净的衣服，身体方便的前一晚还要洗个澡，就是那不方便的也要把毛巾打上香皂擦擦脸。那老妇人还把藏在抽屉里的戒指找出来，红的绿的套在手指头上。

大堂经理小周是个有心的姑娘，高挑的个头儿文静的脸膛，她很清楚今天注定是个劳心费力的工作日，已经准备就绪，饮水机里的热水远远不够，又灌满两个大号暖瓶。把那些理财宣传板收到后面，留下宽敞的过道和座椅，她在引导大家取号的同时还发给每人一个纸杯。有人说自己带杯子了，这纸杯还不够喝两口的 。难道喝水也要限量？旁边人乐，人家银行也没有水井，现在举国上下勤俭节约，你没见墙上贴着标语，浪费可耻，节约光荣！上次你足足喝了一暖瓶。

小周经理胸前挂着麦克，她用嘴巴吹两下，大家注意了，取到号码就在座位上等候，并把这个纸杯放到脚下，吐痰哪，果皮核烟头哇都丢在里面。大堂本来是无烟区，但考虑到外面风大，有人行动又不方便，为这我特意向上级打了报告，今天大赦。烟鬼老头儿乐了，他们一面往外掏烟一面说小周经理好！

其实小周经理算是亡羊补牢，上次也是这么个日子，一个老头儿出去抽烟被推拉门的反作用力把头撞个大紫包。这些老人金不金贵不讲，却没一个好惹的。倘若有个闪失再碰上较真难缠的儿女，那是一点办法都没有。每每这个时候小周经理都告诫自己，一定精神饱满反应迅捷拿出十二分的热情来。刚刚在办公室她一口气喝下两罐红牛！大家要小心，打开水时别烫到，开水管够，厨房里还烧着呢！

老人们手里的水杯个头儿都不小，有人还从家里带了茶叶。他们灌满开水点支烟，又是一个月没见，肚子里积攒了太多话。儿子媳妇女儿女婿孙子孙女还有家里那只狗，有展示的有倒苦水的，银行大堂里烟雾弥漫人声鼎沸！

眼下也就开支是个盼头，老人们对逢年过节没啥期待，过年有什么好高兴的？又吵又闹又费钱！孙男娣女来了一群，把他们提来孝敬的东西吃个精光，抹抹嘴巴回了。临走还要发红包给他们。没办法，老祖宗留下的规矩，不管多少当老人的总要表示一下。

老崔头儿怎么没来？你不知道？上个月开完支没几天就脑梗了，现在身上还插着管子，躺在床上嘴歪眼斜不会说话。儿子女儿轮班护理，据说两人为了医疗费闹得很凶，有一阵那儿子都要放弃，女儿坚决不同意。住医院扣掉医保一天还好几千，躺着烧钱，躺着烧钱哪！有人感叹，人走到这步真不如俩腿一蹬。自己不遭罪儿女省麻烦。老人们把热水喝得吱吱响，脑子里做着一系列换位思考，换成自己，是果断了结还是垂死挣扎？

轮椅上那位已经来到窗口，除掉身上的披挂才看清，是个只剩一把骨头的老头儿，一张塌陷的脸上瞪着一对骇人的眼珠，胸前挂着个军绿书包。他每次都不排队，这是他给自己的特权。怎么了？国家还有助残日呢，他命令老太婆推着轮椅向前向前向前……谁能和他一般见识？

请您输入密码，柜台里的小姑娘提示，老太婆把密码盒递到老头手里。老头儿抬眼看看老太婆，嘴里使劲吐出几个字，去，一边去。老太婆知趣地后退，老头儿觉得她去的尺度不够，又抻脖子对她喊去去去。老太婆这次后退的幅度大，到了窗台旁边。多亏老头儿只说三个去，四个的话她直接跳窗户出去了。

老头儿拿一只手遮挡，另一只手颤颤巍巍按密码。小姑娘把一沓票子递出来，很单薄的一沓。老头儿侧身朝老太婆喊，来、来。老太婆上前把百元票子推进去，麻烦都换成十元，老头子喜欢零钱。百元换十元体积大了好几倍，整整一小堆儿，老太婆把钱装进老头儿胸前的书包里。老头儿年轻那会儿头一次开工资只开了三张十元票，他幻想什么时候能开上一书包钱，在他耄耋之年这个愿望实现啦。

老头儿又费劲巴力从包里掏出一沓钞票，一元、一元。老太婆对着窗口笑笑，再换成一元。这下钱更多了，书包都装不下了。老太婆要装自己兜里，老头儿不干，示意把自己的腰带解开，他棉裤里有保密兜。

老头儿把几枚五角钢镚儿平铺于手掌，钢镚儿在白炽灯的映照下熠熠生辉，宛如一枚枚发光的金币。老头儿数得很仔细，半路上一个喷嚏，乱了！重数！大家哂笑，你的车间主任费少了几个钢镚儿？老头儿很淡定，人为地制造两声咳嗽翻下眼皮，再重来！好不容易出来一趟，可不急着回去，他要在人堆儿里多泡一会儿。

老头儿看见秦美人悠荡着两个大耳环拿着水杯过去，经过他身边时还吸鼻子皱眉头，老头儿的心口窝像被棍子戳了一下，他知道自己有日子没洗澡了，早上不留神还尿了裤子，因为赶着开工资老太婆也没给他换。这老太婆现在又馋又懒，儿子送来十个猕猴桃，他每天吃一个，今天是第六天，十减六等于四，早晨他发现盒子里只剩下三个。干活也拖来拖去，今天腰疼明天屁股疼，吃饭怎么不喊疼，一顿能喝好几碗粥，现在他都想把老太婆揍一顿，用棍子揍。

老头儿朝秦美人的方向望过去，她正和几个老东西说笑，今天的大耳环很扎眼，把几个老东西的脑门儿都晃亮了。他们也都老得不成样子了，弓着腰驼着背，老岳头儿呼哧带喘离坐轮椅也不远了。秦美人说到兴奋处，还朝他打了一拳，老岳头儿就不喘了，还把手里的八角帽戴上！

快数你的钢镚儿吧，这还看上美女了，又一阵哄笑，老头儿不紧不慢把手心里的钢镚儿摆出一朵花，心里蘧蘧，我就不快数，我气死你们！老头儿知道大家伙不待见他，那又怎样？反正他都坐上轮椅了，反正他现在连一句囫囵个的话都说不完整，待不待见有什么关系？再待见也得坐轮椅也不能跑去爬山。

老头儿说，渴。老太婆把备好的热茶递到他嘴边，保温杯上赫然印着先进工作者几个大字，他心里好一番熨帖，想当年他坐在椅子上端着茶，他们在工作台前赶活计，监督管理、命令协调、处罚训斥、安排调度，那是怎么的威风和惬意，往事并不如烟……

那时候他是车间主任，一进车间，只见机器轰鸣，没人偷懒耍滑，劳动场面热火朝天。呵呵，他们见了他就像耗子见了猫，响屁都不敢放一个。在他的森严管制下，车间总是提前完成任务。厂长大会小会地表扬，他们车间连年被评为先进集体，要不是后来工厂萎靡，他有可能当副厂长……

副厂长曾是他的人生理想和目标，他完全是按照厂长的标准来要求自己处罚别人的。秦美人偏偏闹妖，她拿自己的模样特当回事，上趟茅房也用小镜子照照，不知道想干吗，再照也是那张脸，还能像孙悟空那样七十二变？因为对脸蛋的侧重，手上的活计就没了分寸，怠工拖延残次品整个车间非她莫属，他一见秦美人就头疼，自己闺女早把屁股打开花了。可惜她是食堂大师傅老秦的千金，就这货老秦还当她宝贝疙瘩。

秦美人工作时间涂口红被当场抓获，他夺过来在墙上好一番描画，终于完成一幅红屁股图，他对着自己的作品左右端详，又信手添上一条尾巴，然后把秃了头的口红嗖一声飞进垃圾桶。眼里没有活手上没技术，就是把脸画成猴屁股顶什么用？那可是秦美人一个月的奖金，却被他变成红屁股挂到墙上。

秦美人对他咬牙切齿，赵歪脖没老婆儿！秦美人实话实说，他脖子歪，小时候从树上掉下来摔的。他也确实没老婆，儿子小学还没毕业，那娘儿们就跟人跑了，还顺手偷了他存折！他认为歪脖和没老婆本来两码事，不能混为一谈。秦美人用顺口溜把它们拉扯到一起着实让人愤怒，他举起茶杯砸过去，墙上的红屁股顿时水灵灵鲜艳艳，比刚才还生动！

秦美人又出残次品，行，今天干不好你就别回家，不能因为你一个人影响集体。晚上交工后，秦美人搽胭脂抹口红眉毛画成毛毛虫！她胜利了！他知道是谁英雄救美，还不是那几个好色之徒！老岳、老贾、老谢……她拍怕这个肩，拉拉那个手，他们就成了帮凶！正逢厂里组织义务献血，你们不是有爱心吗？那就多多奉献！帮凶以及被怀疑的帮凶均榜上有名！宁可错杀一百也不落掉一个。

不给他们点颜色车间就乱了，他要努力打造一支有组织有纪律有技术有上进心的队伍，他要带领这支精良队伍，朝着厂长的目标迈进。他都是天蒙蒙亮赶到车间，晚上顶着星星回去。一则是积极上进，二则家里实在没意思，儿子搬出去过，就剩他孤零零一个。有人因暴风雪天气迟到，奖金照样扣，他自己就没迟到，他认为大家都顶着同一片蓝天！自己能做到的事情别人一样行！他希望在全厂职工大会上聆听厂长的表扬，老赵他们车间，无论天气多么恶劣都没人迟到，困难像弹簧你弱它就强……

王大个儿有意见，凭什么我们献血？其他人也跟着起哄，凭什么？午饭时他亲眼看见秦美人朝王大个儿嘴里塞鸡蛋，秦美人也妄想腐蚀他，那次她又偷懒，他就拿把椅子坐到她旁边监督，秦美人趁机往他嘴里塞了一块水果糖，他没防备，那粒糖直接掉到嗓子眼，差点没把他给噎死。

他二目圆睁，解放军上前线打仗都不怕流血，你们献个爱心怕个球？王大个儿问，说得这么漂亮你怎么不献？他不好意思说自己打小就有晕针的毛病，一看见护士手里的针自己先尿了。我当然愿意献爱心，可这一阵陪厂长接待，血里尽是酒精，这样的血白给都没人要。

秦美人那天穿着喇叭裤去献血，她就是个二皮脸，耳环被没收，高跟鞋被剧断，喇叭裤也给撕开一条口子！可她把喇叭裤缝几针穿上献血去了。秦美人还把头烫成羊屁股，满头毛毛卷！想想都好笑，脸画成猴屁股，头烫成羊屁股，一前一后两个屁股有多滑稽。扣奖金写检讨用大喇叭广播点名批评，秦美人油盐不进。他都想给她一巴掌扇回姥姥家，可惜一个车间主任还没有这样的权限，如果他是厂长就好了！

后来各车间裁人减员，他直接把秦美人开掉，连同那些帮凶。当然没过几年工厂解体，他自己也回了家。那些英年下岗的人忽然间丢掉铁饭碗，几乎丧失了理智，都摩拳擦掌要找他拼命。他们都叫他赵千刀，他是谁？机灵着呢，借出差之际溜之大吉。后来经历一番苦难，这些人也都找到位置，有人还混出点名堂，王大个儿出劳务到新西兰，一干就是五年，回来还买上新房子，老岳学新技能修汽车，老谢在街上卖水果，秦美人能说会道搞推销。混着混着大家都老了，好几个都混没了，人越来越少……

秦美人让小周经理把窗户拉开，屋里味道怪怪的。大家在秦美人的引导下一起吸鼻子，人们推测着味道的来源。老太婆像干了亏心事蔫头耷脑缩在一旁。老头儿手里托着钢镚儿对着小周经理喊，冷！不许开！秦美人拿眼睛瞥他，像是要揭穿一个秘密！小周经理找来一瓶空气清新剂，一股甜丝丝的橘子味儿在人群里飘散！

老太婆觉得时间差不多了，等下她要拿这些钢镚儿买盒去痛片，她总腰疼，有时候疼得一夜一夜睡不着。老太婆说话时碰到老头儿胳膊，哗啦，钢镚儿散落在地上，老头儿嘴里发出愤怒的叫骂，不给，滚蛋！

老头儿肚子里燃着一团火，他正想找人干一仗，刚巧老太婆撞上来，老头儿机关枪似的发射出N个滚蛋！把老太婆扫射得眼泪汪汪，她哭诉伺候你这么多年没有功劳也有苦劳！雇个保姆还发工资。买盒去痛片你都不舍得。每天买菜你就给十块钱，回来还得过过秤。那次买鱼少二两，你非说我给昧下了。你儿子送点水果恨不能搂进被窝里。炒菜你嫌费油，烧水你嫌费火。老太婆今天豁出去了，掰着手指头历数老头儿滔滔劣迹。

老太婆原来在老头儿家附近捡破烂，后来被老头儿捡回家去。开始两人一起买菜一起遛弯，老太婆又会烫酒又会炖菜，赶上老头儿有天来情绪，就去民政局登了记。儿子不同意，搭个伙还成，领证就没必要了，现在连年轻人都不找这麻烦！没几年老头儿脑梗瘫了，老太婆屎一把尿一把伺候着。老太婆把目光投向人群一把鼻涕一把泪，像要寻找她的支持者和难兄难弟，一盒去痛片才四块二，把人逼急了我就上法院！

老太太们多感慨，无论什么时候都要有属于自己的一份收入，哪怕一点点微薄的收入，假如没有这仨瓜俩枣的工资，家里的老头子还不见得什么嘴脸，管你什么半路的打小的夫妻，男人差不多一个德行。老伴比她多开个几百块，就成天对她没好气。谁家里面少得了哭诉和争吵！听说要工资上调，到时候两人能平起平坐了！

老太婆举起胳膊，胳膊肘那儿贴块补丁，看看现在还有谁穿成这样，都赶上旧社会了。有人说，家里不少衣服还七八成新，等下次给她拿过来。这老太婆利手利脚到哪吃不上一口饭？对，前几天老万婆子没了，老万头儿还硬实呢！见天在广场上打太极。小周经理社会经验多，她朝保安点点头，两个人去了后面。谁愿意掺和这是非？

老太婆今天疯了，还在这里煽动群众。还要找法院？要找也是工会妇联！老头儿觉得没文化真可怕！老太婆平日没话，让买菜买菜让做饭做饭。他床头有个记账簿，一个萝卜两个土豆三个地瓜……一笔都不落。不光记账，他还记人，老太婆几点去的菜市场几点去的药房几点去交水电费？每次耗时多长时间，就像他当车间主任那时候，谁迟到谁早退谁八小时之内偷懒，那都要记录在案。每每记上一笔他都痛定思痛，不是简单的追忆和回顾，只想证明他还喘气还活着，还能约束别人！

他也是没话找话，只有打架能激发老太婆多说几句。不过打架属于力气活，不能天天干！他平时最大的消遣就是看电视，把音量开到最大，睡觉也开着，电视就像他身体的一部分，他是那么需要它。电视能洗衣服做饭的话都不要老太婆了！

儿子不得意这个人，说她出身卑微，和他老爹不匹配。他老爹确实当过车间主任，领导有四五十号人。比有些董事长总经理人马还多。可后来也下岗回家去，企业那点可怜的退休金只够糊个口，凑合过吧！虽说无官一身轻有子万事足，可他觉得老太婆比他儿子更实惠，老太婆一面哭着还不忘捡起地上散落的钢镚儿。

大家陆续到窗口拿钱，都很快，谁能像赵老头儿那么磨叽。手上有了钱心里便有了底，就有渺小的愿望在脑子里转，晚饭蒸一只鸡煮一只鸭，邻居老头儿吃蛋白粉气色好多了，问问哪儿买的，自己也想试试。有人说长兴批发市场的鱼肉蛋便宜得多。算算加上打车费也差不多。还打车？你怎么不坐飞机？公交也就几站地，况且都有免费乘车卡。老人们拿了钱并不急着回去，有的说想把快烂掉的酸菜做成辣白菜，有的说孙子昨天又领回一个女孩，有的说过两天华联超市周年大酬宾……

推门进来一个黄毛小伙，刚刚也有人进来，看见这黑压压的阵势都没了耐心，转头回了。小伙子手里拎着一个大皮箱。老人们好奇，这是要取多少钱哪？取这么多钱至少要两个人，带保镖都不过分。小伙子没到前面取号，径直来到人群，他左右看看已经没有空位置，虎子也占了一张座，它奶奶林老太心虚地看看小伙。人家一点都没计较，从皮箱外层拿出一个马扎坐到虎子对面，大家又觉得这孩子够细心，他们出门也愿意带这个，无论走到哪儿都能坐下歇歇。小伙子伸手拨弄虎子的羊角辫玩，看虎子没反对进而加大了动作，将它抱在怀里又亲又摸就像找到了彼岸。这小子专门来玩狗的？

小伙子一手托狗另一只手从胸口掏出个小牌。爷爷奶奶你们好，首先自我介绍一下，我叫毛毛，你们看胸牌上有我的名字，大家把脑袋凑过去，看不太清没戴老花镜。有人去窗口找来眼镜，这回清楚了，胸牌上写着"王牌神力医用冷敷贴"总销售，下面是名字和电话还有小伙的彩色二寸照片。毛毛放下虎子迅速打开皮箱，满满一箱子膏药！爷爷奶奶们，今天让你们认识一个宝贝，这之前你们不认识它不了解它，但通过毛毛介绍你们一定会爱上它并且离不开它。

王牌神力冷敷贴由多种中草药熬制而成，外加无纺布背衬层、凝胶层、聚乙烯薄膜覆盖层。这款冷敷贴力大无比功效神奇，颈椎病、肩周炎、关节炎、网球肘、腱鞘炎、腰椎间盘突出、腰肌劳损、拉伤扭伤……比手术更安全，比吃药更直接，比按摩更靠谱，所有病症包您十分钟内得以缓解，"王牌神力冷敷贴"，让您拥抱健康！毛毛字正腔圆附带感情，就像电视里的新闻播音员。随着他嘴唇不断活动，就有白色的唾液堆积，浪花一样翻卷！有人说你喊这么热闹不就是膏药吗？爷爷您说得没错，民间叫膏药，我们医学界叫它冷敷贴。

小周经理从对面走来，手里捧着一个暖瓶。你好，我们这儿禁止一切推销活动！姐姐好，毛毛笑笑，露出一排干净的牙齿！他把小周经理的暖壶接过来给大家杯子里续水，姐姐你们平时工作辛苦，不妨试试这款冷敷贴，其实人和东西也要讲个缘分。有人喊周经理接电话！

毛毛说我自己家的爷爷奶奶也用它，效果特别好。今天总部有活动，二十五块钱一盒，买二赠一。老人们相互看看不搭话。毛毛来到秦美人面前，您来试试好吗？我颈椎病之前用过不少膏药，基本不太管用。毛毛转身掀起头发，您看我正用着，现在年轻人玩电脑，颈椎也都有问题。那我试试，你说十分钟见效果！好嘞，我帮您贴上。

一股凉冰冰的气味扩散开来，人们看着秦美人，等待她对这膏药的评判。后脖子贴上膏药的秦美人眉眼里含了赞许，她从包里拿出一百块钱，想想又拿了一百。别说二十五一盒，二百五的都用过，屁用不顶。这个蛮有效果，舒服多了。秦美人站起来摇晃几下脖子，这回可以放心参加春晚了。

老岳头儿你不来几贴？刚刚你还喊腿疼！我，算了。秦美人撕开一贴，送你的，体验体验！毛毛帮忙把老岳头儿的裤腿挽上，有人问能用医保卡吗？有赠品吗？药房里消费一百块钱就给二斤挂面，二百块钱给五斤鸡蛋。赠品！毛毛拽拽自己的黄毛迅速从皮箱里拿出一沓纸片，这个是积分兑换券，一百块给一张，等下次消费兑换现金十块钱。他撕下两张递给秦美人。这是您的，两张兑二十块钱。哦，十块钱能买四斤挂面三斤鸡蛋，倒是比药房合适，秦美人念叨。

老岳头儿从腰间摸出一个布包，布包里有个手绢，手绢里有个信封，他用两根指头夹出一张百元钞票，我先买两盒！你得找我五十块，老岳头儿说。怎么不给我兑换券？爷爷，一百块钱才给的。一百块钱兑给十块，我花五十得兑我五块。爷爷，这是公司的规定，够一百块才行。你这老头子买一百块不就得了？秦美人替他急。我就买五十块，你不给我就不买了。

旁边老贾头儿要上厕所，毛毛赶紧上前，爷爷我扶您去。两人从厕所出来，老贾头儿拿出五十块钱，那我也买二赠一，老岳头儿还在争取兑换券。老贾头儿大气，那我和他给一张。到时候我们一家兑五块钱，老岳头儿把兑换券放进信封觉得还是由他来保管放心！

还有谁？谁还去厕所？没关系，不买冷敷贴我也扶你们去。刚才大家喝了不少水，让毛毛一提示都觉得肚子里胀鼓鼓。可后面的厕所要上四级台阶，都挺打怵的。既然有人愿意扶，那还等什么？奶奶们也没问题，我可以把尔们扶过台阶。

毛毛送回来一个扶走一个，再送再扶，有个胖老头儿边走边抓后脖颈的槽头肉，这老头儿一身肥肉暄腾得像个面包。毛毛告诉他，颈椎这一坨肉不是肥胖是堵塞。有人说它是富贵包，其实它是夺命刀。严重影响脑部供血。您时常头晕吧？不。您经常恶心吧？

没。您时而健忘吧？哪有？赵千刀当年扣我二十块奖金记忆犹新。那是一个风雨交加的早晨，我骑自行车掉进水沟，仅迟到两分钟就让赵千刀给罚了，事情发生在1988年6月12日周五早晨七点五十八分。你看我记性好不？

胖老头儿厕所里突然裤腰带断开，就是一条棉布绳子，毛毛给它系个扣，但长度短了一截，捆不住胖老头儿腰了。毛毛跑到窗口要了一条捆钞票的塑料绳，他把布绳和塑料绳加工到一起。你多大？二十六了。我孙子二十五，处过三个女朋友，第一个是初中同学，第二个是高中同学，第三个是大学同学。转了一大圈儿，现在这个还是那初中同学。

毛毛把加工后的裤腰带给胖老头儿系上，还余下一截，他顺手打个花扣。胖老头儿还想坐着马桶聊一会儿，他要告诉毛毛孙子这个女朋友赶不上大学那个，那姑娘勤快，给他蒸过鸡蛋羹！毛毛看看手表，爷爷，您这颈椎一定要重视，它和高血压高血脂淋巴液都有连带，把后脖颈子这坨肉疏通好，其他病也没了，这需要一个疗程的冷敷贴。

胖老头儿说先买一盒试试。一盒里有几贴？五贴。那我买一盒，你赠我两贴好了，本来应该两贴半，算了，你刚才帮我做了一条裤腰带，就不计较那一贴半贴的。毛毛说买两盒可以破例给他申请会员，公司经常组织会员活动，爬山游泳象棋扑克。毛毛趴到胖老头儿耳朵上，正常消费四百块才办会员，这个你要保密的。

胖老头儿消费五十元，他主要对下棋感兴趣。毛毛把最后一个老头儿送到座位上，头上的汗雨点一样。只有胖老头儿和一个老太太各消费五十元，还为兑换券由谁保管争论不休，又是秦美人解围，当然女士优先，大男人这点风度都没有？

毛毛觉得大家对冷敷贴态度冷漠，爷爷奶奶，大家给我一个信任，毛毛送您一个健康。买回去觉得没效果，我会上门退款。你们都按月开支，可我是按销售额开支。爷爷奶奶家里有孙子吧？如果他们老大不小还没有女朋友你们着急吧？我也到了这个年纪，也该有女朋友了，可没有钱哪来的女朋友？爷爷奶奶就像心疼你们孙子那样心疼心疼我，买盒冷敷贴回去试试。

老人们相互看看，他们都老成这样了，哪还有能力心疼别人。家里孙子有半年没见，把小浑蛋一手拉扯大，长翅膀飞了。林老太买了两盒，她家里没孙子，倒是有个孙女，孙女乖巧懂事，上个月还给虎子织了件毛背心。孙女是个好孩子，虎子是只好狗。这小伙模样不赖，和孙女有没有缘分？

毛毛促销不果有点急，他说人要学会爱自己，老年人更要活得舒坦！谁知道哪一天呜呼哀哉挂掉？前几天也有老人在这里开工资，他一箱子冷敷贴被哄抢，那才叫会生活。这话不中听了，那些人哪！都是公务员和事业单位的，工资比我们高出好几倍，别说买你个膏药，就是买人参都没问题。

老人们不平，他们上班时一杯茶一支烟，一张报纸混一天，哪像我们在工厂里累成狗？退休金医疗保险住房公积金样样都比我们多！

大家越说越来气。赵老头儿都把那顶绒线帽摔地下了，他同学就是公务员，比他多开四千块！四千块呀！赵老头儿把地上的帽子用车轱辘碾。老太婆只顾看热闹，这些老家伙怎么吹胡子瞪眼翻脸了？黄毛小伙子刚刚说什么了？不就是夸自己的膏药好，包治百病哪儿疼贴哪儿！那东西肯定比去痛片效果好！不行就偷偷拿私房钱买。她当然有私房钱，以前捡破烂攒一点，到老头儿家又攒一点，呵呵……

秦美人走过去，赵老头儿还以为她要揭发自己身上的异味，谁想到呢，她弯腰把帽子从地上捡起来，然后用手弹弹灰，然后放到他腿上，然后还亲热地望他一眼。赵老头儿眼窝发烫，他们已经好多年没讲话了，时间不光能把黑头发变成白头发，也能将心里的恩怨一点点化开。后来他看见孙女穿上弹力裤，那裤子把两瓣屁股丫子中间那条沟都勒出来，后来他看见有闺女露着肚脐子上大街，后来他还看见有人把头发染成红毛绿毛黄毛，秦美人那牛仔裤算个球？现在她出落得人模狗样，走路都带着风。听说还要参加春晚，见过世面人就大派了！好、用？什么？膏、药。那当然，你可以试试！

赵老头儿说来、来！老太婆说，来了来了！赵老头儿说，来！已经在这儿了。钢镚儿一个都没少，有一个滚到椅子底下，我给捡回来了。赵老头儿朝毛毛使劲，来、来！老太婆不解，你叫他来？对、来！赵老头儿从挎包里摸钱，来、二百块的！毛毛开心地接过一沓钞票！他尊重货币，聚沙成塔积土成山不鄙视零钱。膏药被赵老头儿揽在怀里，秦美人正朝他笑呢！来、再来、二百块！这老头儿脑袋被门挤了！老太婆问，买这么多？和、你、一起、用！

赵老头儿是毛毛今天最大一单生意，谢谢爷爷，您可以随时电话我，不光买药，家里有力气活也没问题，就把我当您孙子用。您的消费已经达到我们公司会员级别，春天我们会组织踏青一日游，挖野菜品尝农家院！到时候我联系您！老太婆今天蛮开心，虽然挨一顿骂，却获得了比去痛片更昂贵的膏药，春天还能去挖野菜，预想不到的事，生活充满希望！此时赵老头儿满面慈祥，他正回味着那个明媚的微笑。

小周经理从办公室出来，今天电话绵长，外面都做成好几单生意了。毛毛此时的心情好比4月天上的云彩，姐姐您忙，等下我还要去送货，改日再聊，他朝大家挥挥手，记得给我打电话哟，爷爷奶奶再见，秦阿姨再见！毛毛一阵风样出了门。秦美人，你和这小子认识？他叫毛毛，大家都刚刚认识的！我听他喊你秦阿姨，他知道你姓秦？你们不是叫我秦美人吗？这孩子机灵，就叫秦阿姨了！刚才有人喊你秦美人吗？她朝老岳头儿一指，他叫的，秦美人、秦美人唱戏一样！王大个儿质问，刚刚你喊她秦美人了？我喊了吗？喊了吧！

门口又进来一个人，黑衣黑裤脖子上顶着一张大红脸，像蒙着一块红色遮羞布，手里拎着一瓶红星二锅头。虎子汪汪着扑过去！他没好气地朝虎子屁股踢一脚。虎子本想跳起来和他掐，看那手里的酒瓶也就作罢！过一段它还要去参加狗狗选美大赛，给破了相不划算。人们交头接耳，看，林老太儿子，这小子卖毒馒头给罚了一大笔。毒馒头？就是往白面里掺漂白粉。这么缺德的事都干得出来？还不是为了多挣钱！这样的人就该给抓进去。我还买过他馒头呢。个头儿大面还白！原来是放了漂白粉！事后他成天向老妈要钱买酒喝，这都追到银行了。

林老太已经将头缩进衣领里，她正努力把自己的体积缩小再缩小，由一个长方体变成球体，就像玳瑁乌龟。她都开始羡慕乌龟了，把头藏起来天王老子都不怕。然而她不是乌龟，身上更没有硬壳，那件褪色的枣红羽绒服早被儿子看在眼里。他一屁股拱到林老太身边，一张脸皱皱的，也不知是愁眉苦脸还是没洗脸，对着他老妈直打哈欠。林老太把头从衣领里挪出来，你就先回去，这边一时还轮不到我，晚上让孙女来家里拿。

红脸男人看看身边的老谢头儿，你也没拿到钱？早着呢，再有两个小时也排不到。红脸男人翻着眼，撒谎，钱早被你藏在兜里。老谢头用拐杖敲地，真有意思，我钱到没到手有你什么事？别说你，我儿子都管不着。你算什么东西？红脸男人喝一口酒转过身，你呢？你们这些人都没排到？老人们要么闭眼要么低头，有人干脆把身子扭个一百八十度。谁愿意和这么个浑蛋掰扯？

红脸男人歪在林老太肩上迷糊，他困了。你先回去，回去吃碗热汤面然后睡一觉。红脸男人一听热汤面来了精神，他喜欢热汤面，里面打上鸡蛋放上对虾配以青菜和红辣椒，再撒上一层胡椒粉，当然还需一瓶牛二。他对吃喝很在意，不管有钱没钱都不能在饮食上丢掉尊严。于是撒娇似的抿抿嘴，那你先给点钱买面去。林老太摇头，真的还没排到我。

红脸男人咆哮，还热汤面？冷汤面都没得吃。那娘儿们不知死哪儿去了，丫头片子也不着家！林老太知道没人愿意守着这个败家的，孙女现在最打紧的不是找工作而是找对象，早点离开她这不成器的爹。钱说什么也不能交给他，这浑蛋前脚出门后脚便换酒喝。

红脸男人卷起裤腿露出一块青紫，早晨下楼梯摔的，你先给点钱买瓶红花油，林老太拿出膏药，你先贴上这个，刚才一个小伙子卖的。红脸男人拿膏药放鼻子下面闻闻，多少钱？二十五一盒，买二赠一，我留一盒，剩下你拿回去。太贵了，药房里才几块钱。你有钱帮助卖假药的，没钱心疼自家儿女。这个和药房的不一样，你秦姨刚刚试过，她说效果很不错。都是蒙人的，没准儿她私下里拿回扣。

秦美人不干了，你撒酒疯也要找个好地方，一把年纪还啃老，把你祖宗的脸都丢尽。红脸男人拎着酒瓶子走过去，现在他走到哪儿都拎着它，酒能壮胆，酒瓶子能吓唬人！老人们纷纷站起来。

林老太扯住儿子，红脸男人发现他老妈身后背着包，那里面肯定有钱，刚才都买膏药了！他转移目标反手拉住拎包带儿。林老太死命护着不愿给，秦美人跑过来了，王大个儿跑过来了，虎子也跑过来了，连赵老头儿都让老太婆推过来匡扶正义，大家齐心合力筑成一道斜扭歪胯的篱笆把林老太挡在身后。

红脸男人骂，我和我妈要钱，又没和你妈要钱！一个个狗拿耗子。他用余光寻找机会，王大个儿那儿不行，他是整个队伍中最强壮的，走路不晃也不用拐棍！那个胖老头儿门板一样也不好对付，他决定从下面钻过去，老家伙们腿脚都不好，比较容易攻克。可细看除了棉裤腿还有木头腿，足足十几条拐棍。红脸男人心里有数，今天喝得不多，他思维意识清醒，拐棍比那些老腿强硬得多，十几条抡起来不是好玩的。不能盲目！

红脸男人用余光看见最边上有个豁口，一部轮椅上坐着个瘦狗老头儿。队伍到他那儿就矮下去一截，很好，他拎着酒瓶晃过去，赵老头儿一点都没退缩，同时还有一点兴奋，年轻时他在大街上徒手制服过两个小偷。他命令老太婆，冲！红脸男人奇怪，平时人们一见他手里的酒瓶，都躲得远远，胆子小的撒开脚丫子跑。这老头儿什么情况？

赵老头儿脑溢血说话连不成句，但一个字一个字往外蹦很痛快！冲、冲、冲，赵老头儿情绪激昂，平时老太婆万不会这么听话，对方还拿着酒瓶，岂不找死？可今天老头子给她买了那么多膏药，她愿意和他一条心，她脚下发力带着助跑，咣当，红脸男人被撞翻在地，连酒瓶子都撞碎了。赵老头儿向四周看看，居然没人给他叫好！赵老头儿指使老太婆继续冲，老太婆不同意，人都倒了，再冲这浑蛋肚子就放炮了！

红脸男人躺在地上哭，说他今天太倒霉，早晨摔了腿，现在又被撞，家里娘儿们跑了丫头走了，我一个人还活个什么劲儿。他忽然一指林老太，都是你个护犊子，我小时候懒，你就让老大帮我写作业，考试怕我不会，教我在胳膊上打小抄！没文化哪里会有好工作？老大自己写作业就有文化，就有好工作。

红脸男人坐起来，老大房子好几套，和他借钱却没有。说到钱他又躺下了，现在他腰也闪了，头也撞了，他要去医院做CT做心电图做X光，还得吃跌打损伤药，加起来一共是？红脸男人躺在地上掰手指头。

王大个儿上前，你做毒馒头害了多少人？你赔偿了吗？我还买过你馒头！我也买了，还有我！赔钱！赔钱！红脸男人辩白，这世上比我坏的人多了，贪污腐败男盗女娼大偷小摸，他们都赔偿了吗？有本事找那些人去，我不就放点漂白粉，我是按照十比一的比例，放得也不多！风水轮流转，瓦片都有翻身的时候，何况我！

小周经理带着保安过来，刚刚她在后面写总结，前边怎么打起来了？水倒上，号排上，连烟灰盒都准备好，可还是不太平。满大堂的酒气和烟火气。这些老家伙合伙欺负我，他们得赔我医疗费。保安说这里是银行，你该去醒酒室才对。红脸男人觉得这小子和自己过不去，一口恶痰飞出去，还好保安闪身快，小周经理让赶紧拨打110。林老太拉住她，都有浑浊的老泪在眼眶里。姑娘，千万别，别打110，我那俩钱只够给他交个养老保险喝碗粥，他被抓进去还得拿钱往外赎，上次的罚金都是跟亲戚借的。

老人们摇着头，口里就苦涩起来，心里就彷徨起来，没着没落的。他们都是从企业退下来，总共没几个退休金，生活多半局促。不省心的儿女还要从自己饭碗里挖，老胳膊老腿谁不是一身病，好多药医保不承担，这点钱在他们兜里热乎不了几日便要散出去。他们不是惜财，是怕。儿女靠不住，单位靠不住，只有兜里的钱最靠得住。钱与他们远远比儿子亲，天下的儿子哪个能孝顺过钱？要酒是酒，要肉是肉，不用心焦不用催促，再体贴不过。

红脸男人刚刚被酒瓶的碎玻璃扎一下，脑门儿那儿有血流下来，红红的，像一条匍匐的蚯蚓。林老太用卫生纸给他擦，回去把膏药贴上，回去吧！红脸男人捏着膏药走了。

赵老头儿今天特开心，八十几岁还能参加这样的战斗，以后怕是再没机会了，跟儿子说他会信吗？儿子比林老太家的浑蛋不知要强多少，经常给他送水果。老太婆今天也勇敢，等膏药用完再买几盒。窗口的小姑娘递出最后一笔钱，伸着懒腰长呼一口气，老人们该拿的钱拿了，该说的话说了，不该买的膏药也买了，他们拎着兜挎着包，秦美人扶着林老太，老太婆推着赵老头儿，下一个吉日见！外面雪更大了，脚踏上去就是一个洞，那街上的人个个顶着一头白发，也看不出哪个年老哪个年轻！